Kurt C. Bauernfeind

Die Gier und die Macht

Kurt C. Bauernfeind

Die Gier und die Macht

Easy-Media Druck & Verlag, Linz

ISBN 978-3-902773-05-0

Titelfoto: Skulpturenschmuck von Josef Stammel, Ausschnitt aus „Vier letzte Dinge“, im Bild „Die Hölle“ in der weltgrößten Klosterbibliothek im Stift Admont/Stmk.; fotografiert von Ernst Kren
Gesamtherstellung: Easy-Media Druck & Verlag, A-4020 Linz, www.easy-media.at

Für meine Frau CHRISTA

sowie

Thomas, Claudia, Valentin und Sebastian

„Wer das Leben auf diesen Planeten nicht schätzt,
verdient ihn auch nicht.“

Leonardo da Vinci

„Die Frage ist, wie man die Menschheit überreden kann,
in ihr eigenes Überleben einzuwilligen.“

Bertrand Russell

„Es ist keine Kunst, geistreich zu sein,
wenn man vor nichts Respekt hat.“

Johann Wolfgang von Goethe

„Wenn die Menschheit weiterhin auf Machtgier besteht
und das Ruder nicht bald herumlenkt,
steuert der sich überschätzende, vernunftbegabte
Homo sapiens schnurstracks in eine Sackgasse.
Pessimisten befürchten, er steckt längst darin fest.“

Reinhard Habeck

Inhaltsverzeichnis

Wie dieses Buch entstand

Tagtäglich lesen wir in den Medien über die Finanzkatastrophe der letzten Jahre. Die Wirtschaft steht am Rande eines tiefen Abgrunds. Die meisten Wirtschaftsfachleute und Bankiers wissen wenig davon, was in den höchsten Etagen der Weltbanken hinter verschlossenen Türen vor sich geht.

Viele Experten sind jedoch überzeugt, dass diese Finanzkrise durch einen der größten Schwindel im internationalen Bankensystem verursacht wurde und sich auf einen Prozess einer gigantischen Geldschöpfung und der Kontrolle des Geldes durch amerikanische Privatbankiers konzentriert.

Heute dominieren die Dollars der FED (Federal Reserve Bank) und Kredite die Weltökonomie, aber diese internationale Währung ist keineswegs Geld, das vom amerikanischen Volk oder seiner Regierung in Umlauf gebracht wurde. Dieses Geld wurde aus einem privaten Kartell internationaler Bankiers geschöpft und dieses Kartell hat auch die ganze Welt in ein hoffnungsloses Schuldennetz verstrickt.

So wird von vielen Menschen die Frage gestellt: „Ist es möglich, dass die Führer der Regierungen, Manager von Großbanken oder andere diese Ereignisse geplant und sie dann entsprechend ihren Vorstellungen und Plänen geschickt gelenkt haben?“

Fünf bis acht der größten Familien der Wall Street haben seit 2007 zusammen unzählige Milliarden Dollar eingesackt. Das war genau nach ihrem Geschmack und ihren Vorstellungen. „9,5 Billionen Dollar sind verloren gegangen“ wird als Horrormeldung in den Medien berichtet, aber ein Großteil dieser Gelder ist auf die Konten einiger mächtiger Familien gewandert.

Der amerikanische Präsident Franklin D. Roosevelt soll damals schon gesagt haben: „In der Politik geschieht nichts zufällig. Wenn es geschieht, dann wurde es so geplant."

Der gesteuerte Kapitalismus war zum größten Teil nur auf Pump aufgebaut, wie ein Pyramidenspiel hochgespielt und so entwickelte sich eine Explosion des Budgetdefizits unter der Amtszeit des Präsidenten George W. Bush. Obwohl die amerikanische Regierung nicht direkt an der Notenbank der Federal Reserve Bank FED beteiligt ist, dieses private Bankenkartell, unter der Führung einiger Großfinanzgruppen wie Rothschild, J. P. Morgan und Rockefeller, ist eine Privatbank und kann daher vom Präsidenten nur schwach beeinflusst werden.

Die privaten Hausbesitzer in den Vereinigten Staaten lösten in den letzten Jahren durch die Zahlungsunfähigkeit diverser Kredite, die ihnen aufdiktiert worden waren, eine Kettenreaktion aus.

Nun läuft die Notenpresse in den USA auf Hochtouren; ein bis zwei Billionen Dollar werden in die amerikanischen Finanzmärkte gepumpt, um den Kreditfluss in Gang zu bringen, um Investitionen auszulösen, den Konsum anzukurbeln und die drohende Deflation abzuwenden.

Der Dollar ist de facto zum Weltwährungsstandard avanciert, so dass die Rohstoffe fast nur in Dollar gehandelt wurden. Die Zentralbanken wurden gezwungen ihre Währungsreserven in Dollar anzulegen, und wer sich widersetzte, wurde einfach zum Schurkenstaat erklärt.

Seit den 70er Jahren wurde die Geldmenge um das 40-fache vermehrt und die Hochfinanz hat sich mit ihren Dollars zu einem Marktoligarchen entwickelt. Jetzt, wo es scheint, dass dieses Kartenhaus zusammenbricht, erkennt man, dass diese Finanzkrise schon von langer Hand geplant und seit Jahren vorbereitet war.

Daher muss das Volk die Politikermarionetten zwingen, mit dieser einseitigen Globalisierung und dem Privatisierungswahn aufzuhören, sonst verlieren wir noch die wichtigsten Ressourcen wie Wasser und Energie. Eine Rückbesinnung auf Ethik und Moral, nicht Gier und Machtstreben, ist notwendig und Werte wie Ehre und wahre Demokratie müssen wieder wichtig werden.

Eine der umstrittensten Strategien war das Erfolgsergebnis der Firma Exxon Mobil im Jahr 2008. Die Exxon Mobil ist derzeit das nach Marktkapitalisierung wertvollste Unternehmen der Welt mit einem Umsatz von 467 Mrd. Dollar und steht unter der Kontrolle der Familie Rockefeller. Im Jahr 2008 konnte diese Firma ihren Gewinn um elf Prozent auf 45,22 Milliarden US-Dollar steigern, das ist der höchste Gewinn, den je ein US-amerikanisches Unternehmen in einem Jahr machen konnte.

Mit diesen Gewinnen finanziert Exxon, um das Kapital noch zu vergrößern, wiederum Bürgerkriege, Waffenhandel und somit auch die Zerstörung der Lebensgrundlagen in den Ölfördergebieten, vor allem in der dritten Welt. [1]

Es ist die Gier, ein übertriebenes, rücksichtsloses Streben nach materiellem und finanziellem Besitz und nach Macht, die Welt zu kontrollieren. Die Habgier wird in vielen Kulturen moralisch verurteilt und zieht auch bei vielen Weltreligionen Strafen nach sich.

Im Lukasevangelium heißt es im Kapitel 12, Vers 15: „Und er sprach zu ihnen: Seht zu und hütet euch vor aller Habgier, denn niemand lebt davon, dass er viele Güter hat“, und im Epheserbrief, 5. Kapitel, Vers 5, ist nachzulesen: „Ihr könnt sicher sein, dass kein unzüchtiger, unreiner oder habgieriger Mensch je das Reich Christi und Gott es miterben wird.“

Die deutsche Wissenschaftlerin Gertrud Höhler verkündet: „Die Gier macht nicht satt, sondern hungrig – und süchtig. Sie ist eine ansteckende Krankheit."

Selbst Cicero (106-43 v. Chr.) befand: „Aus Habsucht entstehen alle weiteren Verbrechen und Übeltaten."

Hippokrates ortete die Gier als „Quelle des Elends, der Sorgen und des Kummers." Und Seneca verdammt sie als „Verheerendste aller Menschheitsseuchen".

Der Göttinger Soziologe Wolfgang Sofsky sagt: „Der Wert der Dinge ist dem gierigen Menschen gleichgültig. Daher rührt seine Vorliebe für das Geld, für das man alles haben kann."

Mitte des 20. Jahrhunderts predigte der indische Friedensrevolutionär Mahatma Gandhi: „Die Welt hat genug für jedermanns Bedürfnisse, aber nicht für jedermanns Gier."

Die Ethik ist diesen Menschen nichts wert. Moral ohne Kontrolle ist keine Kategorie, mit der sich moderne Marktwirtschaft steuern lässt. Die Zukunft einer gerechten Marktwirtschaft wäre, eine unter allen Menschen gerecht verteilte, ehrliche Wirtschaftsstrategie. Die Gier treibt die Menschen über die Grenzen jeglicher Vernunft, führt zu allen Übeln: Boden-, Wasser-, Luftverschmutzung, nuklearem Abfall, Treibhauseffekten, und Vergiftung der Agrarländer und der Meere.

Aber der ehemalige amerikanische Präsident George W. Bush, der von sich behauptet, sehr religiös zu sein, täglich zu beten und sogar persönlichen Kontakt mit Gott haben soll, wird, so behaupten viele Kenner und Politiker, als der größte Geldvernichter der Weltgeschichte gesehen. Dieser Präsident stürzte die gesamte Welt in eine Finanzkrise und damit auch die Wirtschaft in den Abgrund. Sein Nachfolger Barack Obama steht vor einem nationalen Scherbenhaufen, und es wird noch Jahre dauern, bis eine Besserung zu beobachten sein wird. Dieses Finanzbeben an der Wall Street verschiebt auch dramatisch die globalen Machtverhältnisse und es ist vielleicht auch der Anfang vom Ende der amerikanischen Monopolmacht. Einer Monopolmacht eines stark überzogenen, militärisch wie politisch ermüdeten und wirtschaftlich erschöpften Imperiums, das schon die längste Zeit seine unsinnigen Kriege nicht mehr mit realem Geld finanzieren konnte.

Der österreichische Journalist Kurt Seinitz bemerkt dazu: „Das Schicksal von Imperien entscheidet sich immer, wenn eine entkräftete Wirtschaft die Kriegsrüstung nicht mehr finanzieren kann – siehe Sowjetunion." [2]

Die US-Ideologie hat ausgedient, denn der amerikanische Traum einer perfekten Demokratie ist ohnehin schon durch die verschiedenen Maßnahmen gegen den Terror, durch Folter und Konzentrationslager verraten und somit zum Albtraum geworden.

Die Volksrepublik China finanziert seit Jahren die US-Budgetdefizite mit dem Kauf von bald 600 Milliarden Dollar an US-Schuldverschreibungen und so ist die USA teilweise zur Geisel der aufstrebenden Volksrepublik China geworden.

Auch der mächtige Wirtschaftszweig der Autoindustrie ist weltweit in einer bewegten Talfahrt und beweist somit, dass die USA mit ihren Benzinfressern jahrelang auf das falsche Pferd gesetzt haben. Jahrelang auch hat der US-Gigant General Motors (GM) als Mutterkonzern seine verschiedenen profitablen Tochterfirmen, wie Opel ausgesaugt. Insider sprechen von drei Milliarden Euro, die die Deutschen von jenseits des Atlantiks bekommen müssten. Immer wieder verbuchte GM einen Teil seiner anderweitigen Konzernverluste bei der Tochter Opel, so dass das Europageschäft ein ständig wachsendes Minus aufwies. 780 Millionen Euro im dritten Quartal 2008, 1,9 Milliarden Euro im vierten Quartal 2008 und im ersten Quartal 2009 sogar glatte zwei Milliarden Euro.

Der deutsche Buchautor Jürgen Elsässer berichtet: „Eines Tages kamen GM-Leute aus Detroit und sagten, wir wollen jetzt alle eure Entwicklungen, Patente, das ganze Know How. Das kriegen wir jetzt, bitte, und damit es rechnerisch fair zugeht, sagten die, gibt's im Gegenzug Schuldverschreibungen von uns. Jetzt liegen unsere Patente also bei GM, und für jedes Auto, das wir bauen, zahlen wir Gebühren an die. Muss ich erwähnen, dass Opel nie einen Cent für seine Patente gesehen hat? Dasselbe gilt für Konstruktionszeichnungen unserer Autos. Maße, Toleranzen, Materialien, die ganze Blaupause. Das ist entscheidender als ein Patent, es steckt ein wahnsinniges Entwicklungsgeld da drin. Würde sich Opel selbständig machen, so müssten, ginge es gerecht zu, die Amerikaner eine Abfindung an die Deutschen bezahlen, und keineswegs umgekehrt." [3]

Selbst der japanische Autoriese Toyota beklagt ungewohnte Milliardenverluste. Die jahrelange Erfolgsgeschichte mit immer neueren Absatzrekorden geht für den weltweit größten Autobauer jäh zu Ende. Er ist von der Wirtschafts- und Finanzkrise stärker betroffen als ursprünglich angenommen.

Man rechnet erstmals seit der Veröffentlichung von Nettoergebnissen im November 1963 mit roten Zahlen. Im Jahr 2008 hatte der Autohersteller aus Tokio noch 1,72 Billionen Yen erwirtschaftet, doch dann bremste die Weltwirtschaftskrise alle Firmenplanungen aus. Damit fiel am Ende der nicht absehbare Verlust dreimal so hoch aus, als man ursprünglich angenommen hat.

Aber war die Katastrophe vorhersehbar? Für viele Kenner begann diese Krise bereits im Frühjahr 2007. Da hat die zweitgrößte Bank der Welt, die HSBC, eine Abschreibung von zehn Milliarden Dollar bekannt gegeben. Der deutsche Wirtschaftsautor Wolfgang Köhler erklärte: „Es wurde schon vor zehn Jahren vor dem amerikanischen Außenhandelsdefizit gewarnt und der Absturz des Dollars prognostiziert – und es ist nichts passiert. Deshalb wiegten sich viele Leute in einer vermeintlichen Sicherheit. Aber amerikanischen Politikern kann man den Vorwurf machen, dass sie Kreditvergaben in riesigen Mengen ohne Sinn und Verstand zugelassen haben. Da wurden provisionshungrige Vermittler losgejagt, um egal wem Kredite aufzuschwatzen. Und dann hat man diesen Leuten auch noch aufsichtsrechtliche Hürden aus dem Weg geräumt.

Die erste Verantwortlichkeit liegt bei den Bankern, die diese Kredite vergeben haben. Aber es gab auch ein Programm der Regierung, das die Banken ermuntert hat, den Leuten zu mehr Wohnungseigentum zu verhelfen. Das war schon ein Hand-in-Hand-Arbeiten von Wirtschaft und Politik.

Auch hat man 25 Jahre den Menschen vorgegaukelt, man könne auch ohne Arbeit reich werden. Immer mächtigere Triebkräfte wurden in Gang gesetzt, um selbst die ganz normalen Sparer zu involvieren.

Man hat gesagt: Leute, kauft Aktien! Leute, vertraut bei der Altersvorsorge nicht mehr dem Staat, sondern macht das privat! Darauf hin haben die Leute angefangen, Lebensversicherungen abzuschließen und in Fonds zu sparen. So wurden wir als Sparer zu Komplizen derer gemacht, die in erster Linie davon leben, am Kapitalmarkt hohe Renditen zu erwirtschaften. Im Moment versucht man faule Kredite durch Staatskredite zu ersetzen. Ob das ein nachhaltiger Weg ist, muss sich erst zeigen. Die Wirtschaft wieder auf einen ganz normalen Wachstumspfad zu bekommen, wird lange dauern, weil niemand so recht weiß, wie man zehn, zwanzig Billionen Dollar an Krediten sozusagen sozialverträglich abbauen kann.

Ich hoffe, dass sich die Europäer auf die Grundidee der sozialen Marktwirtschaft besinnen: Vertragsfreiheit und Eigentum an

Produktionsmitteln für Unternehmen und auf der anderen Seite das Soziale mitdenken und absichern. Das braucht einen starken Staat, der klare Regeln vorgibt." [4]

Dieser Finanzcrash wird jedoch den ganzen Globus verändern und für die kommenden Jahre starke Veränderungen in Wirtschaft, Lebenseinstellung und Finanzwesen bringen. Dieser Finanzcrash hat aber auch gezeigt, wie stark Europa von der Wirtschaftsmacht der USA abhängig ist. Wir Europäer sollten uns aus Gründen der vielen geschichtlichen Gemeinsamkeiten mit den Vereinigten Staaten als gleichwertige Partner bezeichnen und Wege finden, uns nicht von Amerika bevormunden zu lassen. Wir müssen keineswegs allen außenpolitischen Wendungen der USA folgen, so auch nicht dem Druck, in militärischen Belangen uns als Partner auszugeben.

Wir in Europa können und müssen andere Wege gehen und keineswegs den Beispielen der täglich wachsenden Auslandsverschuldung der US-Wirtschaft oder wachsender Staatsverschuldungen durch die Machtansprüche des amerikanischen Kapitalismus folgen. Denn die Politik der USA, wie ich im späteren Kapitel „Die sonderbare Demokratie" berichten werde, hat in den vergangenen Jahrzehnten eine neue Doktrin der alleinigen Weltherrschaft entwickelt und ihren Anspruch auf eine Vormachtstellung in die Tat umgesetzt. Viele Staaten sind mittlerweile längst zu der Überzeugung gelangt, dass die USA eine größere Bedrohung für die internationale Stabilität darstellen als die so genannten Feindstaaten. Mehrere Länder gehen jetzt auf Distanz zu den Vereinigten Staaten und fördern damit einen Übergang in eine andere Welt, die aus mehreren Machtzentren bestehen wird.

Der Aufstieg eines selbstbewussten, weniger abhängigen und zukunftsorientierten Europa ist auch eine wesentliche Triebkraft dieses Umbruchs. Die wirtschaftstarke Europäische Union mit ihrem starken Euro gewinnt gegenüber dem US-Dollar ständig an Boden. Investoren tendieren mehr und mehr zu Euro-Anlagen, was für die USA, die in hohem Maße von dem Einfluss ausländischen Kapitals abhängig geworden ist, zu einer ökonomischen Achillesferse werden kann.

Charles A. Kupchan schreibt in seinem Artikel der Zeitschrift „Zeit": „Wenn die USA es aber mit einem starken und zielstrebigen Europa zu tun haben werden, wird es für sie zumindest eine Option sein, eine ausgewogene, reife Partnerschaft mit Europa zu pflegen. Ob sich nun Amerika als vernünftig genug erweist, den Multilateralismus wiederzubeleben oder nicht, die EU wird am Ende als ein verantwortliches Machtzentrum dastehen, das seinen Teil dazu beiträgt, einer unsicheren Welt Halt zu geben." [5]

Wieweit der amerikanische Dollar noch als Leitwährung gesehen werden kann, wird sich weisen und wie die neue Führung der USA unter Barack Obama eine vernünftige Zusammenarbeit mit der US-Notenbank ausverhandeln kann, wird in den nächsten Monaten mit Spannung zu beobachten sein. Denn einige amerikanische Präsidenten versuchten schon die Federal Reserve Bank (FED), dieses Bankenkartell, bestehend aus den weltweit führenden Bankhäusern J. P. Morgan, Rockefeller, Rothschild, Warburg und Kuhn-Loeb, zu einer Staatsbank zu machen, sind aber gescheitert. Denn diese Bank ist bis jetzt weder staatlich noch hat sie wirkliche Reserven. Ihr offizieller Zweck ist es, für die Stabilität des Dollars zu sorgen. Denn seit der Gründung der FED hat der Dollar über 95 Prozent seines Wertes verloren. Sitzen in diesem Konsortium Versager, oder hat die Notenbank FED im Verborgenen vielleicht eine ganz andere Aufgabe und einen ganz anderen Zukunftsplan?

Diese Finanz- und Wirtschaftsplaner, die im Geheimen arbeiten, um Ergebnisse zu planen, von denen natürlich die Menschen nicht wollen, dass sie geschehen, sind geldgierige Mitglieder einiger Verschwörungen, also eine kleine Gruppe von Leuten, die im Geheimen für unreelle Zwecke arbeiten. Diese Verschwörungen müssen extrem geheim gehalten werden, denn eine der wichtigsten Aufgaben einer Verschwörung besteht darin, die Menschen davon zu überzeugen, dass solche Verschwörungen gar nicht existieren.

Aber was sind Verschwörungen oder Geheimkulte? Verabredungen geheimer Verbindungen mit Erstellung von Plänen, die der Öffentlichkeit vorenthalten werden. Eine bündische Gruppierung ist bereits eine Vorbereitung von Geheimkulten. Sobald sich Menschen zu einer Gruppe, einer Gesellschaft oder einem Bund zusammenschließen, treibt diese Vereinigung unwillkürlich zu einer Absonderung, zu einer geheimnisvollen Organisation. Verschwörungen haben in der Weltgeschichte schon immer stattgefunden und prägten durch ihre Geheimhaltung, die meist nicht leicht nachweisbar war, das Leben in der Gesellschaft. Die diversen Gerichtsprotokolle beweisen, dass es immer Verschwörungen in der Geschichte gab und heute noch gibt. Weltverschwörungen streben nach globaler Macht und fassen die Voraussetzung für manche politischen Strategien.

Diese geheim gehaltenen Sachen werden immer stärker, je mehr solche Vereinbarungen dem allgemeinen Leben widersprechen und führen auch zu einem festeren Zusammenschluss ihrer Mitglieder.

Umstrittene Absprachen gab es auch in der Antike und im Mittelalter, bei den Freimaurern und den Illuminaten, bei fanatischen Islamisten, skrupellosen Agenten der verschiedenen Geheimdienste, Mafiabossen und geldgierigen Bankern. Sogar die Russische Revolution geht nach Ansicht verschiedener Historiker auf das Konto geheimer Machenschaften. Grundsätzlich sind Verschwörungen oder Geheimgesellschaften nicht als verwerflich zu bewerten, solange die Ergebnisse diverser Versammlungen zum Wohle der Allgemeinheit dienen.

Wenn aber die Ergebnisse all solcher Vereinbarungen bis in unsere Gegenwart und in eine zerstörende Zukunft führen, hinein in eine trübe europäisch-amerikanische Subkultur, in der geheime Gesellschaften religiöser, politischer und hochfinanzieller Art ihre Fäden ziehen, in der politische Parteien, Wirtschaftsmächtige, gesteuerte Medienzaren, Ritterorden, Pseudodemokraten, Freimaurersekten, der umstrittene Vatikan und andere mehr ein solches Spiel spielen, so ist es verständlich, dass Gegenreaktionen entstehen. Als unannehmbar oder verwerflich sind Geheimorganisationen erst dann zu betrachten, wenn Richtlinien oder Maßnahmen erzielt werden, die nur einigen Personen oder Organisationen zum Vorteil gereichen oder sich dadurch bereichern und aber der breiten Allgemeinheit zum Schaden und zum Nachteil werden.

Auch der verschwiegenen Gruppe der katholischen Kirche, dem Opus Dei, unterstellt man, dass diese Laienorganisation der führenden christlichen Kirche erzkonservative und kapitalsüchtige Pläne im Schilde führen.

Die Fülle der so genannten Verschwörungsgruppen ist schier unglaublich. Diese geheimen Machenschaften liefern Erklärungen für Dinge, die rätselhaft und fast undurchschaubar sind. Auf Grund verschiedener Gegenberichte werden solche Pläne geheimer Absprachen zumeist nie aufgedeckt und lassen sich auch schwer beweisen oder widerlegen. Wissenschaftler akzeptieren diese Machenschaften erst dann als Theorie, wenn nachgewiesene Fakten es bestätigen.

Allen Geheimabsprachen liegt ein Feindbild zugrunde, das sich auf dunkle Mächte bezieht und vor allem danach trachtet, Regierungen oder Völker zu unterdrücken oder zu beherrschen.

Solche Menschen, die sich als eine besonders erlesene Gruppe sehen, arbeiten daran, mit diversen Maßnahmen die absolute Macht über die gesamte Menschheit zu bekommen. Zur Erreichung ihrer Ziele benutzen sie Kriege, Depressionen, Inflationen und Revolutionen. Ihre Ziele bestehen darin, sämtliche traditionellen Institutionen, Religionen und auch bestehende Regierungen zu vernichten, um eine neue Weltordnung zu errichten, die nach ihren Spielregeln ausgerichtet sind.

Immer wieder wird von Kennern dieser Machenschaften behauptet: Nur wenige Menschen, die sich zum großen Teil kennen, bestimmen das wirtschaftliche und finanzielle Schicksal des Westens und wählen ihre Nachfolger nur aus ihrem eigenen Kreis. [6]

Der Vater des ermordeten Präsidenten, Joseph Kennedy, nannte die Zahl der Personen, die über Amerika regieren und erklärte dazu: „Fünfzig Menschen herrschen über Amerika. Das ist eine große Zahl.“ [7]

Aber was sind die Motive, die diese Menschen veranlasst, so nach Reichtum und Macht zu streben? Der ehemalige Kongressabgeordnete John Schmitz berichtete: „Menschen schließen sich solchen Verschwörungen an, um Geld und Macht zu gewinnen. Wenn ein Mensch eine Unmenge Geld besitzt, dann ist sein nächstes Ziel die Macht.“

Der amerikanische Erfolgsautor A. Ralph Epperson schreibt über die Macht: „Jene, die nach Macht streben, werden zwangsläufig von ihr korrumpiert. Sie werden dazu bereit, vorsätzlich Depressionen, Revolutionen und Kriege zu verursachen, um ihr Streben nach mehr Macht zu fördern. Diese korrumpierte Natur des Strebens nach Macht ist eine Erklärung dafür, warum der moralische Geist einer Person, die weder nach Macht über andere strebt, noch den Wunsch nach einer solchen Macht versteht, einfach nicht begreifen kann, warum Menschen, die diesen kranken Wunsch haben, menschliches Leid durch Kriege, Depressionen und Revolutionen hervorrufen können. Mit anderen Worten: Die Verschwörer sind erfolgreich, weil die anständigen Bürger nicht begreifen können, dass bestimmte Personen den Wunsch haben, anderen Menschen Leid zuzufügen." [8]

Über die mögliche Tatsache, dass wir vielleicht Jahrzehnte lang von den Führenden der Weltfinanz schamlos belogen und irregeführt wurden und über die Pläne der diversen Geheimbünde, die alles daran setzen, die Welt unter ihre Kontrolle zu bekommen, soll dieses Buch berichten.

Henry Ford II erklärte einmal: „Gut, dass die Bevölkerung nicht begreift, wie das Banken- und Finanzsystem funktioniert, sonst hätten wir vor morgen früh eine Weltrevolution."

Freilich wird es immer wieder Gruppierungen oder Organisationen und Staaten geben, die ihre Macht ausspielen möchten, Menschen und Völker beeinflussen und beherrschen wollen. Wir werden es nicht verhindern können. Wir können nur versuchen, die breite Masse auf die beherrschenden Aktivitäten solcher Menschen aufmerksam zu machen. Und wir müssen versuchen, dass unser Kontinent Europa, der ja anders gestaltet und strukturiert ist, nicht zwischen den rivalisierenden Machtblöcken zerrieben wird, sondern vielleicht als lachender Dritte aus den bevorstehenden Kraftakten des 21. Jahrhunderts hervorgehen kann.

In diesem Buch möchte ich auf Begebenheiten hinweisen, die die westliche Welt, vor allem Europa, in dem letzten Jahrhundert geprägt hat. Wer durch Gier und Machtrausch die Politik diverser Staaten beeinflusst und ausgenutzt hat und mit welchen Mitteln, Lügen und Intrigen eine elitäre Gruppe Amerikaner ihre Pläne verfolgt haben.

Wir könnten in einer Welt leben ohne übermäßigen Kohlendioxidausstoß, ohne radioaktive Verseuchung und mit weniger Kriegen und Konflikten.

Aber denken wir einmal die Entwicklung der Menschheit anders durch. Wie hätten sich die letzten zwei Jahrhunderte entwickelt, wenn anstelle einer Erdölabhängigkeit, wie wir es derzeit erleben, eine andere Energiequelle den Durchbruch erzielt hätte. Wenn vor der Erschließung der Erdölquellen die natürliche Sonnenenergie und Kraftfeld-Energie, wie ich in einem der Kapitel erläutere, den Durchbruch gefunden hätte, wie hätten sich dann die weiteren Jahrzehnte entwickelt? Wir hätten vor allem keine so dominante Abhängigkeit von den mächtigen Weltkonzernen und die Umwelt würde auch nicht so brutal vergewaltigt werden. Aber diese diversen Erfindungen wurden okkupiert, aufgekauft und eine umweltschonende Weiterentwicklung verhindert und um nur mit dem Erdöl und Erdgas riesige Geschäfte zu tätigen.

Ich möchte in diesem Buch unter anderem dokumentieren, wie wir von geldgierigen, amerikanischen Finanzgruppen angetrieben, schamlos irregeführt, mit falschen Argumenten beeinflusst und manipuliert wurden und noch werden. Es geht bei dieser Gruppe nicht nur um die Macht gegenüber anderen Staaten der Erde, sondern auch gegenüber dem eigenen Volk und der eigenen Regierung. Diese Elite sieht noch immer in der Kontrolle von Erdöl und anderen Rohstoffen eine fast unkontrollierte Macht und zwingen mit dieser Art und mit gezielten militärischen Maßnahmen eine Aufrechterhaltung des Dollars zu erreichen. Aber eine solche Wirtschaftsdominanz könnte in nächster Zeit sogar einen Aufstand – selbst in den USA – auslösen und die Vereinigten Staaten vom Sockel des Machtmonopols stürzen.

Die Welt steht vor einer der größten Veränderungen der letzten Jahrhunderte. Die politischen Spielkarten werden neu gemischt, denn die seit 500 Jahren währende Vorherrschaft von Europa und Nordamerika könnte allmählich schwinden. Der Schwerpunkt einer wirtschaftlichen und politischen Struktur verlagert sich immer mehr nach Asien. Auch hat uns die Finanzkrise gezeigt, dass der Umgang mit den derzeitigen Währungen geändert werden muss.

Angesichts einer völlig veränderten Energiewirtschaft müssen wir auf Erfindungen zurückgreifen, die aus strategischen Gründen von Ölkonzernen aufgekauft wurden und in den Tresoren oder Staatsarchiven verschwanden, weil mit Öl mehr Gewinne zu machen sind.

Politiker, die von den machtgierigen, geheimen Mächten geleitet werden und uns eine sonderbare Demokratie vorgaukeln, müssen sich bewusst werden, dass ein solches Spiel keine Zukunft hat. Den Menschen wird immer klarer, dass so das Volk zu Wachs in den Händen dieser geschickten Demagogen wird, die sich letztlich zu Alleinherrschern einer neuen Weltordnung aufschwingen möchten.

Um eine gewisse Objektivität in diesem Buch zu erreichen und meine Thesen zu untermauern, habe ich bewusst viele Zitate und Aussprüche von bekannten Persönlichkeiten und diversen Buchautoren verwendet

Kapitel 1

Klimakrise

Als in den 60er Jahren die ersten Umweltmahner ihre Warnungen bezüglich Klimaschutz ausgesprochen haben, wurden sie belächelt und nicht besonders ernst genommen. Diese Prophezeiungen wurden als Utopie und Angstmacherei verstanden. Allen Warnungen zum Trotz jagte die Menschheit weiterhin Jahr für Jahr Tonnen Treibhausgase und Feinstaub in die Atmosphäre. Der Löwenanteil davon ist Kohlendioxid (CO_2) aus der Verbrennung von Kohle, Erdgas und Erdöl.

Der dramatische Anstieg weit über das heutige Niveau hinaus ist vorprogrammiert und damit ein Treibhauseffekt, der das Klima auf der Erde aller Wahrscheinlichkeit nach radikal verändert.

Auf der Pazifikinsel Hawaii, wo auf dem über 4000 Meter hohen Vulkan Mauna Loa schon am längsten präzise und regelmäßig die Luftverschmutzung gemessen wird, wurde festgestellt, dass der CO_2-Gehalt der Erdatmosphäre von Pol zu Pol jedes Jahr neue bedenkliche Höchstwerte erreicht.

Der amerikanische Klimatologe und Meeresforscher Roger Revelle bezeichnet diese Veränderung als das „größte geophysikalische Experiment", das der Mensch je angestellt hat. Der Mensch verfeuert in wenigen Jahrhunderten die fossilen Brennstoffe, die von der Natur über die Photosynthese und chemische Umwandlungsprozesse in 400 Millionen Jahren aufgebaut wurden. In diesem ahnungslos begonnenen und bis heute unbekümmert fortgeführten „Experiment" gehen beim Verbrennen von Kohle, Erdgas und Erdöl mittlerweile 27 Milliarden Tonnen CO_2 jährlich in die Luft, die zu 75 Prozent aus den Industrieländern stammen. An jedem

Tag werden weltweit mehr fossile Brennstoffe verfeuert als in tausend Jahren Erdgeschichte entstanden sind.

Die Regierenden der Industrieländer, die schon längst handeln müssten, verharren in kollektiver Verdrängung und setzen zuwenig Aktivitäten, um den Ausstoß an CO_2 zu drosseln. Die Politiker zeigen wenig Neigung, die erforderlichen Maßnahmen zu erstellen und die Umweltorganisationen machen kaum Druck. Sie zeigen wesentlich mehr Interesse an den Wirtschaftswachstumszahlen der Großindustrien und Großbanken und sind eher blind für ein vernünftiges und zukunftsorientiertes Umweltprogramm.

Auf der UN-Konferenz für Umwelt und Entwicklung im Juni 1992 in Rio de Janeiro unterzeichneten über 150 Staaten eine „Klimakonvention" mit dem Ziel, die Treibhausgase zu stabilisieren, auf dem ein gefährlicher Wandel des globalen Klimas noch verhindert werden kann.

Ein von der Vereinten Nationen beauftragtes internationales Gremium aus 170 führenden Klimatologen hatte die in Rio de Janeiro versammelten Staatschefs und Politern über die Konsequenzen ihrer Untätigkeit nicht im Zweifel gelassen: „Die atmosphärische Konzentration der langlebigen Gase reagiert nur langsam auf Emissionsänderungen. Fortgesetzte Emissionen dieser Gase im gegenwärtigen Ausmaß würden uns für Jahrhunderte mit erhöhten Konzentrationen konfrontieren."

Je früher der Zustrom der Treibhausgase gedrosselt werde, so die Forscher vom Intergovernmental Panel on Climate Change (IPCC) in ihrem umfänglichen Bericht „Wissenschaftliche Einschätzung des Klimawandels", um so eher ist eine Stabilisierung der Atmosphäre zu erreichen.

Weiters berichtet Dr. Erwin Lauch in der Zeitschrift GEO: „Was jetzt notwendig wäre, um die Konzentration an Treibhausgasen tatsächlich zu stabilisieren, haben die Klimahausgutachter in ihrem Bericht ebenfalls hineingeschrieben: „Die von Menschen verursachten Emissionen müssten sofort um mehr als 60 Prozent verringert werden. Selbst bei einer derartigen Blitzaktion, die natürlich unmöglich ist, würde die Mauna-Loa-Kurve nicht gleich wieder sinken, sondern lediglich auf erhöhtem Niveau in die Waagrechte schwenken.“ [1]

Temperaturänderungen sind jedoch in den vergangenen Jahren sehr unterschiedlich ausgefallen. Während sich Teile Nordamerikas und Sibiriens von 1967 bis 1989 stellenweise um mehr als zwei Grad erwärmt haben, sind weite Gebiete Europas in diesem Zeitraum bis um ein Grad kühler geworden.

Im Laufe der Erdgeschichte kam es immer wieder zu natürlichen Klimaveränderungen mit Wechseln von Kalt- und Warmperioden. Über einen großen Zeitraum gesehen erweist sich das Klima als sehr veränderlich, wobei es regional spezifische Unterschiede gibt.

Betrachtet man die Temperaturentwicklung der letzten Million Jahre, so fallen enorme Schwankungen auf. Immer wieder wechseln extreme Kaltphasen mit warmen Perioden ab. In den Kaltphasen schoben sich die Gletscher weit vor und bedeckten große Teile der Kontinente. Die letzte dieser Kaltzeiten endete vor etwa 10 000 Jahren.

Beobachtet man eine Zeitspanne von einer Milliarde Jahre, so lassen sich nur besonders ausgeprägte Warm- und Kaltphasen erkennen. Beachtet man hingegen die letzten 100 Jahre, so kann man feinere Veränderungen im Klima feststellen.

Die Oberflächentemperaturen der tropischen Ozeane haben zwischen den Jahren 1949 und 2000 um 0,5 Grad zugenommen. Besonders stark ist die Temperaturerhöhung im Westpazifik und im östlichen Indischen Ozean, dem ohnehin wärmsten Bereich der tropischen Meere. Die Verdunstung über den tropischen Meeren hat im selben Zeitraum um 16 Prozent zugenommen.

Auch hat in allen Breiten in den letzten Jahren die mittlere Windgeschwindigkeit stark zugenommen, in den mittleren Breiten um fünf bis zehn Prozent. Dazu entstand auch eine starke Zunahme von schweren Stürmen und Orkanen auf der ganzen Welt.

Im Nordatlantik bei Island um 44 Prozent, bei den Aleuten im Nordpazifik sogar um 88 Prozent. Wissenschaftliche Studien bestätigen: Die Meere werden wärmer und daher werden auch die Stürme kräftiger. Im Jahr 2004 wurde Florida von vier ungewöhnlich starken Hurrikanen heimgesucht und die Umweltkatastrophe von New Orleans im Süden der Vereinigten Staaten ist noch vielen Menschen in Erinnerung. Wenn die Oberflächentemperatur der Meere steigt, dann verdunstet mehr Wasser und es kommt zu stärkeren Hurrikanen.

Eine MIT-Studie von 2005 bestätigt: „Die großen Stürme, die sich seit den siebziger Jahren über Atlantik und Pazifik bilden, haben an Dauer und Intensität um 50 Prozent zugenommen.“ [2]

Auf den Kontinenten haben sich die Niederschläge seit 1950 um mehr als fünf Prozent verstärkt. Eine Ausnahme bilden die überwiegend bereits trockenen nördlichen Breiten zwischen 5 und 35 Grad, wo es nun vielfach noch weniger Niederschlag gab.

Hartmut Graßl vom Max-Planck-Institut für Meteorologie in Hamburg betont: „Was immer die globale Erwärmung an Folgereaktionen auslöst, an positiven oder negativen Rückkoppelungen, kann die Entwicklung verstärken oder abschwächen, aber keinesfalls völlig umkehren.“ [3]

Weltweit schmelzen die meisten Gebirgsgletscher stark ab. In den Alpen haben die Gletscher seit 1850 rund die Hälfte ihrer Eismassen verloren. Die Permafrostgrenze hat sich in den 100 Jahren um 150 bis 200 Meter nach oben verschoben. Bei einer Erwärmung um weitere 1 bis 2 Grad Celsius bis zum Jahr 2100 droht ein weiterer Anstieg der Bodeneisgrenze um 200 bis 750 Meter. Gemeinsam mit dem Rückschmelzen der Gletscher wird dieser Anstieg der Permafrostgrenze für die zunehmende Häufigkeit von Naturkatastrophen verantwortlich gemacht. Muren, Steinschlag, Erdrutsche und Hochwasser werden durch ein wärmeres Klima in den Alpen stark begünstigt und bedrohen zunehmend auch bisher verschonte Alpenregionen.

Für die Gebirgsländer sind die jüngsten Ergebnisse bezüglich der Hydrosphäre (Wasserkreislauf) und Kryosphäre (Schnee und Eis) von bedrohlicher Bedeutung. Weniger Schnee und mehr Regen werden die Winter der nächsten Jahrzehnte bestimmen. In den Alpen ist daher der Wintertourismus durch diese Klimaveränderung besonders betroffen. In etwa 20 bis 30 Jahren wird auch in höheren Lagen über 1500 Meter und in den Gletschergebieten der Wintertourismus seine Basis verlieren und somit einen bedeutenden Wirtschaftszweig der Alpenregion gefährden. Durch das Schmelzwasser und durch die Ausdehnung des wärmer gewordenen Meerwassers wird auch der Meeresspiegel in den nächsten Jahrzehnten um 20 bis 60 Zentimeter steigen.

So zurückhaltend die Wissenschaftler bei der Deutung der beobachteten Klimaveränderung sind, so unmissverständlich weisen sie immer wieder auf die fundamentalen und unbestrittenen Erkenntnisse hin, die den Warnungen vor den Auswirkungen des Treibhauseffekts zugrunde liegen.

Dr. Erwin Lauch, GEO-Redakteur betont zum Thema Klima: „Die Regionen der Erde werden je nach Breitengrad und Jahreszeit ganz unregelmäßig vom Sonnenlicht bestrahlt, das wiederum in ganz unterschiedlichem Ausmaß am Boden aufgenommen und dabei in Wärme umgewandelt oder gleich wieder ins All zurückgespiegelt wird. So reflektieren die Meere nur drei bis zehn Prozent des einfallenden Lichts, Neuschneegebiete hingegen 75 bis 90 Prozent. Erwärmt sich die Atmosphäre durch Treibhausgase, so sammelt sich die zusätzliche Wärme dort nicht einfach an, sondern macht wiederum auch Wasser und Landmassen wärmer, schmilzt Eis und verdampft Wasser. Ein Teil der durch den Treibhauseffekt aufgestauten Wärme wird für kürzere oder längere Zeit außerhalb der Atmosphäre gespeichert, vor allem in den Meeren. Schmilzt durch die Erwärmung das Treibeis in der Arktis, nimmt das Wasser die Sonnenenergie, die zuvor vom Eis reflektiert wurde, fast völlig auf. Wenn bei erhöhter Temperatur mehr Wasser verdunstet, enthält die Luft mehr Wasserstoff, der selbst ein Treibhausgas ist.

Wo viel Wasserdampf oder auch Staubpartikel aufsteigen, bilden sich Wolken, die einerseits die Erde kühlen, weil sie ähnlich wie Eis die Sonnenstrahlen stark reflektieren, andererseits wärmend wirken, weil sie Infrarotstrahlen vom Erdboden abfangen. Wächst durch höhere Niederschläge die Vegetation üppiger, wird weniger Sonnenlicht ins All zurückgestrahlt. Andererseits ziehen die Pflanzen dann mehr CO_2 aus der Luft.

Was geschieht bei einer Verdoppelung des CO_2? Bei allen Experimenten mit den Modellen der verschiedenen Arbeitsgruppen erhöhten sich die mittleren Temperaturen auf der Erde beträchtlich doch in unterschiedlichem Ausmaß. [4]

Bereits bei einer internationalen Klimakonferenz im österreichischen Villach einigten sich die Modellbauer-Teams 1985 auf die Aussage, dass bei einer CO_2-Verdoppelung mit einer durchschnittlichen Erhöhung der bodennahen Lufttemperatur von 1,5 bis 4,5 Grad Celsius zu rechnen sei. Die Forscher warnen daher immer wieder, dass schon eine Temperaturerhöhung von 1,5

Grad alle Ausschläge des Klimas in der Nachzeit übertrifft und somit, wie aus Klimaschwankungen geringeren Ausmaßes in historischer Zeit zu schließen ist, enorme Auswirkungen hat und die Temperaturveränderungen nicht gleichmäßig über das ganze Jahr verteilt sind, so dass auch daraus weitaus stärkere Effekte als im Durchschnitt resultieren.

Hans-Joachim Schnellhuber, Gründungsdirektor des Instituts für Klimafolgenforschung in Potsdam, dokumentiert: „Das meiste Kohlendioxid pro Kopf der Bevölkerung produzieren mit gewaltigen Unterschieden die Industrieländer. So belastet Japan die Atmosphäre mit nur einem Bruchteil dessen, was die USA, das mit Abstand an der Spitze liegt, der Erde zumuten. Untersuchungen an Bohrkernen aus grönländischem Eis zeigten, wie groß der Spielraum für Überraschungen durch Klimaveränderungen tatsächlich ist. Die Bohrkerne, die bis zu 200000 Jahre in die Vergangenheit zurückreichen, erwiesen sich als wertvolle Chroniken über Klimaschwankungen. Ihre verblüffendste Offenbarung ist, dass Abkühlungen sich zwar allmählich vollzogen haben, Erwärmungen um bis zu sieben Grad jedoch innerhalb weniger Jahre.

Das Klimasystem ist offensichtlich viel labiler, als bisher angenommen wurde, und es kann sehr plötzlich kippen. Es wäre also geboten, mit einem System, das derart zur Instabilität neigt, behutsam umzugehen. Wir Wissenschaftler sind wie Lotsen auf einem Vergnügungsdampfer, die genau wissen, dass wir auf einem Eisberg zusteuern, wenn wir so weitermachen. Dem Kapitän zu sagen, er möge den Kurs ändern, ist zwecklos, weil sich die Gesellschaft gerade so schön vergnügt. Deshalb berechnen wir, wie lange es noch bis zum Aufprall dauert und wie wir die Leute in die Boote bringen." [5]

„In einer bevorstehenden Klimaveränderung spielt der Golfstrom eine sehr wesentliche Rolle. Dieser gigantische Strom ist eine warme rasch fließende Meeresströmung im Atlantik und ist mit einer Geschwindigkeit von bis zu 2,5 m/sec eine der stärksten Meeresströmungen überhaupt. Durch seinen Wärmetransport wirkt er wie eine große Heizung, dank derer große Gebiete in West- und Nordeuropa, wie Irland, Großbritannien und Skandinavien, ein wärmeres Klima aufweisen, als aufgrund ihrer geographischen Breitengrade zu erwarten wäre. [6]

Bei der Entstehung des Golfstroms arbeiten mehrere Kräfte zusammen. Zum einen spielt die atmosphärische Zirkulation und die nach Norden zunehmende Wirkung der Corioliskraft auf die Wasserbewegung eine Rolle. Zum anderen ist er ein Teil des globalen Förderbandes, angetrieben durch Dichteunterschiede, durch Temperatur und Salzgehalt sowie Tiefenkonvektion. Seinen Namen hat er irrtümlicherweise vom Golf von Mexiko. Der eigentliche Golfstrom ist die Meeresströmung zwischen dem Kap Hatteras, etwa 1520 km nördlicher im Atlantik. Seine Ursprünge sind im Floridastrom, der wiederum vom Südäquatorialstrom kommend den Golf von Mexiko durch die Meeresenge zwischen Kuba und Yukatan betrifft. Auf seinem Weg über den Atlantik spalten sich Teile ab und fließen zurück in südlicher oder westlicher Richtung. Die transportierte Wassermasse verringert sich durch diese Teilung der Strömung und verliert durch Verdunstung auch an thermischer Energie. Dennoch bringt diese Strömung noch genügend Energie nach West- und Nordeuropa, um dort für ein – verglichen mit anderen nördlichen Breiten, wie z.B. Kanada – unerwartet mildes Klima zu sorgen.“ [7]

„Auf der Reise nach Norden verdunsten Teile des vom Golfstrom transportierten warmen Wassers. Dadurch wird der Salzgehalt, die Salinität des Wassers, im Golfstrom erhöht, wodurch das Wasser im Nordatlantik schwerer wird als das umgebende Wasser und daher zu sinken beginnt. Das Wasser, das nach der Verdunstung des warmen Wassers im Nordatlantik übrig bleibt, ist nicht nur kälter, sondern – weil das im Wasser enthaltene Salz nicht verdunstet und sich anreichert – auch viel salzhaltiger. Diese kältere und salzhaltigere, und damit schwerere Wasser, sinkt mit unfassbaren 22 Milliarden Litern pro Sekunde auf den Meeresboden hinab und setzt die nach Süden fließende Kaltströmung in Gang. Dort wird die Nordatlantikdrift Teil des Nordatlantik-Tiefwassers, einer südwärts gerichteten Meeresströmung.“ [8]

Einige Wissenschaftler haben im Zusammenhang der aktuellen globalen Klimaerwärmung die Befürchtung geäußert, dass der oben unter thermoliner Zirkulation beschriebene Absinkmechanismus in den nächsten 20 – 100 Jahren aus dem Gleichgewicht kommen könnte.

Süßwasser, das durch die Erwärmung von der arktischen Polkappe abschmilzt, könnte den Golfstrom abschwächen, da die Dichte des Wassers durch den Süßwassereingang verringert wird und es nicht mehr so tief absinkt. Das Resultat wäre eine Abschwächung und möglicherweise Verlagerung des Golfstroms, was einen enormen Klimawandel in Nordeuropa – mit signifikanten Konsequenzen – zur Folge hätte. [9]

Nicht alle Regierungschefs, Konzernmanager und Wirtschaftsfachleute haben die Warnungen der Klimaforscher ignoriert. Einer der wenigen, die solche Berichte und Ausführungen ernst genommen haben, war der Vizepräsident der Vereinigten Staaten Al Gore. Nachdem er aber bei der damaligen Präsidentenwahl gegen George W. Bush mit einen Vorsprung von einer halben Million Stimmen nicht zum Präsidenten der USA gewählt wurde, setzte er sich besonders für seinen Jugendtraum ein: für die Umwelt und gegen den Klimawandel bedeutende Maßnahmen zu ergreifen. Bei einem Interview erklärte Al Gore auf die Frage über das Kyoto-Abkommen:

„Wir Amerikaner machen es dem Rest der Welt zu einfach, sich großartig grün und umweltbewusst zu fühlen. Mit unserer Energieverschwendung und dem Widerstand gegen Kyoto haben wir die Hürden niedrig gelegt. (Die USA und Australien haben als einzige größere Nationen das Kyoto-Abkommen nicht unterschrieben.) Aber in keinem Land der Erde tun Politiker und Bevölkerung genug, um eine Klimakatastrophe abzuwenden und die Erde für unsere Kinder und Enkel zu bewahren."

Die Energieindustrie Australiens und die amerikanischen Ölbarone versuchten jahrelang, die Warnungen bezüglich des Treibhauseffektes als ein Hirngespinst hinzustellen. Sie gründeten sogar eine Organisation mit dem Namen Global Climate Coalition (GCC), die mit viel Geld öffentlich gegen den Kyoto-Vertrag Stimmung machte.

Während der Besprechung in Kyoto finanzierten die GCC alle vier Minuten einen Werbespot im amerikanischen Fernsehen, in dem der Treibhauseffekt geleugnet wurde. Diese Fersehspots kosteten dreizehn Millionen US-Dollar und wurde von den Firmen Mobil, Shell, Texaco, Exxon, Ford, General Motors, Chrysler und Chevron finanziert. [10]

Durch die Gier nach Macht bewegt sich heute fast alles um Öl und das wird von den Ölbaronen sowie auch von der amerikanischen Regierung stark unterstützt und gefördert. Das Erdöl ist zum Treibstoff einer mechanisierten Welt geworden. Jährlich verbrennen wir 31 Milliarden Fässer davon, ohne uns Gedanken zu machen, ob eine andere Energiequelle möglich und besser für die Umwelt wäre.

Die Natur brauchte drei Millionen Jahre, um die unglaubliche Menge, welche wir in nur einem einzigen Jahr auf unserem Globus verbrennen, produzieren zu können.

Als Al Gore mit der Frage konfrontiert wurde: „Was hätten Sie als Präsident anders gemacht als George W. Bush?", antwortete er: „Ich hätte sehr viel ganz anders gemacht, das ist doch klar. Ich wäre nach dem 11. September in Afghanistan einmarschiert, schon um Bin Laden zu jagen, aber ich wäre nicht in ein Land einmarschiert, das Amerika nicht angegriffen hat und das mit dem 11. September gar nichts zu tun hatte. Ich hätte die Krise genutzt, um Amerika auf ein Ende der Abhängigkeit von Ölimporten einzuschwören. Der Klimaschutz wäre das Grundthema meiner Präsidentschaft geworden. Ich bin überzeugt, dass es sich um die größte Herausforderung handelt, vor der die Menschheit je gestanden ist. Bush hat es versäumt, diesen Wandel zu fördern.
Man hätte die Milliarden US-Dollar statt in den Irakkrieg in Energieforschung und Spartechnologien investieren sollen, in energieeffiziente Häuser und Geräte. Dann wäre Amerika unabhängiger vom Öl und damit sicherer. Bush hat das Gegenteil erreicht. Diese Wahrheit wird ihn einholen. Es ist doch absurd, dass wir riesige Kredite bei den Chinesen aufnehmen, um Erdöl aus dem Persischen Golf zu kaufen und letztendlich damit das Klima des Planeten ruinieren." [11]

Mit seinem hochinteressanten Film „Eine unbequeme Wahrheit" will Al Gore weltweit auf die Klimaveränderung aufmerksam machen, und mehr als sechs Millionen Menschen haben mit Begeisterung diese Dokumentation mittlerweile gesehen. Auch wie stark eine Feinstaubbelastung unsere Atmosphäre belastet, wird in diesem Film dokumentiert und er berichtet: „Es war der 12. September 2001, der Tag nach der WTC-Tragödie in New York. Während Amerika trauerte, war das Wetter ungewöhnlich schön, der Himmel klar.

Das bedeutete eine einzigartige Chance für David Travis. Seit 15 Jahren forschte er bereits über den Einfluss der Kondensstreifen von Flugzeugen auf das Klima. Täglich ziehen sie ein dichtes

Netz über den Himmel. Doch nach den Terroranschlägen auf das World Trade Center blieben in den USA sämtliche Flugzeuge drei Tage lang auf dem Boden. Travis sammelte Messwerte von 5000 Wetterstationen. Das Ergebnis: „Die Temperaturspanne zwischen der höchsten Temperatur während des Tages und der tiefsten in der Nacht war um ein Grad Celsius gestiegen. Ein Wert, der sich normalerweise sehr langsam ändert. Hier war das Resultat drastischer als erwartet. Und während der drei Tage fiel nur ein Verursacher der Verschmutzung, die Emission der Flugzeuge weg – die Temperatur stieg. Die Gesamtverursacher von Global Dimming müssten also einen enormen Einfluss auf die Welttemperatur haben." [12]

Aber wo ist die Schuld zu suchen, dass die unzähligen Warnungen der letzten Jahrzehnte nicht ernst genommen wurden? Liegt es an den Normalbürgern oder an den Regierungschefs, den Firmenkapitänen und Konzernmanagern, dass fast nichts unternommen wurde? Gab es überhaupt für den normalen Konsumenten eine Alternative zu Heizöl, Treibstoff, Gas und Kohle?

Jetzt, nach der abgelaufenen Amtszeit von George W. Bush, kommen so manche Einzelheiten ans Tageslicht und es stellt sich heraus, was die eigentlichen Interessen dieses Präsidenten waren. Thomas Fischermann schreibt in der Zeitschrift „Die Zeit": „Es war ein Nachmittag im Mai 1999, in der Nähe von Austin in Texas, als die Umweltpolitik des angehenden Präsidenten George W. Bush geboren wurde. „Ich werde der nächste Präsident der Vereinigten Staaten sein", soll Bush den 15 versammelten Umwelt- und Politikexperten seines kleinen Privatseminars damals gesagt haben. So haben es später zumindest Steven Hayward und Terry Anderson berichtet, zwei der geladenen Berater. „Wenn ich das Amt verlasse, wird die Luft sauberer, das Wasser sauberer und die Umwelt gesünder sein."

Doch dreieinhalb Jahre später erschienen die Vorsätze wie ein schlechter Scherz. Die Bush-Administration hatte sich, von der breiten Öffentlichkeit kaum bemerkt, in der Tat ein Umweltgesetz nach dem nächsten vorgenommen und drastische Reformen auf den Weg gebracht – jedoch, da sind sich die Fachleute einig, hauptsächlich zum Nachteil der Natur.

Nachdem der angehende Präsident in einer Wahlkampfrede versprochen hatte, das Treibhausgas CO_2 zu reduzieren, nahm er das nach der Wahl wieder zurück. Er bestritt seither das Phänomen der Klimaerwärmung, unterdrückte offenbar einschlägige Forschungsberichte seiner eigenen Umweltbehörden und ließ das Kyoto-Protokoll scheitern.

Längst ist es kein Geheimnis mehr, dass amerikanische Politiker in hohem Maße von den Spenden für ihre Wahlkampagnen abhängig sind und dass die Kampagne George W. Bush und Dick Cheneys viele finanzkräftige Freunde bei den Umweltsündern hatten." [13]

Auf Umwegen wurde auch den Europäern die Rechnung des Irakkriegs präsentiert. Einen Plan, den Irak auf Grund der enormen Ölreserven anzugreifen, gab es schon seit Jahren. Obwohl mittler-weile bekannt wurde, dass die Terroristen des 11. September keine Iraker sondern zum größten Teil Saudis waren, die von der Königsfamilie in Riad finanziell unterstützt wurden, griff Präsident Bush den Irak an. In einem Interview erklärte auch der damalige Ölminister Ahmad Yamani in Riad der italienischen Journalistin Oriana Fallaci, dass das immense Kapital Osama Bin Ladens nicht eingefroren wurde. Dieses Konto wird auch weiterhin von den Saudis und von dem amerikanischen Wohltätigkeitsverein der Rabita Trust unterstützt. [14]

Unzählige Erfindungen wurden in Laufe der letzten Jahrzehnte gemacht, die eine fantastische Lösung der Klimaprobleme gehabt und für die Umwelt enorme Vorteile gebracht hätten, aber diese Erfindungen wurden zum Teil von den Großkonzernen und Ölbaronen verhindert, aufgekauft und in den Tresoren diverser Banken verstaut. Sie waren ja eine beachtliche Bedrohung für die wirtschaftlichen Interessen einiger Wirtschaftsfamilien und Großbanken, die nur durch den Umsatz des Öls ihre Macht festigen und ausbauen wollten.

Diese Zukunftsstrategen haben Jahrzehnte bewusst auf das falsche Pferd gesetzt und die Mahnungen der umweltbewussten Wissenschaftler ignoriert, die an das Wohl unseres Planeten und den Menschen gedacht haben.

Um einen Übergang zu neuen Energieformen in einer Demokratie durchzusetzen, muss das Verständnis für die naturwissenschaftlichen Zusammenhänge und die quantitativen Beziehungen bei den Menschen und besonders bei den vom Volk gewählten Politikern vorhanden sein. Um die Energiewende von der Verbrennung der fossilen Brennstoffe zu emissionsfreien Energiequellen zu ermöglichen, ist eine massive Bildungspolitik erforderlich.

Die Forschung nach erneuerbarer Energie wie Wasserkraft, Windkraft, Erdwärme, Photovoltaik, Tachyonen- und Solarenergie ist dringend notwendig und muss gefördert werden.

Wir müssen uns im Klaren sein, dass unser Heimatplanet Erde ein sehr empfindlicher, ja labiler Organismus ist, der durch unverantwortliche, machtgierige Ausbeutung leicht aus dem Gleichgewicht gebracht werden kann.

Wenn wir in der Bibel im Alten Testament nachschauen und lesen: „Macht euch die Erde untertan", so müssen wir zu der Erkenntnis kommen, dass es sich hier um einen Übersetzungsfehler handeln muss. Denn mit diesen Worten meinte man wohl, der Mensch kann sich der Erde bedienen und sie nützen – aber wir haben uns den Naturgesetzen dieser Mutter Erde anzupassen und haben die Pflicht und auch die Verantwortung den Globus unseren Kindern und unserer Nachwelt zu erhalten.

So betrachtet müsste die Stelle in der Bibel richtig verstanden werden: „Nützt die Erde, schützt sie und lernt sie zu schätzen."

Kapitel 2

Ein vergessenes Genie

Als ein fast vergessener Erfinder wird Nikola Tesla von vielen Wissenschaftlern zu den größten Genies des 20. Jahrhundert gezählt. Andere bedeutende Erfinder wie Thomas Alva Edison und Guglielmo Marconi ernteten viele Lorbeeren und Anerkennungen, die aber eigentlich Nikola Tesla zugestanden wären.

Nikola Tesla wurde vor ungefähr 150 Jahren am 10. Juli 1856 in dem kleinen kroatischen Dorf Smijan als Sohn eines Geistlichen geboren. Bereits in jungen Jahren vollbrachte er erstaunliche Leistungen in der Schule. Sein größtes Interesse galt dem Physikunterricht und den Naturwissenschaften.

Bei seinem Studium in Graz interessierten ihn weiters auch Literatur, Mathematik und Sprachen. Neben Englisch, Französisch, Deutsch und Italienisch sprach er auch mehrere slawische Sprachen. Es ist bekannt, dass er am Ende seines Lebens zehn Sprachen beherrscht haben soll.

Nach dem Wunsch seines Vaters sollte er auch Priester werden, aber er setzte sich durch und ging nach Österreich, um dort Maschinenbau zu studieren, denn schon in seinen jungen Jahren hegte er den Wunsch, eigene Turbinen mit erheblichen Verbesserungen gegenüber den herkömmlichen zu planen und zu konstruieren.

Mit einem Stipendium begann er 1875 sein Studium in Graz. Er besuchte die Vorlesungen des berühmten Professor Pöschl, der mit seinen Studenten Versuche mit der neuesten Erfindung dieser Zeit, der Gramme-Maschine, machte. Tesla wollte die Maschine, die durch starke Funkenströme große Energieverluste mit sich bringt, verbessern und mit Wechselstrom statt Gleichstrom betreiben. Seine Überlegung bildeten die Grundlage für eine seiner größten Erfindungen wenige Jahre später: den Wechselstromgenerator.

Seine erste Arbeitsstelle trat Nikola Tesla in Budapest bei einer Telefongesellschaft im Jahre 1881 an. Hier traf ihn während eines Spaziergangs der Geistesblitz, der die Welt der Technik enorm revolutionieren sollte. Es war das Konzept des Wechselstroms, auch Induktionsmotor genannt, durch den die Übertragung von Strom über hundert von Kilometern möglich wurde. [1]

Auf Empfehlung ging Nikola Tesla 1884 nach Amerika, um dort mit Thomas Alva Edison zusammenzuarbeiten. Man überbrachte Edison einen Brief mit der überzeugenden Erkenntnis, dass die Welt derzeit zwei Genies hätte. Der eine sei Thomas A. Edison und der zweite eben dieser Nikola Tesla.

Die beiden Physiker waren aber sehr gegensätzliche Charaktere in Arbeitsweise und Temperament. Edison beauftragte Tesla, einige seiner Erfindungen zu verbessern, um sie effektiver, leistungsstärker und auch preiswerter zu machen. Dabei versprach ihm Edison eine Prämie von 50000 Dollar, sollte dies Tesla gelingen. Als Tesla nach einem Jahr diese Aufgabe erfolgreich abgeschlossen hatte, forderte er seine Prämie ein. Edison beschimpfte mit seinem Temperament Tesla und bot ihm nur eine Gehaltserhöhung an. Es kam zum Streit und so gründete Nikola Tesla 1887 in New York seine eigene Firma und nannte sie „Tesla Electric Light Company“. In der Zeit von 1887 bis 1891 meldete er bereits 40 Patente an und erhielt auch die amerikanische Staatsbürgerschaft. Der Erfinder Edison erkannte zu spät das überragende Talent Teslas, obwohl er einige Erfindungen für seine Zwecke ausgenützt hatte.

Ein grundlegender Unterschied zwischen Edison und Tesla war, dass Edison einen ausgeprägten Geschäftssinn hatte, der Tesla aber zur Gänze fehlte. So gesehen verkaufte sich Nikola Tesla Zeit seines Lebens unter seinem Wert, was vorwiegend daran lag, dass ihm seine Erfindungen und Forschungen immer wichtiger waren als deren kommerzielle Verwertung. Ab dem Jahr 1888 arbeitete Tesla mit George Westinghouse zusammen, verbesserte den Wechselstrommotor, und mit dem erfolgreichen Verkauf stieg die Firma Westinghouse zum größten Konkurrenten von Thomas A. Edison auf.

Im Jahr 1900 schrieb Tesla als vorausschauender Wissenschaftler bereits einen seiner wichtigsten Artikel über Nachteile der Verbrennung fossiler Brennstoffe. Er erkannte die Anzeichen, dass eine Umweltzerstörung nicht ausbleiben würde und er erklärte dabei: „Der Schöpfer hat uns Wege gewiesen, um einer Katastrophe zu entkommen."

Teslas Erfindungen waren nicht nur auf den Wechselstrom begrenzt. Tesla hatte bis zu seinem Tod über 700 Patente angemeldet, unter anderem so bedeutende Erfindungen wie den Tesla-Transformator, die Tesla-Spule, die noch heute eine Grundlage der Fernsehtechnik ist, den Tesla-Generator, die Tesla-Turbine, die Bogenlampe, Radiowellen, Radio und viel mehr. Zeit seines Lebens hörte er nicht auf zu forschen. Er sagte auch voraus, dass die innere Hitze der Erde als Energieträger genutzt werden kann, dass die Sonnenenergie eine sehr wichtige Rolle in der Zukunft spielen wird, dass drahtlose Taschentelefone entwickelt werden würden, und er sprach schon damals von einer weltweiten Radioübertragung. So wurde sein Laboratorium schon mit Leuchtstoffröhren beleuchtet, ehe die Industrie diese als Beleuchtungsmittel entdeckte. Tesla experimentierte mit Vakuumröhren schon Jahre bevor sie offiziell erfunden wurden. [2]

Tesla hatte bereits damals ganz streng die Begriffe von Ladung und Masse getrennt, wie es erst viel später durch den österreichischen Physiker Ehrenhaft, den deutschen Physiker Thomas E. Röschlau und durch den amerikanischen Physiker Thomas E. Bearden geschehen ist. Dr. Hans A. Nieper, Präsident der Deutschen Vereinigung für Schwerkraftfeld-Energie berichtet: „Tesla hat verschiedene technische Geräte mit bestimmten Wicklungen erfunden, mit denen man die Energie des Äthers (heute des Tachyonenfeldes) einfangen, oder besser anhäufen und in nutzbare Energie transformieren kann. Die spektakuläre Experimentalleistung dieser Art war der Bau eines Konverters, welcher einen speziellen Elektromotor antrieb, der in eine schwere Luxuslimousine eingebaut war. Dieses Automobil erreichte bereits die Fahrleistung eines vergleichbaren Modells mit Benzinmotor.“ [3]

Tesla legte dem Bankier John Pierpont Morgan einige seiner Pläne vor, wie Fabriken mit billiger Energie versorgt werden sollten, Häuser geheizt, Lokomotiven und auch verschiedene Fahrzeuge angetrieben werden könnten. Ein kleiner Konverter war dazu erforderlich und eine kurze Antenne, um die Energie einzufangen. Als J. P. Morgan diese Pläne sah, packte ihn das pure Entsetzen. „Um Himmels willen, dann verkaufen wir ja nur noch einige Kästen und Antennen und können unsere einträgliche schwere Technik abschreiben“, war sein entsetzter Kommentar. J. P. Morgan befahl, die Anlagen in Colorado Springs umgehend abzureißen und verweigerte ihm jede weitere finanzielle Unterstützung.

Erst im Jahr 1931 konnte Tesla den Betrieb eines Fahrzeuges durch die Schwerkraft-Feld-Energie realisieren und erreichte damit eine Leistung ähnlich eines Benzinmotors. – Brennstoffkosten null!! Es handelte sich um einen Pierce-Arrow, ein Luxusmodell der damaligen Zeit. Der Motor war entfernt worden, Kupplung, Getriebe und Achsenübertragung auf die Hinterräder blieben jedoch unverändert. Der Benzinmotor war ersetzt worden durch einen runden, allseits geschlossenen Elektromotor von etwa einen Meter Länge und ca. 65 cm Durchmesser und mit einem Kühlpropeller an der Vorderseite. Es soll sich um einen kollektorlosen Motor gehandelt haben. Tesla bezeichnete diesen Motor als einen Schwerkraftfeld-Energiekonverter. Der Motor lief mit einer maximalen Drehzahl von 1800 U/min. Tesla sagte, die Energie aus dem Konverter sei im Übrigen groß genug, dass er zusätzlich zu dem Automotor noch ein ganzes Haus mit Energie versorgen könne.

Der Wagen wurde über eine Woche hin ausprobiert, er erreichte ohne weiteres die beträchtliche Geschwindigkeit von 90 Meilen (144 km) pro Stunde. Wie die Versuchsergebnisse ergaben, waren die Leistungen des Pierce-Arrow denen eines Fahrzeugs mit Benzinmotor zumindest gleichwertig und das, ohne Treibstoff zu verbrennen oder Abgase zu erzeugen. Für den alternden Tesla war dieses Auto jedoch nur ein Hobby. Tesla wusste, dass auch dieser Fortschritt nicht mehr Akzeptanz finden würde als seine Erfindung, freie Energie ohne Leitungen in jeden Haushalt zu bringen. Die Großfinanz und Großhandelskonzerne, die durch den Verkauf von Treibstoffen ein weitaus größeres Geschäft erkannten, verweigerten Nikola Tesla jede weitere Unterstützung.

Heinrich Jebens, der Erste Direktor des Deutschen Erfinderhauses, hatte eine Begegnung mit Nikola Tesla und schrieb am 9. 12. 1930 einen sehr interessanten Bericht über einige Erfindungen Teslas: „Am nächsten Vormittag brachte Mr. Tesla einen länglichen Koffer mit. Er erwähnte, dass darin der „Schlüssel zum Erfolg" sei, was er mir heute noch vorführen möchte. Das Auto befand sich in einer Halle am Rande von Buffalo, wo ein Monteur uns erwartete. Es handelte sich um ein „Pierce-Arrow"-Privatauto, dem der Benzinmotor sowie der Tank herausgenommen wurde. Auf dem Kupplungsgehäuse war mittels einer Traverse ein kollektorloser Wechselstrom-Spulenmotor montiert. Eine kleine Batterie diente zur Versorgung der Beleuchtung, Scheinwerfer und Hupe.

Aus dem Koffer entnahm der Monteur einen Konverter, der auf der Beifahrerseite fest montiert wurde. Hieran führte ein Kabel, das an einer antennenmäßigen Stange an der Rückseite des Wagens angeschlossen wurde. Ein weiteres Kabel ging durch den Fußboden an einen Schleifschuh, weiterhin wurde ein ¼ Inch starkes Kabel von dem Konverter über einen Fußschalter vom Fahrersitz und von dort an dem Elektromotor geleitet. Ein weiteres Kabel führte zurück vom Motor an den Konverter.

Während Mr. Tesla mir das Auto genau zeigte und erklärte, wurde der Wagen von dem Monteur für eine Probefahrt bereit gemacht. Innerhalb einer halben Stunde war dies geschehen. Ich setzte mich auf den Hintersitz. Mr. Tesla nahm Platz auf dem Beifahrersitz, wo er zwei aus dem Konverter herausragende Kabel betätigte. Dann hörte man deutlich den Motor laufen. Nun haben wir Energie, äußerte Mr. Tesla. Er beauftragte den Monteur, eine Fahrt zu den Niagarafällen zu unternehmen.

Mir fiel auf, dass der Motor auf das Gasgeben noch nicht richtig reagierte. Das Auto fuhr immer mit sehr hoher Drehzahl. Auf meine Frage äußerte Mr. Tesla, dass dieses noch nicht vollständig ausgereift sei. Es würde noch einige Zeit in Anspruch nehmen.

Bei den Niagarafällen angekommen, musste der Monteur etwa eine Stunde warten, weil Mr. Tesla mir inzwischen das neue Turbo-Kraftwerk, das nach seinen Ideen gebaut wurde, zeigen wollte. Dies war allerdings äußerst beeindruckend. Anschließend fuhren wir mit dem „Pierce-Arrow" wieder zurück zur Halle. Die Fahreigenschaften waren wieder die gleichen. Das Auto fuhr wie mit unsichtbarer Kraft. Der Monteur musste den Konverter wieder ausbauen und in den Koffer zurücklegen, wobei Mr. Tesla erwähnte, dass die Zeit für diese Technik noch nicht reif sei. Benzin gab es reichlich und kostete außerdem weniger als umgerechnet 15 Pfennige.

Persönlich erhielt ich den Eindruck, dass Mr. Tesla mit dieser Entwicklung in einen Bereich stößt, ohne den man in absehbarer Zeit nicht mehr zurechtkommen wird, da die Erdölvorkommen in der Welt begrenzt erscheinen und sich im Laufe der Zeit verbrauchen werden.

Im regen Gespräch mit Mr. Tesla erfuhr ich weitere Einzelheiten, dass die Grundidee zu diesem Auto von einen seiner früheren Patenten stammt, in dem er die richtige erkannte Ätherenergie von elektromagnetischen Wellen in elektrische Spannung umformte, die überall auf der Erde und in der Welt vorhanden ist. Alle Gestirne werden dadurch gesteuert. Nach seiner Erklärung ist es gar nicht so schwierig, diese Kraft anzuzapfen und nach Veränderung durch einen Konverter zu nützen, von der es unsagbare Mengen an Energie gibt. Es muss nur der richtige Weg gewählt werden, über den er noch nicht sprechen möchte. Er erwähnte nur, dass dieser Konverter so viel Energie abgibt, dass er auch noch ein ganzes Haus mit elektrischem Strom versorgen könnte.

Die Menschen unserer Erde können diese Energie niemals verbrauchen. Sie ist billig, weil sie praktisch nichts kostet. Aber zur Zeit stecken die Ölfirmen dahinter, diese neu gefundene Energie noch nicht zu nutzen, um das Geschäft mit dem Erdöl vorerst auszunutzen zu können. Mr. Tesla hielt die Zeit für noch nicht reif, mit diesem neuen Motorantrieb schon jetzt auf den Markt zu kommen. In einer Anzahl von Jahren wird dieses jedoch unumgänglich werden.

Mr. Tesla machte einen gepflegten und sehr eleganten Eindruck, was jedoch für einen Europäer etwas merkwürdig erschien, er gab zum Gruß niemandem die Hand." [4]

Soweit der Arbeitsbericht von Direktor Heinrich Jebens, bereits aus dem Jahr 1930, der als „streng vertraulich" in den Akten des Deutschen Erfinderhauses in Hamburg abgelegt wurde.

Man ist überzeugt, dass Tesla tatsächlich als Erster einen Empfänger baute, der die Gravitationsfeld-Energie anzapfte, vor der man heute weiß, dass sie sich direkt von der Tachyon-Energie ableitet.

Tesla war seiner Zeit weit voraus. Dieser einzigartige Erfinder plante bereits damals, elektrische, beziehungsweise elektromagnetische Energie für zukünftige Weltraumprojekte zu entwerfen. Bei einer Vorführung erklärte er: „Es ist mir gelungen, elektrische Entladungen zu produzieren, die eine Länge von über 35 Metern hatten, aber es dürfte nicht schwer fallen, die hundertfache Länge zu erreichen. Ich habe Energie von annähernd 100 000 PS erzeugt, aber auch Quoten von einer, fünf oder zehn Millionen PS sind leicht zu erreichen.“ [5]

Seitdem wächst die Anzahl ernst zu nehmender Persönlichkeiten, die trotz großer Widerstände und gegen die orthodoxe Wissenschaft erfolgreich diese außergewöhnliche, überlichtschnelle Energie, genannt Tachyon, nutzbar machen.

Was sind Tachyonen? Ein Tachyon ist ein theoretisches, subatomisches Teilchen mit überlichtschneller Geschwindigkeit. Abgeleitet von dem griechischen Wort für „schnell“, bezeichnet Tachyon ein Teilchen, von dem die Wissenschaftler Gerhard Feinberg und Georg Sudershan unabhängig voneinander annahmen, dass es sich nur mit überlichtschneller Geschwindigkeit bewegen könne.

Professor Shinichi Seike, Direktor des Gravitations-Foschungslabors in Japan erklärte, dass man mit gutem Gewissen sagen kann, dass Tachyonen sicherlich im Gravitationsfeld vorhanden sind.

Der größte Fehler Nikola Teslas aber war, dass er sich nicht vermarkten konnte und von den Großbanken abhängig war, und so starb er 1943 verarmt in einem Hotel in New York. Nach seinem Tod erklärte das FBI den gesamten Nachlass Teslas für streng geheim. Viele Dokumente sind nicht mehr aufzufinden und seit Jahren wollen die Gerüchte nicht verstummen, dass die US-Air Force, die Sowjets und einige amerikanische Rüstungsfabriken von Teslas patentierten und unpatentierten Erfindungen profitiert haben.

Nikola Tesla war einer der genialsten Erfinder, die es je gab. Er war offiziell kein Wissenschaftler, wie etwa Albert Einstein, sondern einfach ein Mann mit enormem Wissen und viel natürlichem Hausverstand. Vor allem der Inhalt seiner unzähligen Bücher, seine Aufzeichnungen und seine Ideen sind nach wie vor sehr brisant und vieles ist noch immer seiner Zeit voraus. Allein seine damaligen Visionen zur zukünftigen Waffentechnik stellten so Projekte wie Star Wars in den Schatten. Kein Wunder, dass das FBI das nicht der Allgemeinheit zur Verfügung stellen wollte.

Von diesem genialen Erfinder ist bekannt, dass er eine Antwort auf die Probleme unserer Energieknappheit gefunden hat, eine Erfindung zur Erzeugung von Energie ohne die bekannten Brennstoffe und radioaktiven Prozesse. In Vorträgen erklärte Tesla unter anderem: „Nach meinen neuesten Kenntnissen gibt es kosmische Strahlen in vielerlei Formen, die von der Menschheit genützt werden können. Sie kommen nicht nur von der Sonne, sondern auch von den Sternen und explodierenden Sternen. Sonnenelektronen, die Erdnähe erreichen und vom irdischen Magnetfeld eingefangen werden, bilden den Van-Allen-Strahlungsgürtel. Diese sichtbare und unsichtbare Sonnenstrahlung bestimmt die Oberflächentemperatur der Planeten. Nordlichter werden durch Sonnenpartikel gebildet, die mit den Atomen in der oberen Atmosphäre kollidieren.“ [6]

Nikola Tesla sagte einmal, dass die Menschheit fähig wäre, den Planeten Erde nutzvoll zu verändern, die Jahreszeiten auf verschiedenen Kontinenten zu beeinflussen, jede Menge Licht und Energie zu produzieren, ja sogar Leben in unendlicher Vielfalt zu schaffen.

Tesla träumte von den praktischen Auswirkungen seiner Erfindungen. Er wünschte sich nie mehr Hunger in der Welt, keine Missernten oder Dürren mehr, er arbeitete auch an einer problemlosen Kontrolle des Wetters, er wünschte sich mit seinen Arbeiten unerschöpfliche Energie zu schaffen und grenzenloses Licht. Er forschte auch mit künstlichen Blitzen und hoffte, damit nicht nur das Wetter weltweit kontrollieren zu können, sondern auch Energie drahtlos zu übertragen, und er legte den Grundstein für ein weltweites Radionetz. In seinem Labor in Colorado Springs entdeckte Tesla auch die stehenden Wellen, um das Wetter zu beeinflussen.

Mit der festen Überzeugung, in der Erde mit einem Oszillator solche Wellen erzeugen zu können, arbeitete er an Konzepten, Wüsten und Dürregebiete wieder fruchtbar zu machen.

Im Jahre 1917 beschrieb Tesla die Vorzüge des Radars für militärische Zwecke. Er hat vorhergesehen, dass stehende Wellen jedes sich nähernde Objekt auf viele Meilen hin orten können. Erst Monate vor Ausbruch des Zweiten Weltkrieges wurde das Radar praktisch entwickelt und eingesetzt.

Er erfand die Hochfrequenzströme, das Neonlicht und andere Formen der Gasröhrenbeleuchtung, die drahtlose Fernsteuerung, er entwickelte die Grundlagen des Radios lange vor Marconi und er entwickelte fast zur selben Zeit wie Röntgen die sogenannten Röntgenstahlen. Tesla beschäftigte sich mit drahtloser Übermittlung von Bildern (Fernsehen), mit Unterseebooten und Torpedos, einer Schreibmaschine, die durch die menschliche Stimme betätigt wird, mit Körperreinigung durch hochfrequente elektromagnetische Strahlung, mit elektrischen Rauchvernichtern, Feinstaubabsorbern, Ozonisierungsgeräten, Sterilisatoren, er baute einen ferngesteuerten Roboter als eine wesentliche Stütze einer neuen Zivilisation.

Wenn auch um die Jahrhundertwende von solchen Entdeckungen nur eine Schockwirkung, aber keine praktische Weiterentwicklung und Nutzbarmachung zu erwarten war, sind Teslas Techniken heute auch für Seismologen von großem Wert.

Erfinder, die in der zweiten Hälfte des letzten Jahrhunderts Entdeckungen in der Computertechnologie patentieren lassen wollten, fanden zu ihrer Überraschung Teslas grundlegende Erfindungen auf diesem Gebiet bereits vor.

Seine Erfindungen, Erforschungen und Nutzbarmachungen elektrischer und elektromagnetischer Phänomene, die zum größten Teil sehr revolutionär waren, waren seiner Zeit um hundert Jahre voraus und die Bedeutung seiner Leistungen ist bis heute nicht richtig gewürdigt worden.

Der Wissenschaftsautor Hugo Gernsback schreibt: „Wenn Sie den Mann meinen, der wirklich erfand, der, mit anderen Worten, schuf und entdeckte – und nicht bloß verbesserte, was andere bereits erfunden hatten – dann ist Nikola Tesla ohne Anflug eines Zweifels der größte Erfinder der Welt, nicht nur der Gegenwart, sondern der gesamten Geschichte … Seine ebenso grundlegenden wie revolutionären Entdeckungen haben aufgrund ihrer absoluten Kühnheit in den Annalen der intellektuellen Welt nicht ihresgleichen.“ [7]

Sein Biograph O'Neill hält Teslas Unfähigkeit und mangelnde Bereitschaft, sich um finanzielle Einkünfte zu kümmern, für den Grund, dass Morgan seine Unterstützung zurückzog und Tesla von diesem Moment an nie mehr die Unterstützung von irgendwelchen großen Finanziers oder Gesellschaften fand. Es spricht aber vieles dafür, dass der Grund in einem ganz anderen Sinn mit Teslas Unwillen zu tun hat, in „business“-Kategorien zu denken. J. P. Morgan und mit ihm alle anderen der schon damals in einem gigantischen, weltweiten Kampf um ökonomische Beherrschung der Welt begriffenen Finanzkräfte hatten verstanden, dass Teslas Ideen ihren Interessen immens zuwiderliefen. Für jedermann mit einfachen Mitteln überall erhältliche Energie hätte jede finanzielle Kontrolle verunmöglicht. [8] Wieweit die Finanzwelt, die besonders auf den Verkauf von brennbaren Fossilien setzte, gegen solche Erfindungen gekämpft hat, beweist auch die Geschichte von anderen begnadeten Pionieren, die nach den Ideen Nikola Teslas arbeiten und forschen wollten.

Dr. T. Henry Moray aus Salt Lake City, Utah, war von den Arbeiten Teslas stark beeindruckt, arbeitete in seinem Sinn weiter und es gelang ihm, in den dreißiger Jahren einen 30-Kilo-Konverter herzustellen, der 50 Kilowatt Strom erzeugte. Dr. Moray fand auch die Lösung für das wachsende Problem der Versorgung mit Brennstoffen. Diese kleinen Konverter konnten ohne Umweltverschmutzung und ohne jegliche elektrische Stromquelle Elektrizität produzieren. Sie konnten zum Betrieb fast aller elektrischen Geräte benutzt werden.

Am 13. Juli 1931 beantragte Dr. Moray ein Patent im Patentbüro der Vereinigten Staaten. Genauso wie Tesla hatte er das Tachyonenfeld, das alles durchdringt, erfolgreich angezapft und in nutzbare elektrische Energie umgewandelt. Das Problem war nur, Moray konnte die Quelle dieser Energie nicht exakt nachweisen und so wurde seine Erfindung vom US-Patentamt wieder zurückgeworfen. Er behauptete nur, dass es im Kosmos genug Energie gebe und dass jeder Mensch auf Erden diese Möglichkeit nutzen könne.

Bereits im Jahr 1911 sagte Moray, dass dieses gigantische Energiefeld in Wellen herankomme, genauso wie die Wellen des Meeres. Er nannte diese Energie „Radiant Energie“ (Strahlende Energie) und hielt es 1925 tatsächlich für möglich, eine 100-Watt-Lampe damit zum Leuchten zu bringen. Er verwendete eine lange Antenne und eine Erdleitung, darüber hinaus aber keine weitere Energiequelle. Im Jahr 1937 hat er vierzig Lampen von je 100 Watt damit beleuchtet. Dieses Ergebnis wurde fotografisch festgehalten. Henry Morays Lampen brannten mit einem besonderen Licht, einer Art Tageslicht. Der dazugehörige Apparat, der kaum größer als ein stattlicher Koffer war, wurde nie heiß und lieferte unaufhörlich neue Energie. Moray sagte, dass sein Apparat im Prinzip nur eine Pumpe für kosmische Energie war. Er wandelte die heranbrausenden Energiewellen in gleichmäßigen Strom um. [9]

„Das Schicksal von Dr. Moray liest sich wie ein Krimi. Er wurde von jedem belästigt, der seine Erfindungen ausnutzen oder vernichten wollte, einschließlich Agenten der Regierung. Am 2. März 1940 wurde Dr. H. Moray in seinem Labor angeschossen. Nach diesem Vorfall trug er immer eine Waffe bei sich. Sein Auto hatte kugelsicheres Glas und trotzdem wurde er immer noch angegriffen. Bis zu seinem Tode 1974 hielt er Vorträge und Gespräche mit kleineren interessierten Gruppen. Seit seinem Tod versucht sein Sohn weiter nach Finanzierungsmöglichkeiten, Anerkennung und nach Antworten, warum diese Erfindungen funktionieren.

Eines Tages wird die Wissenschaft in der Lage sein, die Existenz des Tachyon-Energiefeldes zu beweisen. Dieser Tag wird für die ganze Welt ein Freudentag sein." [10]

Auf Grund von neuesten Forschungen von Physikern wie Nieper, Levetzow, Stanyukowiz, Stuhlinger und Shneiderov ist die Existenz von Tachyon seit 1975 zufriedenstellend und in zuverlässiger Weise bestätigt worden, besonders von russischen und australischen Forschern. Laut den Berichten eines japanischen Wissenschaftlers, einer führenden Persönlichkeit auf diesem Gebiet, ist die Energiekonzentration dieses Tachyonenfeldes mehrere Millionen Joules pro Kubikzentimeter bei ungefähr 880 Million Volt Spannung pro Zentimeter, außerordentlich hoch.

Auch bedeutende Wissenschaftler wie Todeschini in Italien, Pages in Frankreich, Kooy in Holland, Wyniatt in Neuseeland und Nieper in Deutschland glauben, dass das Tachyonenfeld real, zugänglich und extrem reichhaltig an nutzbarer Energie ist.

Auf dem Gebiet der Medizin erwies sich die Erfindung solcher Strahlen als sehr revolutionierend. Dr. med. William H. Philpott erklärte auch, dass alle unsere gesunden Zellen eine magnetische Ladung besitzen, die Tachyonen-Energie anzieht und in biologische Energie in Form von nutzbaren Elektronen umwandelt. Weiters berichtet er: „Wenn eine Zelle sich im Zustand eines Ödems, einer Entzündung oder eines gestörten Natrium-Kalium-Haushalts befindet, haben die Zellen einen Kurzschluss und sind deshalb unfähig, freie Energie in biologisch nutzbare Energie (Tachyon) umzuwandeln." [11]

Bei einer „Energietechnischen Tagung" in Hannover vom 27. bis 28. November 1980 waren Vertreter internationaler Behörden, Botschafter, Regierungsmitglieder, Vorstände und Spezialisten führender internationaler Unternehmen des Energiesektors sowie die Leiter und Mitarbeiter bekannter Forschungsinstitute anwesend.

Prof. Dr. Eberhard Hammer, erklärte schon damals in seinem interessanten Vortrag: „Unser wirtschaftliches Wachstum und unser künftiger Lebensstandard hängen weitgehend mit dem Energieproblem zusammen. Gelingt es nicht, die Energiefrage zu lösen, werden die öllosen Industrieländer ebenso wie die Entwicklungsländer schon in den nächsten Jahrzehnten vor vielleicht unlösbare wirtschaftliche und soziale Probleme gestellt werden.

Die Möglichkeiten künftiger Energieversorgung und insbesondere Energiealternativen sind deshalb auch für den wirtschaftlichen Mittelstand eines der wichtigsten Zukunftsprobleme, um das sich ein Mittelstandsinstitut kümmern muss.

Die bevorstehende Energiekrise zwingt uns nämlich gerade dazu, jede neue Lösungsmöglichkeit so intensiv und umfassend wie möglich zu untersuchen.

Das bisher vorliegende theoretische und experimentelle Material lässt es möglich erscheinen, die Energie des sogenannten Tachyonenfeldes in nutzbare Elektroenergie umzuwandeln. Sobald die Machbarkeit dieses Prozesses nachgewiesen ist, wäre das Energieproblem der Welt lösbar. Das Tachyonenfeld ist nämlich überall im Weltraum verfügbar. Unsere sichtbare Welt von gegenständlicher Materie und von Licht ist in dieses Tachyonenfeld eingebettet. Der Energiegehalt dieses Tachyonenfeldes ist dabei außerordentlich hoch, für den physikalischen Laien nahezu unfassbar hoch.

Damit stimmen europäische und amerikanische Annahmen überein. Die Forderung nach der Entwicklung anderer Energie als der bisher verfügbaren Fossilenenergie und der umstrittenen Kernenergie wird überall erhoben. Windenergie und Sonnenenergie sind aber nur begrenzt tauglich. Dagegen würde eine Elektoenergie, welche direkt aus dem Tachyonenfeld abgeleitet werden kann, folgende Bedingungen erfüllen:

Der Brennstoff (Tachyonenenergie) ist unbegrenzt verfügbar.
Der Brennstoff ist kostenlos.
Der Brennstoff wäre allen Völkern und Ländern gleichmäßig zugänglich.
Diese Energie kann extrem polyzentrisch gewonnen werden, also praktisch an jedem beliebigen Platz in jeder beliebigen Menge.
Investitionen für kostspielige Infrastrukturen, Kabel, Leitungen und Kraftwerke könnten entfallen.

Diese Energie bringt keine Umweltbelastung, da weder radioaktive Stoffe noch Abgase anfallen und auch keine landschaftszerstörenden Bauten erforderlich sind.

Diese Energiealternative würde uns nach dem Kohle- und dem Öl-Zeitalter eine dritte technische Revolution ermöglichen und damit einen wesentlichen Teil unserer künftigen sozialen und wirtschaftlichen Problemen in der Welt lösen helfen.

Aus diesen Gründen geht das von mir geleitete Mittelstandsinstitut das Wagnis dieses Symposiums ein und wünscht, dass wir heute gemeinsam einen Grundstein für eine bessere Zukunft legen dürfen.“ [12]

Als zweiter Teilnehmer dieser Tagung sprach der deutsche Wissenschaftler Dr. Hans Nieper zu diesem Thema:
„Dieses Energiefeld hat praktisch nichts mit Licht- oder Sonnenenergie zu tun, sondern wird als Gravitonen-, Tachyonen- oder Neutrinofeld bezeichnet. Diese Einheiten können sich weit schneller als Licht bewegen und nach der Ansicht des Wissenschaftlers Koppitz bestimmt das Tachyonenfeld die Lichtgeschwindigkeit, diese entspricht genau dem geometrischen Mittelwert (V50) der Tachyonen-Geschwindigkeiten …“
Zum Schluss seiner interessanten Ausführungen berichtete Dr. Nieper: „Dieses Prinzip wurde von dem genialen Physiker Nikola Tesla vor etwa 100 Jahren entdeckt und bereits damals zur experimentellen Extraktion von Tachyonenfeld-Energie und Wandlung in elektrischen Strom genutzt. In Nutzung des Fachausdruckes „Interferenz“ spricht man heute von „Tesla-Interferometer“. Tesla hat damals die technische Nutzung der Weltraumenergie innerhalb weniger Generationen vorausgesagt.
An der technischen Machbarkeit der Energiegewinnung aus dem Tachyonenfeld besteht schon auf Grund der existierenden Konverter kein Zweifel mehr. Solche Konverter können im Prinzip relativ einfach und auch wenig kostenaufwendig sein.“ [13]

Somit ist ersichtlich und von vielen Wissenschaftlern bewiesen, dass es wohl verschiedene und ernstzunehmende Erfindungen gibt, die unsere Welt vor einer totalen Klimaveränderung und Klimakatastrophe aufgrund von CO_2-Ausstoß, Zunahme von Methangas, Lachgas, Staubbelastungen und anderen Treibhausgasen retten könnten. Solange aber noch die Karte Erdöl ausgespielt werden kann und mit fossilen Brennstoffen enormes Kapital erwirtschaftet wird, ist für diese alternative Energie wenig Geld vorhanden. Für enorme und gigantische Militärausgaben, Atomkraftwerke, Öl- und Gaspipelines und Umwelt zerstörende Mittel wird weiterhin Geld aufgewendet.

Dank Nikola Tesla und seinen „Schülern" hätten wir eine Antwort auf das Energieproblem und der Umweltverschmutzung, wenn in diesem Sinne intensiv weitergeforscht werden würde. Aber seit Jahrzehnten wird immer wieder eine solche Energiegewinnung von Seiten der Finanzwelt, von Politikern und Ölkonzernen verhindert. Hier geht es nicht um die Gesundheit der Menschen, um die Reinheit der Natur und den Organismus unseres Planeten Erde, sondern nur um Kapital, Gier, Reichtum und die beherrschende Macht.

Auf den Spuren von Nikola Tesla

Bereits im Jahr 1269 baute der Franzose Pierre de Maricourt, er selbst nannte sich Peter Peregrinus, einen mit Raumenergie betriebenen Motor. Er hatte die Idee, einen Mechanismus zu entwickeln, der sich permanent in Rotation befindet. Diese Entwicklung hat Peregrinus zu der Erkenntnis geführt, dass ein Rad durch die Kraft der magnetischen Anziehung dauerhaft angetrieben werden kann. Eine Weiterentwicklung dieser Erfindung wurde nach den gefundenen Plänen im Jahr 1954 von Lee Bowman nachgebaut.

Der österreichische Forscher Karl Schappeller aus Aurolzmünster in Oberösterreich hat ebenfalls zur selben Zeit wie Nikola Tesla in

Graz Ingenieurswissenschaft studiert und befasste sich auch mit der Existenz der Ätherenergie. So nannte Schappeller diese Energie und vermittelte uns, dass dies nicht mehr und nicht weniger die Urkraft sei, welche als Mutterkraft aller Materie und Energie der Welt und des Weltalls zugleich ist.

Wie Nikola Tesla ging auch Schappeller vollkommen neue Wege. Nach einem mehr als dreißigjährigen Studium der Natur und hunderten erprobten Experimenten gewann er Erkenntnisse auf die praktische Verwendung der Urenergie, und so fand er in der Tat die Grundlage einer völlig neuen Technik, deren Wesensmerkmale die Erkenntnis der dynamischen Einheit der Welt ist.

Karl Schappeller beschreibt mit folgenden Worten diese Urkraft: „Sie ist die Kraft, die die gesamte Welt im Innersten zusammenhält. Es gibt also in der Natur kein „Nichts“, keinen gänzlich leeren Raum. Wo keine Materie ist, da ist Energie. Ein leerer Raum ist stets ein Kraftraum, der seinerseits wieder an eine ihn umhüllende Materie gebunden und durch seine spezifische Abtönung bestimmt ist. Die Erde, die Atmosphäre und darüber hinaus den Kosmos durch einen Schließungsleiter eigener Art zu verbinden, ist das größte denkbare Element. Diese Feststellung ergibt ohne weiteres die Annahme, dass die aus diesem Element gewonnene Energie unerschöpflich nach Menge und Art sein muss. Der Blitz ist nichts anderes als ein Spannungsausgleich zwischen der Erde, der elektromagnetischen Strahlung und der Atmosphäre.“

Einen solchen konstanten Blitz, den Schappeller als einen glühenden Magnetismus bezeichnet, zu erzeugen und für seine Verwertung als kosmischen Schließungsleiter die geeignete Apparatur zu finden, ist diesem Primärkraft-Forscher in vollendeter Weise gelungen. Er hat dabei verschiedene gebräuchliche technische Möglichkeiten auf den Kopf gestellt, das heißt, er hat genau umgekehrt als bisher gewohnt geschaltet. Dabei hat sich die Erde als ausgezeichneter Schließungsleiter für elektrischen Strom herausgestellt.

Schappeller erkannte, dass die Elektrizität als ein konzentriertes Gas, bestehend aus Wasserstoff und Sauerstoff in engster Verbindung mit der Kraft des Vakuums ist. In jedem Elektron liegt diese Vakuumskraft vor; denn jedes Elektron ist ein in Nord und Süd geteiltes, also magnetostatisches Krafträumchen.

Da nun aber, wie bereits dargestellt, jeder magnetostatische Kraftraum als Raumkraft Urkraft umschließt, ist er jeglicher Anregung von außen her zugänglich und kann infolgedessen mit jedem Impuls aufgeladen werden. Diese Entdeckung Schappellers, experimentell erprobt, ist von ungeheurer Tragweite. Dieses Genie studierte das Wesen, die Wirkung und den Kreislauf der Elektrizität an allen nur denkbaren Erscheinungen. Er fand dabei, dass die Elektrizität, wenn auch latent, als magnetostatische Kohäsionskraft, in jeder Materie steckt und durch die Herstellung des geeigneten Kreislaufes aktiviert, das heißt ins Strömen gebracht und durch Dazwischenschalten eines zweckentsprechenden Widerstandes zur Arbeitsleistung gezwungen werden kann.

Die beiden Wissenschaftler Dr. Franz Wetzel und Ing. L. Gföllner beschreiben die Werke Schappellers so: „Bei der praktischen Durchführung der Entdeckung Schappellers muss stets im Auge behalten werden, dass es sich nicht um eine neue Erfindung, also um eine neue Maschine oder dergleichen handelt, sondern um die Entdeckung und Nutzbarmachung der nur einmal vorhandenen Universalenergie, der Urkraft. Aus dieser Nutzbarmachung erwächst naturnotwendig eine ganz neue Technik und, da die entbundene Urkraft ihren Beherrschern eine unüberwindliche Macht verleiht, ein ganz neues Menschenalter.

Schappeller wollte unbedingt vermeiden, dass die nationalistischen Wissenschaftler seine Theorie auswerten und militärisch

nutzen würden, und so geriet nach dem Krieg seine Idee in Vergangenheit. Dieser geniale Entdecker wollte Werkzeuge des Aufbaues und des Friedens, nicht Waffen der Vernichtung und des Krieges schaffen. Schappeller hatte deshalb noch so verlockende Angebote abgelehnt, die von ihm nutzbar gemachte Dynamik des Äthers bzw. Urkraft zum Bau neuer Kriegswerkzeuge zur Verfügung zu stellen; es wäre ihm ein Leichtes gewesen, jeden Radiosender aus einem Wellensender in einen Strahlensender von furchtbarer Wirkung umzubauen. Denn die Leitfähigkeit der Atmosphäre für Strahlen aller Art bei geeigneter Sendeanlage ist erwiesen.
Schappeller hat das Gewaltige fertig gebracht, was in technischer Beziehung je einem Menschen gelungen ist. Er hat die Erde und die Atmosphäre, und darüber hinausgreifend den Kosmos, durch einen Schließungsleiter eigener Art verbunden und so das größte denkbare Element hergestellt." [14]

Mit dem Grundgedanken, die magnetische Energie der Erde zu nutzen, haben sich aber noch viele andere Erfinder intensiv beschäftigt; wo sich diese Patente befinden ist jedoch in zahlreichen Fällen ungewiss.

H. L. Worthington konstruierte 1929 einen Dauermagnetmotor.
James E. und James W. Jines meldeten mit der US-Patentnummer 3,469.130 einen Dauermagnetmotor mit einem Hufeisenmagneten an.
R. W. Kinnison entdeckte einen ähnlichen Magnetmotor.
Prof. Sir Robert Adams begann in den 1970er Jahren mit der Entwicklung eines Permanent-Elektromagnet-Gleichstromgenerators.
John W. Ecklin meldete 1974 ein Patent für einen sehr einfachen Magnetmotor an.
J. W. Putt entwickelte 1976 einen Dauermagnetmotor, den er zum Antrieb verwendete; mit der US-Patentnummer 3,992.132.

Heinrich Kunel baute 1977 eine Kraftmaschine zur Nutzung elementarer Energie und der hervorragenden magnetischen Kräfte.
Donald A. Kelly entwarf 1979 einen Magnetfeldmotor mit zwei Schwenkarmmagneten.
Howard Johnson baute 1979 einen Permanentmagnetmotor, den er 1980 patentieren ließ.
Mike Brady, ein Erfinder aus Johannesburg in Südafrika, entwickelte einen Magnetmotor, der durch die magnetische Abstoßkraft dauerhaft lief.
Bruce de Palme verwendete moderne Materialien, wie superstarke Magneten, um Elektrizität zu gewinnen und nannte sein Gerät N-Maschine. [15]

Der deutsche Sachbuchautor Klaus Jebens, Sohn des Gründers des „Deutschen Erfinderhauses" in Hamburg schildert in seinem interessanten Buch „Die Urkraft aus dem Universum" über weitere zahlreiche Erfinder von Raumenergie und Magnetenergie.

Diese enorme Fülle an Erfindungen und Informationen über eine umweltfreundliche Nutzung der sauberen Raumenergie sind in den letzten Jahren von verschiedensten Entdeckern, Erfindern und Visionären gemacht worden, aber leider wurden und werden sie nicht genutzt.

Viele Erfindungen und Patente wurden von den Großkonzernen, den Regierungen und Energiemultis aufgekauft und somit von einer weiteren Entwicklung ausgeschlossen, weil sie den Geschäftsbeziehungen einiger Machtbesessenen abträglich sind.

Dass die Energiegewinnung aus dem Universum möglich ist, wurde schon von vielen Erfindern bewiesen. Es gibt mit Sicherheit Hunderte von Möglichkeiten, die saubere Energie aus dem All nutzbar zu machen, aber die gegenwärtige Energiewirtschaft ist noch nicht bereit, auf ihr Geschäft mit Benzin, Diesel, Atomstrom und Gas zu verzichten. Sie ist jedoch bemüht, die Umstellung so lange wie möglich auf Kosten der Umwelt hinauszuzögern. Wir Menschen müssen aber, um den Globus nicht zu zerstören und zu überleben, zu einer anderen Energiequelle wechseln und die unerschöpfliche, saubere und kostengeringere Energie nützen, denn die Energiekatastrophe wird unvermeidlich werden. Denn nur etwas grundlegend Neues kann unseren Globus Rettung bringen. Rettung vor der Zerstörung der Atmosphäre, des Klimas, der Menschheit und auch der Natur.

Es gibt keine andere Möglichkeit, wir haben keine andere Wahl!

Kapitel 3

Die sonderbare Demokratie

Der Westen ist und bleibt auch noch auf Jahrzehnte hinaus einer der mächtigsten Kulturkreise der Erde. Viele Staaten versuchen, die Werte nachzuahmen oder sich dem Westen anzuschließen und mitzuhalten. Die Vereinigten Staaten erklären sich zu den wahren Wächtern einer Demokratie und sind bestrebt, den Demokratiegedanken in die ganze Welt zu tragen. Demokratie ist eine Regierungsform des Volkes durch das Volk und für das Volk. Aber in den USA scheint diese demokratische Grundformel zu einem Lippenbekenntnis verkommen zu sein. Bei genauer Betrachtung zeigt sich nämlich, dass vor allem im letzten Jahrhundert diese Demokratie sich zu einer Finanzdiktatur verändert hat.

Das allgemeine Image des führenden Staates des Westens, der USA, entwickelte sich auf Grund des militärischen Einsatzes im Zweiten Weltkrieg und der humanitären Unterstützung einiger europäischer Länder. Nach diesem Krieg ist die USA als stärkste Militär- und Wirtschaftsmacht der Welt hervorgegangen.

Ehrwähnenswert ist der Marshallplan, der eine starke finanzielle und auch moralische Hilfe für die vom Krieg stark beschädigten Länder brachte. Mit dieser Unterstützung stieg jedoch auch die Amerikanisierung im Wirtschaftsbereich, in der Politik, in den verschiedenen Lebenseinstellungen und auch im Kulturleben.

Gewiss haben die Vereinigten Staaten diese in der Geschichte einmalige Leistung eines Wiederaufbaues nicht bloß aus uneigennützigen Motiven gemacht; aber sie ist fast der ganzen Welt zugute gekommen.

Die europäischen Staaten wurden immer mehr potenzielle Kunden amerikanischer Waren und somit Konsumenten ihrer gesteuerten Werbe- und Propagandamaschinerie. Mit den Massenmedien, Filmen, Zeitschriften und Büchern wurde der „American Way of Life" in die kleinsten Zellen Europas getragen. Der Hauptgedanke der USA war es auch, Europa gegen den Osten, die immer mächtiger werdende Sowjetunion, zu stärken und zu beeinflussen.

Für die Zeit des Kalten Krieges war die USA der Mittelpunkt einer großen, multikulturellen Gruppierung verschiedenartiger Länder, deren gemeinsames Ziel auch die Verhinderung einer größeren Expansion der Sowjetunion war. Aber auf Grund dieser dominierenden Haltung der USA entstand auch eine gewisse Arroganz. Die Vereinigten Staaten sind auf dem Weg, die ganze Welt zu erobern. Oder anders gesagt, eine kleinere Gruppe, eine von Geheimorganisationen und Geheimbünden gesteuerte Elite, plant immer mehr die Länder der Welt unter die amerikanische Wirtschaftkontrolle zu bekommen. Denn seit dem Zweiten Weltkrieg verfolgt die inzwischen einzig verbliebene Weltmacht das Ziel imperialer Machtausübung.

Durch die Zusammenarbeit des CIA mit den in ihrem Interesse die Zukunft planenden Eliten, wurden viele Staaten – auch außerhalb Europas – mehr oder weniger amerikanisiert und dem Diktat der USA unterworfen. Mit wirtschaftlichen Verträgen wurden Abhängigkeiten geschaffen und viele Länder zu einer Art Kolonialstaaten deklariert.

Nach dem Zusammenbruch des Kommunismus verschärften sich diese Aktivitäten, weil die USA in der Auffassung bestärkt wurde, ihre Ideologie des demokratischen Liberalismus habe weltweit gesiegt und sei daher auch weltweit gültig. Mit der Überzeugung, jetzt die stärkste Macht der Welt in militärischer und auch wirtschaftlicher Sicht zu sein, begann eine noch kräftigere Beeinflussung anderer Länder. Minderheiten in verschiedenen Kulturen haben diese Werte freiwillig oder gezwungenermaßen übernommen und auch zum Teil gefördert, ohne Rücksicht auf die eigene Kultur zu nehmen.

Der Zusammenbruch des Kommunismus brachte den Westen und vor allem die USA zur Überzeugung, dass weltweit eine demokratische Revolution im Gange sei, und dass in kurzer Zeit überall in der Welt westliche und vor allem amerikanische Vorstellungen von Menschenrecht und Demokratie herrschen werden. Was für den Westen Universalismus ist, ist aber für viele Länder der Welt der Inbegriff von Imperialismus. So entstand der Eindruck, nur die Vereinigten Staaten wären die einzigen Kämpfer für Demokratie, freie Märkte, Menschenrechte, Individualismus, Rechtstaatlichkeit und demokratische Regierungsformen.

Die USA versuchten – und werden es weiter versuchen – ihre Vormachtstellung zu behaupten und ihre Interessen einer neuen Weltgemeinschaft unter ihrer Dominanz zu dokumentieren. Der amerikanische Westen unternimmt zum Beispiel noch heute den Versuch, die Volkswirtschaften nichtwestlicher Gesellschaften in ein weltweites, nach ihren Spielregeln ausgerichtetes Wirtschaftssystem zu integrieren und zu dominieren.

Diese Überheblichkeit der Macht führte zu einem gewissen Übermut und das stärkte somit auch den fatalen Hang zu Alleingängen ohne Zusammenarbeit mit der UNO. Auch kam es mit dieser Einstellung zu einer Ablehnung des Kyoto-Protokolls, die Aufkündigung des ABM-Vertrags zur Raketenabwehr, die Absage an das Landminenverbot und zur Nichtanerkennung des europäischen Gerichtshofes in Den Haag. Kein Land sei an so vielen Militäreinsätzen beteiligt wie die USA und daher dürfe kein Amerikaner vor ein fremdes, nichtamerikanisches Gericht beordert werden.

Der Planungschef des State Department, Richard Haass, formuliert das so: „Wir behandeln diese Fälle mit anderen; wenn nötig, handeln wir es eben allein."

Unterstützung bekommt der Planungschef von Henry Kissinger vielleicht auch deshalb, weil ihn selbst von Paris bis Santiago de Chile Rechtsanwälte wegen angeblicher Verwicklungen der USA in Verbrechen des Pinochet-Regimes zur Rechenschaft ziehen lassen wollen. Der amerikanische Kongress bearbeitet ein Gesetz, das sogar die gewaltsame Befreiung von amerikanischen Soldaten erlaubt, die vor den Schranken des Haager Gerichts gestellt werden sollen. [1]

Auch sollte als neue Leitwährung nicht mehr das britische Pfund, sondern der amerikanische Dollar sein, den neuen Machtverhältnissen entsprechend nur noch der US-Dollar.

Seit die UdSSR ihre Militärmacht verloren hat und das neue Russland mit der Aufarbeitung diverser Fehler der Vergangenheit beschäftigt war, war es ihr nicht möglich, mit stärkeren Aktivitäten auf den Jahrmärkten der Weltpolitik aufzutreten. Dieses Vakuum versuchten die USA auszunützen, um ihre Pläne dominanter durchzusetzen. Wenn sich jemand dagegen auflehnte, wurden diese Staaten eingeschüchtert oder mit militärischen Stützpunkten besetzt.

Bis 1995 war den amerikanischen Bemühungen um das Erreichen dieser Ziele nur ein begrenzter Erfolg beschieden. Fast alle nichtwestlichen Zivilisationen waren gegen diesen Druck des Westens resistent. Dies galt auch für hinduistische, orthodoxe, afrikanische und sogar – wenngleich in geringerem Maße – für lateinamerikanische Länder.

Den größten Widerstand gegen solche amerikanischen Demokratisierungsbemühungen leisteten jedoch der Islam und der asiatische Bereich. Dieser Widerstand entstand in den umfassenderen Bewegungen eines kulturellen Selbstbewusstseins, wie es die islamische Kultur und die asiatische geschichtliche Vergangenheit verkörpern.

Samuel P. Huntington schreibt in seinem Bestseller „Kampf der Kulturen“: „Kulturen sind die ultimativen menschlichen Stämme und der Kampf der Kulturen ist ein Stammeskonflikt im Weltmaßstab. Beziehungen zwischen Gruppen aus verschiedenen Kulturkreisen werden jedoch fast niemals eng, sondern für gewöhnlich kühl und häufig feindselig. Aus der Vergangenheit herrührende Verbindungen zwischen Staaten verschiedener Kulturkreise, zum Beispiel Militärbündnisse aus der Zeit des Kalten Krieges, werden voraussichtlich schwächer werden oder sich auflösen. Die Entstehenden interkulturellen Beziehungen werden normalerweise zwischen Distanziertheit und Gewalt schwanken; die meisten werden sich voraussichtlich jenem „Kalten Frieden“ annähern, die künftige Beziehungen auch zwischen den nichtwestlichen und den westlichen Staaten kennzeichnen könnte.“ [2]

Durch die Nichtakzeptierung einer Kultur, geprägt von der Überzeugung eigener Interessen, durch den internationalen Währungsfond (IWF) und andere internationale Wirtschaftsinstitutionen, fördert der Westen, auch zum Teil mit militärischen Mitteln, seine Vormachtstellung und zwingt anderen Nationen eine Politik auf, die er für richtig hält.

Maßgebend beteiligt an einer solchen politischen und wirtschaftlichen Richtung waren und sind die Aktionen verschiedenster Geheimgesellschaften wie Skull & Bones, Council on Foreign Relations (CFR), die Trilaterale Kommission und die aus dem europäischen Bereich nach dem Westen verschobene Gruppe der Bilderberger.

Diverse Geheimbünde

Geheimbünde entstehen und entstanden zumeist durch bedeutende Personen, die sich – vornehmlich auf Grund verschiedener Lehren – als geistige Führer sehen. Um solche Bünde von heute besser zu verstehen, müssen wir etwas von den Geheimbünden von gestern und vorgestern wissen. Denn fast alle motivierten Bünde unserer Zeit berufen sich direkt oder indirekt auf Vorläufer der Antike. Bereits im alten Ägypten hat es Geheimbünde gegeben, so genannte „hermetische Ordensgemeinschaften" und aus Griechenland kennen wir die Eingeweihten der Mysterien, im alten Palästina die Essener-Bruderschaft und im Buddhismus die verschiedenen Geheimlehren.

Priester, Forscher, Schamanen, Kriegshelden, Scharlatane und Wahrheitssuchende, sowie geltungssüchtige Menschen, die nach Macht und Einfluss streben, haben sich in geheimen Bünden zusammengeschlossen.

Wulfing von Rohr, Kultur- und Religionsforscher, stellt die Frage: „Gibt es tatsächlich einen internationalen Zirkel von Mächtigen, die hinter fast allen politischen und wirtschaftlichen Zeitläufen stehen, die sie steuern, um Menschen materiell und psychisch auszubeuten, oder ist das eine bloße Fiktion kranker Gehirne? Gibt es Geheimgesellschaften, die nach der Weltherrschaft streben, oder ist das nur eine obsessive oder okkulte Wahnvorstellung? Gibt es denn eine kleine Gruppe von Menschen, die wahlweise den Stein der Weisen gefunden haben wollen, mit dem sich unedle Metalle in Gold verwandeln lassen, oder das Elixier der Unsterblichkeit, oder ist das alles nur sehnsüchtige Spinnerei? Oder ist die Behauptung, es gäbe keinerlei absolute Wirklichkeit vielleicht nur die perfideste Form der Irreführung? Ist die Leugnung von ewigen Wahrheiten am Ende Teil eines groß angelegten Plans, die Menschen beherrschbar zu halten?" [3]

Wer regiert eigentlich die Vereinigten Staaten? Existieren solche Geheimbünde wirklich, oder sind das nur von den Medien aufgebauschte Fantasien? Gibt es tatsächlich so etwas wie eine geheime Regierung durch ominöse Bünde? Wie weit arbeiten diese so genannten Verschwörungsgruppen zusammen? Ist wirklich ihr Ziel die Zerstörung von Freiheit und Demokratie, wie es viele Journalisten bereits mehrmals berichtet haben, oder ist dies nur populistisches Gerede?

Bei genauer Betrachtung solcher diverser Geheimgesellschaften kommen jedoch überraschende Ergebnisse zu Tage. Viele Medien, die über solche Verschwörungen schreiben und berichten – ganz gleich aus welchen Lager sie kommen –, verfolgen natürlich sehr interessiert die Entwicklung über Treffen, die unter größter Geheimhaltung abgehalten werden.

Solche Berichte machen daher immer mehr Menschen nachdenklich, und so befassen sich Interessierte mit den geheimen Gruppen und diversen Verschwörungen. So finden sich im Internet immer mehr Webseiten und Chatrooms, in denen sich alles um das heimliche, vorprogrammierte Geschehen dreht. Außerdem werden auch Jahr für Jahr mehr Magazine und Bücher veröffentlicht, die sich genau mit Verschwörungen und verborgenen Hintergründen beschäftigen.

Jim Marrs, Journalist der Fort-Worth-Star-Telegram, der sich auch intensiv mit Recherchen zu den Hintergründen des Attentats auf John F. Kennedy beschäftigte, schreibt in seinem Bestseller „Heimliche Herrscher“ Folgendes:
„Viele Autoren von Werken zum Thema Verschwörung schrieben über düstere Komplotte zur Errichtung einer „Neuen Weltordnung“, die von neuzeitlichen Geheimgesellschaften, wie der Trilateralen Kommission, dem Council on Foreign Relations (CFR), den Illuminaten, Skull & Bones, dem Komitee der 300 und ande-

ren lanciert werden. Objektiv eingestellte Forscher verweisen auf das Fehlen von Verleumdungsklagen der so Angegriffenen gegen die Autoren, was den Argumenten dieser Autoren eine gewisse Glaubwürdigkeit verleiht. Doch die Mainstream-Medien sehen nur äußerst selten, wenn überhaupt, einen Anlass, Anschuldigungen solcher Art öffentlich zu erörtern, geschweige denn zu untersuchen." [4]

Die Gesellschaftswissenschaftler Thomas R. Dye und L. Harmon Zeigler zitieren in ihrem Buch „The Irony of Democraty": „Eliten, nicht Massen, regieren Amerika."

Im Industrie-, Wissenschafts- und Nukleartechnologie-Zeitalter wird das Leben in einer Demokratie, genauso wie in einer totalitären Gesellschaft, von einer Handvoll Menschen gelenkt. Trotz ihrer unterschiedlichen Ansätze bei der Untersuchung von Machtstrukturen in Amerika stimmten Experten-Politik-Wissenschaftler ebenso wie Soziologen darin überein, dass die wirklich wichtigen Entscheidungen in Politik, Wirtschaft und Gesellschaft von einer winzigen Minderheit gefällt werden." [5]

So wurde von vielen Wissenschaftlern und Autoren bewiesen, dass eine kleine, aber reiche Machtelite, also eine prozentuell geringe, aber mächtige Oligarchie die Kontrolle der nach außen hin stark demokratischen ausgerichteten Vereinigten Staaten ausübt.

Nach einer im Jahre 1983 veröffentlichen Studie des Federal Reserve Board kontrollieren lediglich zwei Prozent US-amerikanische Familien 54 Prozent des landesweiten Vermögens und nur zehn Prozent der Bevölkerung besitzen 86 Prozent aller Finanz- und Vermögensanlagen. Die Mehrheit aller US-amerikanischen Familien, ungefähr 55 Prozent, verfügen über kein oder sogar negatives Eigenkapital. [6]

Skull & Bones

Eine der markantesten Geheimgesellschaften der USA ist die Gruppe Skull & Bones (Schädel und Knochen), eine Seniorstudenten-Vereinigung an der altehrwürdigen US-amerikanischen Elite-Universität Yale. Sie wird auch „The Order of Death" (Orden des Todes), mit der Kurzbezeichnung „The Order", „Loge 322" oder „The Eulogia Club" (der eulogianische Club) genannt.

Gegründet wurde diese Bruderschaft bereits im Jahre 1833 in Yale von dem späteren amerikanischen Kriegsminister Alphonso Taft und General William Huntington Russel. Vor der Gründung war Russel in Deutschland, wo er die Philosophie Georg Wilhelm Friedrich Hegels kennen lernte, welche sich in der Ideologie der Skull & Bones Bruderschaft wieder findet.

Die Familie Russel ist Hauptaktionär der Firma Russel and Company, ein Unternehmen aus Boston, das zunächst durch Opiumschmuggel und Sklavenhandel zu Reichtum gelangt war. Einige Rechercheure glauben, dass dieser zwielichtige Hintergrund auch eine Erklärung dafür lieferte, warum der Geheimorden für seine Insignien ausgerechnet Schädel und Knochen, also Symbole der Piraterie, übernommen hatte.

Webster Griffin Tarpley und Anton Chaitkin, zwei Autoren, die sich mit der Gründung dieses Ordens befassten, bemerkten: „Der Hintergrund von Skull & Bones ist die Geschichte von Opium und Imperialismus – und die eines erbitterten Kampfes um die politische Kontrolle über die neue US-Republik." [7]

Eine der Wurzeln dieses ominösen Geheimordens sind jedoch in Deutschland zu finden. Sie basieren auf der Verschwörungstheorie eines Adam Weishaupt, der am 1. Mai 1776 in Bayern den Bund der Illuminaten gegründet hat. Weishaupt ist am 6. Feber 1748 in Ingolstadt geboren, promovierte 1768 zum Doktor der Philosophie, wurde Rechtsprofessor und später Professor für Kirchenrecht. Der Orden der Illuminaten, dessen Gründung Weishaupt in Konflikt mit der bayerischen Obrigkeit gebracht hatte, war ein Geheimbund, der sich die Umformung von Kirche und Staat nach den Grundsätzen ähnlich den Freimaurern zum Ziel gesetzt hatte. Diese Organisation wollte gezielten Machteinfluss auf die Regierungen gewinnen und Schlüsselpositionen auch in den Verwaltungen der Staaten und Institutionen mit ihren Mitgliedern besetzen. [8]

Laut einigen Verschwörungstheoretikern war Adam Weishaupt Mitglied des damals vom Vatikan vorübergehend aufgelösten Jesuitenordens, andere wiederum behaupten, er sei ein Satanist gewesen. Weishaupt soll nach Amerika gegangen sein und mit George Washington an dem Aufbau der Vereinigten Staaten mitgearbeitet haben. Das Symbolzeichen dieses Illuminatenordens ist mit dem Abbild George Washingtons noch heute auf der Ein-Dollar-Note abgebildet.

Die Bruderschaft am Campus der Yale University, aus der auch der spätere CIA hervorgegangen ist, ist das Zentrum dieser Organisation und aus ihr werden jährlich die neuen Mitglieder rekrutiert. Der mächtige CIA besteht fast vollständig aus Mitgliedern dieser geheimen Bruderschaft. Skull & Bones ist die älteste und bekannteste Bruderschaft in Yale, weitere heißen „Book & Snake", „Eliahu", „Berzelius", „Scroll & Key" und „Wolf's Head". Außerhalb der Yale Universität wird die Bruderschaft von Skull & Bones angeblich durch Firmen vertreten, hier wird des Öfteren der Name „Russel Trust Company" genannt. Die „Bonesmen" genannten Mitglieder sind ausschließlich Absolventen der Yale Universität. Fünfzehn neue Mitglieder werden jährlich ausgesucht und erhalten angeblich 15000 Dollar und eine Taschenuhr. Die ausgewählten Kandidaten sind ausschließlich weiß, männlich, Protestanten und kommen meist aus sehr reichen Familien. Oft waren schon deren Väter Mitglieder dieses Ordens und die Mitglieder werden anfangs mit „Ritter“, später mit dem Titel „Patriarch“ angesprochen. Die Mentalität der Skull & Bones-Brüder geht nicht nur von einer Überlegenheit der weißen Rasse aus, sondern auch von ihrem Recht, als elitäre Ritter dieser Rasse die Geschicke der Menschheit zu kontrollieren. [9]

Bei den diversen Bruderschaftstreffen müssen die Mitglieder zur Sicherheit und zur Erkennung eine spezielle goldene Anstecknadel tragen. Alle Mitglieder verpflichten sich zur absoluten Verschwiegenheit, was aber Außenstehenden gegenüber bestritten wird. Wie vielen geheimen Logen und Orden werden auch der Skull & Bones-Bruderschaft Rituale und teilweise okkulte Praktiken zugeschrieben.

Der bekannte Schriftsteller Andreas von Retyi schreibt in seinem Buch über diesen Orden: „Im Jahre 1856 wurde eine fensterlose Steinhalle mit dem bezeichnenden Namen „Tomb“ errichtet, die fortan als Versammlungsort dieser Bruderschaft dient, in der auch regelmäßig die Treffen abgehalten werden. Diverse Dinge wie Totenkopf, Pentagramme, merkwürdige Bücher und sogar der angebliche Totenkopf des berühmten Apachen-Häuptlings Geronimo sind Requisiten dieses Ordens. Das neue Mitglied wird völlig nackt in diese Grabhalle geführt, in dem sich gleichzeitig viele andere Mitglieder der Gemeinschaft aufhalten. Sie tragen zum Teil Masken und im Laufe des Rituals wird der Neuling in einen Steinsarg gelegt, psychisch erniedrigt und erhält dabei seinen zugewiesenen Ordensnamen.
Die Tradition schreibt auch vor, auf den Grabsteinen, wie bei den Freimaurern des Meister-Grades, einen Totenschädel und gekreuzte Knochen darzustellen, was wahrscheinlich auf einen Ritus der Tempelritter ab 1127 n.Chr. zurückzuführen ist. Vermut-

lich kommt der Name dieses Ordens auch aus einer dieser Traditionen." [10]

Schriftliche Mitteilungen werden ausschließlich mit einem Code, der periodisch verschieden ist, versehen, um Außenstehende über solche Schreiben nicht zu informieren. Ziel dieser Vereinigung ist es, ein mögliches und mächtiges Netzwerk aufzubauen. Den Mitgliedern wird ein hoher finanzieller Nutzen zugesichert, allerdings unter der Verpflichtung, den Orden entsprechend zu unterstützen und zu fördern. Skull & Bones ist somit eine der mächtigsten Geheimgesellschaften, die die Welt jemals bedroht hat und wird von den Blutlinien der prominentesten Familien-Dynastien der USA beherrscht.

Andreas von Retyi weiter: „Bei diesem Orden handelt es sich um Pläne, wie man Menschen kontrolliert und steuert, wie man sie fehlinformiert und verdummt, wie man sie verroht und missbraucht. Pläne, wie man Kriege entfesselt und die Massen in seinem Sinne bewegt. Pläne, wie man gezielt Zwietracht sät und Gefühle beeinflusst, wie man Geheimdienste lenkt und die Wirtschaft steuert. Pläne, wie man Erziehung, Presse und Gesundheitssystem an sich reißt, um alles, was unser Dasein bestimmt, in den festen Griff der eigenen, skrupellosen Elite zu stellen. All das muss geheim gehalten werden. Und das wird es schon lange und immer noch sehr erfolgreich." [11]

Der ehemalige Präsident von CBS-News, Richard Salant, erklärte: „Unsere Aufgabe ist es nicht, den Leuten das zu geben, was sie wollen, sondern das, was sie nach unseren Beschlüssen bekommen sollen." [12]

Der britische Historiker Antony Sutton berichtet in einer seiner Veröffentlichungen über diese Organisation: „Von dieser Geheimverbindung der Yale-Universität wurden schließlich nicht nur der alte, sondern auch der letzte Präsident George W. Bush, sowie schon sein Vater, Großväter und Großonkel gestellt. Auch viele weitere Mitglieder der Ostküsten-WASP-(Withe-Anglo-Saxon-Protestant)-Elite waren in einer einflussreichen Position der US-Außen- und Finanzpolitik." Sutton kommt zu dem Schluss: „Dass Skull & Bones-Leute sowohl die Nazis in Deutschland, als auch die Kommunisten in Osteuropa zuerst finanziell aufbauten, um sie dann in der „großen Synthese" des Zweiten Weltkrieges und des anschließenden Kalten Kriegs wieder zu demontieren."

Der Großvater des letzten amerikanischen Präsidenten war auch ein Bonesman, Direktor einer großen Bank und überzeugter Anhänger Hitlers. Er finanzierte den Diktator in den dreißiger Jahren und spendete Adolf Hitler unzählige Dollars, auch noch als Amerika mit Deutschland bereits im Kriegszustand war. [13]

Dass die deutsche SS den Totenkopf und das Knochenkreuz der Skull & Bones in ihr Ordenssymbol übernahm, wird Bush und seinem Partner Harriman gefallen haben, und wie viele andere US-Investoren unterstützten sie die deutschen Nazis nicht heimlich, sondern so offen, dass der deutsche US-Botschafter William E. Dodd 1937 einem Reporter der „New York Times" mitteilte: „Eine Gruppe von amerikanischen Industriellen sind total entschlossen, einen faschistischen Staat zu errichten und unsere demokratische Regierung zu stürzen und sie arbeiten eng zusammen mit dem faschistischen Regime in Deutschland und Italien. Ich habe auf meinem Posten in Berlin auch Gelegenheit gehabt zu sehen, wie einige führende amerikanische Familien dem Naziregime nahe stehen." [14]

Die Bonesmen hatten sich mit der Unterstützung Adolf Hitlers einen netten Hurensohn herangezüchtet. Schon vor der Machtübernahme hatte die US-Botschaft Anfang der dreißiger Jahre nach Washington Fragen nach dem finanziellen Hintergrund von Hitlers aufwendigem Wahlkampf und der Bewaffnung seiner Privatarmee von 300 000 Braunhemden gemeldet und danach finanzielle Mittel zugesagt und auch überwiesen.

Über diese diversen Unterstützungen amerikanischer Bünde und Banken schreibt Antony C. Sutton in seinem Bericht: „Seit den frühen zwanziger Jahren befinden sich unbestätigte Berichte in Umlauf, die besagen, dass nicht nur deutsche Industrielle, sondern ebenso Financiers aus der Wall Street eine Rolle – möglicherweise sogar eine bedeutende Rolle – beim Aufstieg Hitlers und des Nationalsozialismus gespielt haben. Zur Unterstützung dieser Hypothese präsentiert Antony C. Sutton bislang unveröffentlichtes Beweismaterial, das zum großen Teil den Akten der Nürnberger Militärprozesse entnommen worden ist.“ [15]

Nachdem der christlich orientierte amerikanische Autor und Verleger Jim Marrs eine Untersuchung hinsichtlich des Einflusses und Kontrolle des Ordens in den Bereichen Außenpolitik, Finanzen, Bildung und Religion vorgenommen hatte, mahnte er: „Der Geheimorden Skull & Bones muss als das demaskiert werden, was er ist – eine große und allgegenwärtig drohende Gefahr für unsere Freiheit und unsere Verfassungsrechte.“ [16]

Aber wer sind diese Männer des Geheimbundes, oder die der amerikanischen Regierung, die sich die Unverfrorenheit herausnehmen, die Welt kontrollieren zu wollen und sich über die amerikanische Verfassung hinwegsetzen? Wer sind diese Menschen, die mit ihrer Präpotenz glauben, auf der ganzen Welt ihre Ideale durchsetzen zu können, weil sie der Meinung sind, nur ihre Vorstellung von einer neuen Weltordnung sei die einzig Richtige? Die sich für Zukunftsplaner oder Zukunftsstrategen halten, die in ihren Reden immer nur von Frieden, Demokratie, Gottvertrauen, Menschenrechten und Bibelzitaten plaudern, dabei menschenverachtende Maßnahmen setzen, festgeschriebene Gesetze sowie auch die amerikanische Verfassung missachten und als die größten

Umweltverschmutzer des Globus auch noch die Welt mit Kriegen übersäen. Die Welt braucht keine solche sonderbare Demokratie, wie sie in den USA in den letzten Jahrzehnten praktiziert wurde; wo ein bei den Wahlen mit 500 000 Stimmen Unterlegener sich schließlich als gewählter Präsident an die Spitze der Macht katapultierte, weil er mit der Unterstützung seiner ominösen Freunde und Geheimbundmitglieder rechnen konnte. Die Welt braucht keine Männer, die sich immer wieder offiziell für Menschenrechte einsetzen, nebenbei ein chaotisches Justizsystem aufweisen, und die Gefahr nicht sehen, dass der Glaube an die Gesetzgebung dabei verloren geht. Die Welt braucht keine Männer, die glauben, nur sie seien in der Lage, der Welt die perfekte Demokratie zu vermitteln. Denn es gibt bestimmt mehr Staaten auf diesem Globus, die perfektere Demokratien bereits erfolgreich ausüben. Die amerikanischen Bürger stellten sich beim letzten Präsidenten bereits die Frage, warum sie hier in den USA ihre Menschenrechte verlieren, sich alles um das Geld für Bush und seinen Freundeskreis dreht und warum manche Amerikaner, wie es in einen Bericht geschrieben wurde, Adolf Hitler für anständiger halten als ihren eigenen Präsidenten. So zitiert der amerikanische Journalist und Buchautor Alexander Hast im „Los Angeles-Echo-Journal" die derzeitige Situation der USA. [17]
Auch der große amerikanische Denker R. Fuller kam zu der Überzeugung, dass die Vereinigten Staaten von machtvollen und machtbesessenen Männern hinter den Kulissen regiert werden.

Die geheime Macht der Bünde

Im Laufe der Jahrhunderte schafften Menschen immer gern eigenhändig zusätzliche Geheimnisse und Geheimbünde. Manche verfolgen undurchsichtige Ziele mit verdächtigen Methoden, andere dienen der Entschlüsselung von Rätseln der Schöpfung und der Entdeckung von Kräften in Mensch und Natur.

So entstanden diverse Bünde, weil sich auch manche Menschen mit Geheimniskrämerei wichtig tun und über andere Menschen bestimmen wollen. Auch im Neuen Testament schreibt der Evangelist Markus: „Nicht alle wahren Dinge sollen allen Menschen gesagt werden. Antworte einem Narren entsprechend seiner Torheit, denn das Licht der Wahrheit soll vor denen verborgen sein, die geistig blind sind. Lass den Narren in Dunkelheit wandern."

Vielleicht sind solche Bemerkungen für viele eine Rechtfertigung für ihr Handeln und Tun.

Bereits in der Antike gab es verschiedene Geheimbünde, wie die Mysterienkulte der Griechen, die diversen Geheimlehren Buddhas oder auch die verschieden Geheimlehren im alten Ägypten.

Der Kulturphilosoph Michel de Montaigne schreibt: „Wir sind dazu geschaffen, die Wahrheit zu suchen; sie zu besitzen ist das Vorrecht einer höheren Macht." – Auch das Mittelalter war geprägt von Geheimbünden und Vereinigungen wie die Freimaurer, die Katharer, die Gralsritter, die Rosenkreuzer, die Illuminaten, von Prieure de Sion und den mächtigen Tempelrittern.

Council on Foreign Relations (CFR)

Eine andere bemerkenswerte Gesellschaft wurde am 29. Juli 1921 in New York von Edward Mandell House gegründet und zählt mittlerweile auch zu den geheimen, mächtigen Bünden der amerikanischen Politik. Der Council on Foreign Relations (CFR) auf Deutsch der „Rat für auswärtige Beziehungen". Edward M. House wurde allgemein „Colonel" genannt, war engster Berater des damaligen Präsidenten Woodrow Wilson und er bezeichnete sich selbst als marxistischen Sozialisten, dessen Aktivitäten aber eher den Sozialismus der Fabianisten widerspiegelten, die sich für eine Verschwörung begeistert haben, mit dem Ziel innerhalb der USA eine Zentralbank einzurichten, eine abgestufte Einkommensteuer einzuführen und die Kontrolle über beide politische Parteien zu erlangen. Die Philosophie der Fabianisten wurde 1887 schriftlich festgelegt. „Das Ziel der Fabianisten zielt auf die Neuordnung der Gesellschaft, indem sie das Land und das Industriekapital aus den Händen der besitzenden Klassen befreit… Deshalb kämpft diese Gesellschaft für die Beseitigung des Privateigentums und des privaten Landbesitzes.“ [18]

Zu den obersten Statuten gehört die Regel der höchsten Geheimhaltung, es ist aber bemerkenswert, dass die Analysten der sowjetischen Presse sagen, dass der CFR häufiger in der „Prawda“ und der „Iswestija“ aufgetaucht ist als in der „New York Times“.

Der Gründungspräsident des CFR, der Millionär John W. Davis, war persönlicher Anwalt des Finanziers J. P. Morgan, und auch Vizepräsident Paul Cravath vertrat Morgans Finanzinteressen. Der erste Vorsitzende des CFR war Russel Leffingwell, einer von Morgans Partnern. Da die meisten CFR-Mitglieder der ersten Stunde auf die eine oder andere Weise Verbindungen zu Morgan hatten, könnte man sagen, dass der CFR von den Interessen Morgans stark beeinflusst war.

Geldmittel für den CFR kamen von Bankern und Finanziers, wie J. P. Morgan, John D. Rockefeller, Bernhard Baruch, Jakob Schiff, Otto Kahn und Paul Warburg. Heute zählen zu den Mitgliedern die führenden Männer einiger Großkonzerne, wie Xerox, General Motors, Bristol-Meyer Squibb, Texaco, die Mc Knight-Stiftung, der Billion Fund, die Ford-Stiftung, die Andrew-W.Mellon-Stiftung, der Rockefeller Brothers Fund, die Starr-Stiftung und die Pew Charitable Trusts. [19]

Diese Gesellschaft wird sowohl von rechten wie auch von linken Kritikern mit Argwohn betrachtet. Während die rechten Kritiker den CFR als Handlanger des Kommunismus sehen, wird sein Einfluss von der linksliberaleren Seite zwar gleich stark bewertet, allerdings befürchten diese ganz andere Gefahrensmomente. Sie sehen den CFR als die zentrale Schnittstelle zwischen der US-amerikanischen Außenpolitik und der gesellschaftlichen Elite. Der deutsche Spiegel stellte fest: „Dass die Wichtigkeit dieser Vereinigung für das Verhältnis der Grundmotive und der Grundlinien amerikanischer Weltpolitik kaum hoch genug veranschlagt werden kann und viele Bürger dieses Landes diese Vereinigung für das bestinformierte Gemeinwesen aller Zeiten hält, aber die meisten US-Bürger haben leider keine Ahnung von der Existenz und Aktivität eines solchen privaten Gremiums." [20]

Admiral Chester Ward, pensionierter Wehrdisziplinar-Anwalt der US-Marine und langjähriges CFR-Mitglied erklärte: „Das gemeine Ziel aller CFR-Mitglieder ist, die USA dazu zu bringen, ihre Souveränität und Unabhängigkeit als Nationalstaat aufzugeben … Vor allem wollen sie ein Weltbankmonopol von denjenigen Mächten – welche auch immer – die letzten Endes eine Kontrolle über eine Weltregierung ausüben. Wenn die herrschenden Mitglieder des CFR erst einmal beschlossen haben, dass die US-Regierung ein bestimmtes politisches Programm übernehmen soll, werden die wichtigsten Forschungseinrichtungen des CFR damit beauftragt, intellektuelle und emotionale Argumente zur Unterstützung des neuen Programms auszuarbeiten und gleichzeitig jegliche Opposition zu ihren Plänen zu vereiteln und zu diskreditieren." [21]

In der russischen Zeitschrift „Internationale Angelegenheiten" war unter dem Titel „Wege und Mittel der ideologischen Expansion der USA" zu lesen: „Psychopolitische Operationen werden weiter unterteilt: zum einen in strategische psycho-politische Operationen; deren Propaganda zielt auf kleine Gruppen von Leuten, wie Akademiker oder Fachleute, die in der Lage sind, die öffentliche Meinung zu beeinflussen; und zum anderen in taktische psychopolitische Operationen; deren Propaganda zielt mittels der Medien für Massenkommunikation, das heißt Zeitungen, Rundfunk, Fernsehen, Lehrbücher, pädagogisches Material, Kunst und Unterhaltung, auf die breite Masse." [22]

Sie bestimmen, was wir in den Medien und im Internet zu lesen bekommen und steuern mit diesem Informationsfluss die Menschheit in eine bestimmte Richtung. Die Täuschung ist dann gelungen, wenn man die Öffentlichkeit veranlasst hat, zu glauben, dass etwas in ihrem eigenen, besten Interesse geschehe, während tatsächlich die Politik der diversen Geheimbünde umgesetzt wird.

Ein weiteres bezeichnendes Beispiel für den Einfluss des CFR ist der kometenhafte Aufstieg von Henry Kissinger. Durch die Beziehung zu dem damaligen außenpolitischen Präsidentenberater Nelson Rockefeller und der langen Freundschaft zwischen den beiden wurde Kissinger zu einem prominenten CFR-Mitglied. Über den CFR erhielt Kissinger finanzielle Zuwendung und konnte Kontakte zu hochrangigen offiziellen Vertretern der Atomenergie-Kommission, den drei Waffengattungen des Militärs, der CIA und dem Außenministerium knüpfen. Als Nixon ins Weiße Haus einzog, war Henry Kissinger Außenminister und noch heute verfügt er über erheblichen weltpolitischen Einfluss.

Die Person Henry Kissinger passte in diese Gemeinschaft, denn einige Leute, wie der russische Überläufer Michael Goloniewski, behaupteten sogar, dass der spätere Außenminister Kissinger ein Sowjetspion war und schon lange vor seinem politischen Aufstieg für den Osten spionierte.[23] Der Buchautor Frank Capell veröffentlicht auch: „Dass Henry Kissinger unter dem Tarnnamen „Bor" als Agent der ODRA (eine Spionagegruppe unter der Leitung eines sowjetischen Geheimdienstgenerals), sowie als Lehrer der Militärischen Spionageschule gearbeitet hat." [24]

Henry Kissinger war nicht nur ein bedeutendes Mitglied der CFR sondern auch regelmäßiger Teilnehmer an den Bilderberger-

Konferenzen. In der Zeit von 1973 bis 1974 spielte Kissinger eine entscheidende Rolle bei den Friedensbemühungen zwischen den arabischen Ländern und Israel und handelte das Ende des Jom-Kippur-Kriegs aus. Bei den politischen Unruhen in Südamerika unterstützten er und die CIA jedoch den blutigen Umsturz des Generals Augusto Pinochet gegen den demokratisch gewählten Präsidenten Salvador Allende in Chile, da seine marktpolitische Ideologie nicht im Sinne der US-amerikanischen Interessen war. Wegen der Verstrickungen in diesen Fall sowie seiner Beteiligung an der Operation Condor Mitte der 1970er Jahre ergingen bis heute mehrere gerichtliche Vorladungen aus verschiedenen Ländern, denen Kissinger allerdings nie nachgekommen ist.

Offengelegte Geheimdokumente belegen ebenfalls, dass Kissinger zusammen mit dem damaligen US-Präsidenten Gerald Ford die völkerwidrige indonesische Invasion Osttimors autorisierte, die von Dezember 1975 bis Feber 1976 cirka 60 000 Opfer kostete. Kissinger bestritt diese Anklage, obwohl einige Dokumente das Gegenteil bewiesen. [25]

Wie stark Mitglieder des CFR in der Regierung vertreten waren zeigt, dass bis zum Jahr 1988 14 Außenminister, 14 Finanzminister, 11 Verteidigungsminister und eine große Anzahl weiterer Bundesminister CFR-Mitglieder waren. Berichten zufolge war die Clinton-Administration mit mehr als 100 CFR-Mitgliedern besetzt. CFR-Mitglieder wurden zu Botschaftern ernannt und viele dieser Personen beteiligen sich auch bei anderen Bünden, wie Skull & Bones und den Bilderbergern. Viele Autoren sehen den CFR als eine Gruppe von Personen, die auf eine Weltherrschaft versessen sind und über multinationale Großkonzerne, internationale Abkommen eine neue Weltregierung erreichen wollen.

In der Zeitschrift „Life" vom 6. Dezember 1968 wird von einem Bericht geschrieben, der sich mit den Themen eines bleibenden

Friedens und den Folgen von gewünschten Kriegen befasst. Einige Mitglieder des CFR kamen zu der Erkenntnis: „Der Krieg erfüllt Funktionen, die für die Stabilität unserer Gesellschaft wichtig sind. Solange es keine anderen Methoden gibt, die ihn ersetzen können, muss der Krieg eingesetzt und in seiner Effektivität verbessert werden. Der Krieg ist in den meisten Gesellschaften die wichtigste organisierte Kraft …

Die Möglichkeit des Krieges schafft ein Gefühl der Notwendigkeit, ohne die keine Regierung lange an der Macht bleiben kann. Die Geschichte zeigt zahllose Beispiele dafür, dass Regierungen ihre eigene Auflösung betreiben, wenn sie dem Volk die Kriegsgefahr nicht ständig glaubhaft machen können.

Der Krieg bietet asozialen Elementen die Möglichkeit, innerhalb der sozialen Struktur eine akzeptable Aufgabe zu übernehmen. Der Mensch zerstört die überflüssigen Mitglieder seiner eigenen Art durch organisierte Kriegsführung. Der Krieg ist die wichtigste motivierende Kraft für die Entwicklung der Wissenschaft.

Der Krieg ist ein allgemeines soziales Ventil, um Langeweile zu vertreiben.

Der Krieg ermöglicht es der älteren Generation, die junge Generation zu kontrollieren und notfalls zu zerstören." [26]

Der Schriftsteller Taylor Caldwell zitiert unter dem Titel „Ceremony of the Innocent" diese Auffassung einiger CFR-Mitglieder so: „Es wird keinen Frieden in dieser gequälten Welt geben, nur eine programmierte und systematische Serie von Kriegen und Katastrophen – bis die Verschwörer ihr Ziel erreicht haben; eine erschöpfte Welt, die bereit ist, eine marxistische Planwirtschaft und eine totale Versklavung zu akzeptieren – und das alles im Namen des Friedens." [27]

„Der CFR hat nahezu das ganze letzte Jahrhundert einen machtvollen Einfluss – wenn nicht sogar teilweise mit der Zusammenarbeit der Bonesmen die vollständige Kontrolle – über die US-Politik und auch zum Teil über die Weltpolitik ausgeübt.“ [28]

Die Trilaterale Kommission

Auf Betreiben von David Rockefeller, der CFR-Mitglied war, wurde 1973 eine weitere weltumspannende Organisation gegründet: Die Trilaterale Kommission, eine Gesellschaft mit über 300 Mitgliedern aus Europa, Nordamerika und Japan, mit dem Ziel, die Zusammenarbeit dieser Regionen zu verbessern. Die großen Wirtschaftblöcke USA / Nordamerika, Europa und Japan werden in der internationalen politischen Ökonomie auch als Triade bezeichnet.

Sowohl die Trilaterale Kommission selbst als auch der CFR werden von Verschwörungsforschern als der Inbegriff verdeckter Organisationen angesehen, die der Politik eine Richtung geben, die im Gegensatz zu den Interessen oder Wünschen der breiten Öffentlichkeit stehen.

Der Senator Barry Goldwater schreibt über diese Organisation: „Was die Trilaterale Kommission wirklich plant, ist die Schaffung einer weltweiten Wirtschaftsmacht, die den politischen Regierungen sämtlicher Länder, die daran beteiligt sind, übergeordnet ist. Als Erfinder dieses Systems werden sie die Welt beherrschen.“ [29]

„Das Konzept der Trilateralen Kommission wurde Rockefeller ursprünglich von Zbigniew Brzezinski nahe gelegt, dem ehemaligen Leiter des Fachbereichs für Russland-Studien an der Columbia-Universität. Brzezinskis Plan für eine solche Kommission von bestimmten Nationen auf trilateraler Basis wurde erstmals bei einem Treffen der ultrageheimen Bilderberger-Gruppe im April 1972 in der belgischen Kleinstadt Knokke-Heist vorgestellt. Angeblich stieß Brzezinskis Vorschlag bei den Teilnehmern auf begeisterten Zuspruch.“ [30]

Der Kolumnist Nicholas von Hoffmann schrieb: „Brzezinski ist lange in den Köpfen derer herumgegeistert, die über die Trilaterale Kommission besorgt sind – diese von Rockefeller inspirierte Gruppe global ausgerichteter „Big Shots" der machtvollen Großkonzerne. Für zahllose US-Amerikaner, sowohl mit linker als auch mit rechter Gesinnung, ist die Kommission, die versucht hat, die Politik der Regierung in Bezug auf Wirtschaft, Handel und Diplomatie in die von ihr gewünschte Richtung zu beeinflussen, eine besorgniserregende Verschwörung." [31]

David Rockefeller war der Mann, der in den verschiedensten Organisationen die Fäden zog und seine Leute in die Machtzentren der US-Regierung manövrierte. Es ist also leicht zu erkennen, dass so viele Menschen der Ansicht waren, dass die Politik von diesen Organisationen gelenkt würde, die ihrerseits von den Rockefellers beherrscht wurden und auch immer noch werden.

In den Medien war oft zu bemerken, dass bei einem Staatsbesuch eines führenden Politikers oder Monarchen sehr oft vor dem Gespräch mit dem Präsidenten der USA ein Gespräch mit David Rockefeller erfolgte. Über die Macht der Rockefellers berichtet der Buchautor Ferdinand Lindberg: „Es ist eine wenig bekannte Tatsache, dass die Gebrüder Rockefeller zu allen hohen Ebenen Zutritt haben, und zwar im In- und Ausland. Ein Telefonanruf von David bei der Chase Manhattan Bank öffnet so viele ansonsten hermetisch verschlossene Türen wie sonst nur ein Anruf vom Präsidenten der USA persönlich, vielleicht sogar noch mehr. Das ist Macht." [32]

Als bei der Präsidentschaftskampagne 1980 sich der republikanische Kandidat Ronald Reagan durchsetzte, ging er mit den 19 Trilateralen der Carter-Administration heftig ins Gericht. Reagan stritt auch mit seinem Gegenkandidaten George Bush wegen seiner Mitgliedschaft in der Trilateralen Kommission und als prominentes Mitglied des CFR und verkündete, George Bush keinen Posten in einer vom ihm gelenkten Regierung zuzugestehen. Nach langen Besprechungen wurde jedoch Reagan gezwungen, doch einige Männer dieser Organisation ins Kabinett aufzunehmen. Ronald Reagan äußerte nie mehr ein böses Wort gegen die Trilaterale und den CFR.

Nach seiner Wahl bestand Reagans 59-köpfiges Regierungsteam aus 28 CFR-Mitgliedern, zehn Mitgliedern der elitären Bilderberger-Gruppe und zehn Mitglieder der Trilateralen Kommission. Reagan war gerade etwas mehr als zwei Monate im Amt, als ein Attentat auf ihn verübt wurde und die Kugel ihr tödliches Ziel nur um Millimeter verfehlte. Der amerikanische Autor Craig S. Karpel beschreibt in seinem Artikel über „Der Tod der Demokratie“: „Das Präsidentenamt der Vereinigten Staaten und entscheidende Schlüsselpositionen im Kabinett der Bundesregierung wurden von einer privaten Organisation übernommen. Diese ist entschlossen, die innerpolitischen Interessen der Vereinigten Staaten den internationalen Interessen multinationaler Banken und Unternehmen unterzuordnen. Es wäre unredlich zu behaupten, die Trilaterale Kommission würde die Regierungen dominieren; die Trilaterale Kommission ist die Regierung der USA.“ [33]

Der Autor Jim Marrs schreibt zu diesem Attentat: „Sein Tod hätte bedeutet, dass George Bush (Skull & Bones-Mitglied) sieben Jahre vor seiner Amtszeit ins Weiße Haus eingezogen wäre. Das seltsame war, dass sich der Bruder des verhinderten Attentäters John W. Hinckley genau an dem Abend, als das Attentat auf Reagan verübt wurde, mit Bushs Sohn Neil zum Abendessen verabredet hatte. Hinckley's Vater, ein „Oilman“ aus Texas, und George Bush waren schon seit langer Zeit Freunde.

Man sollte vielleicht auch bemerken, dass sich Bush's Name – zusammen mit seinem wenig bekannten Spitznamen „Poppy“ – mit seiner Adresse und Telefonnummer im persönlichen Notizbuch des Ölgiganten Georg De Mohrenschildt fand, der der letzte bekannte enge Freund vom wahrscheinlichen Kennedymörder Lee Harvey Oswald war." [34]

Der Vorsitzende des Verlagshauses Living Truth Publishers in Austin, Texas, Texe Marrs warnt: „Die Trilaterale Kommission ist eine Gruppe, die zum Ziel hat, so schnell wie möglich das Zeitalter der Weltregierung einzuläuten und ein internationales Wirtschaftssystem zu begünstigen, das hinter den Kulissen von der Geheimen Bruderschaft (den Illuminaten) kontrolliert wird." [35]

Der ehemalige Senator und Präsidentschaftskandidat Barry Goldwater schrieb: „Was die Trilateralen wirklich vorhaben, ist die Errichtung einer weltweiten Wirtschaftsmacht, die den einzelnen Regierungen der beteiligten Nationalstaaten überlegen ist. Als Manager und Schöpfer des Systems werden sie die Welt regieren." [36]

In einem Kommentar der englischen Weekly Review war über die Trilaterale Kommission Folgendes zu lesen: „Der internationale Kommunismus nach dem Vorbild Moskaus hat viele Gemeinsamkeiten mit der Trilateralen Kommission von David Rockefeller, z.B. die Untergrabung der nationalen Souveränität der Vereinigten Staaten. Unter anderem aus diesem Grund unterstützen führende Marxisten die Ziele der neuen globalen Wirtschaftsordnung, die die Trilaterale Kommission verfolgt." [37]

Die Rockefellers

Bei der Durchsicht von Mitgliederlisten der geheimen Organisationen, wie Skull & Bones, Council on Foreign Relations, der Trilateralen Kommission und der Bilderberger, scheint immer der Name Rockefeller auf.

John D. Rockefeller (1839-1937), war einer der legendärsten Gestalten der amerikanischen Wirtschaft, stieg Anfang des 20. Jahrhunderts zum reichsten Amerikaner auf und sein Name entwickelte sich weltweit zu einem Synonym für Reichtum und Macht. Die Familie zählt zu den reichsten Familien der Welt.

Nach den Berechnungen des Magazins „Amerikan Heritage" gilt John D. Rockefeller mit einem Privatvermögen von 189,6 Mrd $ mit Abstand als der Reichste, der je in den Vereinigten Staaten lebte. Bereits im amerikanischen Bürgerkrieg war Rockefeller ein Makler für landwirtschaftliche Erzeugnisse und er erkannte sehr bald die Chancen, in der noch im Anfangsstadium befundenen Erdölindustrie, und gründete 1870 mit einigen Kollegen die Standard Oil Company of Ohio. [38]

Rockefeller schuf mit zum Teil skrupellosen Methoden am Ende des 19. Jahrhunderts mit der Standard Oil Trust den größten US-Konzern, der weite Teile der Ölindustrie monopolisierte und exorbitante Gewinne erwirtschaften konnte. Der Standard Öl-Konzern geriet Anfang des 20.Jahrhunderts immer stärker in öffentliche Kritik und galt als Synonym für das hässliche Gesicht des Kapitalismus. 1911 musste der Standard Öl-Trust auf Grund eines Gerichtsbeschlusses aufgelöst werden und so entstanden die Nachfolgegesellschaften, wie Mobil Oil, Exxon, Chevron, Amoco, Conoco, Atlantic Richfield, Vacuum Oil Company, Buckeye Pipe Line, Pennzoil und die Union Tank Car Company. [39]

Eines der skrupellosesten Geschäfte tätigte Rockefeller am Beginn des 20. Jahrhunderts in Russland. Das Ziel Rockefellers war, die Vermarktung des bis dahin noch neuen Rohstoffes Erdöl nur über seine Firmen abzuwickeln. Die damals mächtigsten Ölvorkommen befanden sich in Baku am Kaspischen Meer. Zar Nikolaus II. war aber entschlossen, die Schürfrechte nur an die Familie Rothschild und an die Gebrüder Nobel zu vergeben.

Als die Bolschewisten im Mai 1918 unter Lenin und Trotzki eine Revolution gegen den Zaren aufbauten, wurde die amerikanische Liga zur Hilfe und Zusammenarbeit mit Russland in Washington D.C. zur Unterstützung der Bolschewisten gegründet. Es handelte sich dabei um ein Komitee, das mit Hilfe der amerikanischen Kommunistischen Partei und Verbündeten von der Wall Street geschaffen wurde, mit George P. Whalen von der Vacuum Oil Company, die unter der Führung Rockefellers war, und mit Coffin und Oudin von der General Electric, mit Thomson von Federal Reserve System, Willard von der Eisenbahngesellschaft Baltimore & Ohio Railroad und verschiedenen Sozialisten als Mitglieder. [40]

John D. Rockefellers persönlicher Emissär, Georg Kennan, verbrachte einige Jahre damit, die revolutionäre Aktivität gegen den Zaren in Russland zu schüren. Noch vor der bolschewistischen Revolution hatte Russland die USA als Nummer eins der Ölproduktion der Welt überrundet. Im Jahre 1900 lieferten die reichen Ölfelder in Baku am Kaspischen Meer mehr Rohöl als die Vereinigten Staaten. In den Rockefeller-Papieren bemerkte Gary Allen, die russische Revolution habe Amerikas Wettbewerber vernichtet. Dieser bolschewistische Umsturz beseitigte einige Jahre lang tatsächlich den Rivalen für die Standard Oil in Russland, bis schließlich die Aktivisten Rockefellers dort eindringen und sich ein Stück des russischen Ölgeschäftes aneignen konnten. [41]

Wie später bekannt wurde, wäre ohne einer massiven finanziellen Hilfe Rockefellers der Aufbau einer bolschewistischen Regierung unter Vladimir Ulyanov Lenin und Leo Trotzki nicht möglich gewesen. Der Kongressabgeordnete Luis Mc Fadden sagte zu dieser finanziellen Unterstützung: „Die privaten Bankmonopole haben Trotzkis Massenveranstaltungen in New York finanziert. Sie haben Trotzkis Reise von New York nach Russland bezahlt, so dass er an der Zerstörung des russischen Reiches mitwirken konnte.

Sie förderten die russische Revolution, und sie zahlten für Trotzki Riesensummen auf verschiedene schwedische Banken ein." [42]

Rockefeller unterstützte diese kommunistische Bewegung und war auch der größte Finanzgewinner im Ersten Weltkrieg. Der Krieg bot den reichsten Familien eine gewaltige Chance, enorme Gewinne auf Kosten der Öffentlichkeit zu machen und sie nahmen diese Chance rücksichtslos war.

Über den Kommunismus schreibt G. Edward Griffin: „Der Kommunismus ist nur eine Fassade für etwas viel Größeres. Der Kommunismus ist keine Revolte der Armen, sondern eine Verschwörung der Reichen. Diese internationale Verschwörung hat ihren Ursprung nicht in Moskau, sondern in New York. Es handelt sich auch nicht um einen idealistischen Kreuzzug für die Armen und Unterdrückten, sondern um einen Griff nach der Macht durch die Reichen und Mächtigen." [43]

Der amerikanische Schriftsteller A. R. Epperson schreibt: „Ohne der enormen finanziellen Unterstützung Rockefellers hätte es keine kommunistische Machtübernahme gegeben, denn diese Familie hatte sich auch eingesetzt, dass die USA in den Krieg eintrat. Die Gewinne, die sie durch diesen Konflikt einheimste, beliefen sich auf über 200 Millionen Dollar." [44]

Die Pläne, die amerikanische Regierung in den europäischen Konflikt zu verwickeln, gab es bereits im Jahr 1909, lange bevor Erzherzog Franz Ferdinand in Sarajewo ermordet wurde. Aus einem Protokoll ist zu entnehmen, dass damals das Repräsentantenhaus der USA zu folgendem Ergebnis kam: „Wenn es notwendig wäre, das Leben eines ganzen Volkes zu verändern, gäbe es dann ein Mittel, das stärker wäre als Krieg? ... Denn das Ergebnis ist, dass es kein effektiveres Mittel gibt als Krieg, wenn es darum geht, das Leben eines ganzen Volkes zu verändern.

Und das führte sie zu der Frage: Wie verwickeln wir die USA in einen Krieg? Das geschah bereits im Jahre 1909." [45]

Es ist bestürzend und auch traurig, dass amerikanische Politiker und Großbanken, nur um zu größerem Reichtum zu kommen, sich auf eine solche Unterstützung eingelassen haben und eine Weltrevolution unterstützten, die so viel Elend, Armut, Verzweiflung, Hungersnot und auch Millionen Tote gebracht hat.

Noch heute im 21. Jahrhundert leiden wir an den Spätfolgen dieser kommunistischen Misswirtschaft. Dieser Sozialismus eines Lenin und Stalin vertiefte sich immer mehr in die Ideologie Karl Marx' und führte letztendlich zu dieser Weltkatastrophe. Wir erinnern uns noch an die landwirtschaftliche Fehlplanung einer so genannten Brachwirtschaft, an die verschiedenen Fehlplanungen der sowjetischen Stahlindustrie und an die Vernichtung von über 20 Millionen Menschen unter der gnadenlosen Diktatur Stalins.

Obwohl Rockefeller immer wieder erklärte: „Konkurrenzkampf sei eine Sünde", betrieb er einen rücksichtslosen Kampf mit seinen Mitbewerbern und war stets bestrebt, durch gezielte Fusionierungen seine Konkurrenten aus dem Markt zu drängen. Rockefeller gründete unzählige Fonds-Gesellschaften, unterstützte eifrig aufsteigende Persönlichkeiten und beeinflusste somit sehr stark die verschiedenen US-Regierungen. Eisenhower ernannte einen der Rockefeller-Familien sogar zum persönlichen außenpolitischen Berater.

Das inzwischen vorliegende Beweismaterial legt auch den Schluss nahe, dass einige Mitglieder der Wall-Street-Elite einschließlich der Rockefellers, Verbindungen zu und mit Sicherheit Einfluss auf sämtliche bedeutende politische Gruppierungen des zeitgenössischen, weltweiten sozialistischen Spektrums hatten; den sowjetischen Sozialismus, Hitlers Nationalismus und Roosevelts Sozialismus des New Deal. [46]

Gary Allen berichtet: „Für die Rockefellers ist der Sozialismus kein System der Umverteilung von Reichtum, sondern ein System, um Menschen und Konkurrenten zu kontrollieren. Der Sozialismus legt die Macht in die Hände der Regierung. Und da die Rockefellers die Regierung beherrschen, bedeutet Regierungskontrolle auch Rockefeller-Kontrolle. Sie haben das vielleicht nicht gewusst, aber Sie können sicher sein, dass es die anderen wissen!“ [47]

In den letzten Jahrzehnten wurde immer mehr bekannt, wie stark eigentlich die Vereinigten Staaten, beziehungsweise die herrschende Elite dieses Landes, auch den Nationalsozialismus in Deutschland unterstützt haben. Einige amerikanische Weltkonzerne, wie etwa GM, ITT, Rockefeller mit seinen verschiedenen Firmen, Ford und viele andere haben sich mit dem Zweiten Weltkrieg enorm bereichert. Aber auch mit medizinischen Versuchen bei Experimenten in den Konzentrationslagern haben vor allem Rockefeller-Firmen gewaltig an Geld und Macht gewonnen.

Adolf Hitler schwärmte persönlich für die amerikanische Eugenik. Er pries die US-Eugenikbemühungen, die von der Rockefeller-Stiftung aufgebaut wurde, bereits 1924 in seinem Buch „Mein Kampf“ und schrieb dort: „Es gibt heute einen Staat, in dem wenigstens schwache Ansätze für ein besseres Konzept der Einwanderung bemerkbar sind. Natürlich ist das nicht unsere vorbildliche deutsche Republik, sondern es sind die Vereinigten Staaten.“

Der Begriff Eugenik beruht auf dem griechischen Wort „eugenes“: wohlgeboren. Unter Eugenik versteht man die Erbgesundheitsforschung bzw. Erbgesundheitspflege. Dabei wird das Ziel verfolgt, erbschädigende Einflüsse und die Verbreitung von Erbkrankheiten möglichst gering zu halten. Während der Nazizeit war in Deutschland der Begriff Eugenik als Rassenhygiene verbreitet.

Amerikanische Forscher, wie Edwin Black und auch weitere andere, konnten feststellen, dass die führenden Psychiater vor dem

Zweiten Weltkrieg am Kaiser-Wilhelm-Institut in Deutschland mit der Rockefeller-Stiftung zusammengearbeitet haben. Einer der bekanntesten Psychiater war zu jener Zeit Ernst Rudin, der als Architekt das systematisch medizinische Eugenikprogramm aufgebaut hatte. Der von Rockefeller finanzierte Rudin war 1932 zum Präsidenten des Weltbundes für Eugenik ernannt worden. Die Plattform des Weltbundes trat offen für die Tötung oder Sterilisation von Menschen ein, deren Erbgut sie zu einer „Last für die Öffentlichkeit" werden ließ. [48]

F. William Engdahl, Autor des Buches „Saat der Zerstörung", schreibt in seinem Werk: „Rudin leitete auch das Nazi-Programm der eugenischen Zwangssterilisation und schrieb das nationalsozialistische Sterilisationsgesetz von 1933. Er wurde zweimal vom Führer Adolf Hitler für seine Beiträge zur deutschen Eugenik, zur Rassensäuberung, geehrt.

Leiter des deutschen Eugenikinstituts in Berlin war Otmar Freiherr von Verschür. Seine Forschungen an Zwillingen war seit langem der Traum der amerikanischen Eugenikverfechter, um ihre Vererbungstheorien zu verbessern. 1942 setzte sich das von ihm herausgegebene deutsche Eugenikjournal „Der Erbarzt" für die „Endlösung des Judenproblems" ein. Im Jahr 1936 wurde Verschür, der noch immer Geld von Rockefeller erhielt, zum Leiter an das neu errichtete Institut für Genetik und Rassenhygiene an der Universität Frankfurt berufen. Freiherr von Verschürs langjähriger Assistent war Dr. Josef Mengele, der ab Mai 1943 im Konzentrationslager Auschwitz Versuche an Menschen vornahm. Von Verschür war erfreut, als Mengele, mit dem Namen „Todesengel", wegen seiner tödlichen Experimente an Häftlingen, nach Auschwitz versetzt wurde, wo er mit Genehmigung des Reichsführers SS Himmler anthropologische Untersuchungen an den verschiedensten Rassengruppen durchgeführt hatte. [49]

Otmar Freiherr von Verschür entkam nach Ende des Krieges auch dem Nürnberger Prozess und so wurde 1949 dieser Auschwitz-Doktor zum korrespondierenden Mitglied der Amerikanischen Gesellschaft für Humangenetik ernannt. Nach der Niederlage der Nazis wurden die deutschen Top-Eugeniker somit durch die Alliierten geschützt.

Eugenik bildete das Fundament für John D. Rockefellers III. Besessenheit auch bei der Übervölkerungsfrage. Bei seinem enormen Einfluss und den gewaltigen finanziellen Möglichkeiten der Rockefeller-Stiftung zur Finanzierung wissenschaftlicher Forschung handelte es sich um eine Besessenheit, die noch Generationen nach dem Tod mit unzähligen Folgen weiterwirkte.

1931 trat John D. Rockefeller III. in den Aufsichtsrat der Rockefeller-Stiftung ein. Dort pflegten Eugeniker wie Raymond Fosdick und Frederick Osborn Rockefellers Interesse an einer Bevölkerungskontrolle. 1934, ein Jahr nach Hitlers Machtergreifung, schrieb JDR III., wie er mit Kurzbezeichnung genannt wurde, an seinen Vater, er wolle seine Energie ganz dem Bevölkerungsproblem widmen. Osborn, Mitglied im Aufsichtsrat der Rockefeller-Stiftung und enger Freund der Familie, hatte uneingeschränkt und enthusiastisch die Finanzhilfen der Rockefeller-Stiftung für die Eugenikexperimente der Nationalsozialisten unterstützt. Er lobte auch 1946, nachdem die entsetzlichen Versuche an Menschen in Auschwitz und in anderen Konzentrationslagern bekannt geworden waren, das Eugenikprogramm der Nationalsozialisten als das wichtigste Experiment, das jemals unternommen worden ist. [50]

Einige der führenden Milliardäre Amerikas trafen sich zu einer geheimen Versammlung, welche am 5. Mai 2009 in New York stattfand, wo über die Agenda der Bevölkerungsreduzierung als fester Bestandteil der Eugenik und des Sozialdarwinismus verhandelt wurde. Details des geheimen Treffens waren in den ursprünglichen Berichten über das Meeting der reichen „Philanthropen“ wie Rockefeller, Turner, Gates, Waren Buffet und George Soros, bekannt geworden und in einem ABC-Bericht war zu lesen, dass sie eine geplante Bevölkerungsreduzierung unterstützen.

Dieses Treffen sollte sich hauptsächlich mit der Bevölkerungskontrolle befassen und ein Bericht der „Londoner Times“ bestätigt sogar: „Einige der führenden Milliardäre Amerikas haben sich im Geheimen getroffen, um Überlegungen darüber anzustellen, wie ihr Reichtum genutzt werden könnte um das Wachstum der Weltbevölkerung zu verlangsamen und Verbesserungen im Bereich Bildung und Gesundheit zu beschleunigen. Die Philanthropen die an dem Treffen auf Betreiben vom Microsoft Mitbegründer Bill Gates teilnahmen, sprachen darüber sich zusammenzuschließen um religiöse politische Hindernisse, die den Wandel verhindern, zu überwinden.“

David Rockefeller begründet sich nicht durch ein gut gemeintes Verlangen, die Gesundheit in der Dritten Welt zu verbessern, sondern ist aus einem malthusianischen Antrieb heraus geboren, die Armen und jene, die als rassisch minderwertiger angesehen werden, auszulöschen, was mit Hilfe vom Sozialdarwinismus begründet wird. Diese Personen haben kein Interesse daran, auf natürliche Weise das Wachstum der Weltbevölkerung zu verlangsamen, ihre Agenda ist tief verwurzelt in der Pseudowissenschaft Eugenik, in welcher es um die sogenannte „Keulung“ der überschüssigen Bevölkerung durch drakonische Methoden geht. [51]

Die Unterstützung Hitlers

Adolf Hitler, Gefreiter aus dem Ersten Weltkrieg, betrat die Bühne der Politik in den Münchner Revolutions- und Nachkriegsjahren 1919/20. Wie kein Zweiter spielte Hitler mit den Ängsten, mit den Vorurteilen und Ressentiments der damaligen Zeit, appellierte an ihren Chauvinismus, Fremdenhass und vor allem an ihre Judenfeindschaft. So gewann Hitler eine beachtliche Gemeinde von Anhängern, Sympathisanten und Förderern in den großbürgerlichen Kreisen. Zur Unterstützung seiner Ideologie schrieb er im Landsberger Gefängnis 1924 sein Buch „Mein Kampf", in dem seine Pläne und Vorhaben allgemein, auch über die Grenzen Deutschlands hinaus, bekannt wurden.

Im Mai 1932 fand das so genannte „Kaiserhoftreffen" deutscher Nationalsozialisten, mit führenden Persönlichkeiten aus der Industrie Deutschlands und der USA statt. Mit dabei waren Max Ilgner von den amerikanischen I.G.-Farben, die unter der Kontrolle Rockefellers standen, Kiep von der Hamburg-Amerika-Linie und Diem vom deutschen Kali-Trust. Mehr als 500 000 Mark kamen bei diesen Treffen zusammen und wurden auf das Konto von Rudolf Heß bei der Deutschen Bank für die Wahl Adolf Hitlers hinterlegt. Ein Großteil kam von I.G.-Farben, zur damaligen Zeit der größte Chemiekonzern der Welt. Bei diesem Weltkonzern hatte die amerikanische Hochfinanz mit den führenden Männern wie Rockefeller und J. P. Morgan einen Anteil von über 60 Prozent.

Das „Sidney Warburg"-Buch behauptete, die Warburgs und die amerikanischen Großbanken seien in der Finanzierung Hitler besonders involviert gewesen, und Paul Warburg war einer der Direktoren der amerikanischen I.G.-Farben, während Max Warburg, sein Bruder, ein Direktor der I.G.-Farben in Deutschland war.

Es ist bemerkenswert, dass die größten Spender – die I.G.-Farben, die AEG mit Osram und Thyssen – mit Financiers der Wall Street verbunden waren. Diese Wall Street Financiers saßen im Herzen der Finanzelite und waren sehr angesehen in der zeitgenössischen amerikanischen Politik. Ein Geldbetrag von über drei Millionen Reichsmark wurde von diesen Firmen und Bankiers gespendet, über ein Konto bei der Delbrück-Schickler-Bank gewaschen und gelangte dann in die Hände von Rudolf Heß zur Verwendung durch Hitler und die NSDAP. [52]

Ein bemerkenswerter Faktor ist auch, dass es sich bei den deutschen Industriellen, die Hitler unterstützten und finanzierten, überwiegend um Direktoren von Kartellen mit amerikanischen Verbindungen, Besitz, Beteiligungen und einer gewissen Form von Verbindungen durch Tochtergesellschaften handelte.

Wenn wir uns die Direktoren der amerikanischen Tochterfirma der I.G.-Farben betrachten, nähern wir uns den Wurzeln des Engagements der Wall Street für die Finanzierung des deutschen Diktators. Im Vorstand der amerikanischen I.G.-Farben saßen zur damaligen Zeit einige der angesehensten amerikanischen Industriellen, nämlich: Edsel B. Ford von der Ford Motor Company, C. E. Mitchell von der Federal Reserve Bank, Walter Teagle, Direktor der Fed of New York und der Standard Oil of New Jersey, sowie der Georgia Warm Springs Foundation von Präsident Franklin D. Roosevelt. Weiters Paul M. Warburg, erster Direktor der Fed of New York und Vorsitzender der Bank of Manhattan, der Direktor der deutschen I.G.-Farben Max Warburg sowie Carl Bosch von der amerikanischen I.G.-Farben und auch Direktor der Ford Motor Company AG in Deutschland.

Die Zusammenarbeit der I.G.-Farben und der Standard Oil bei der Produktion synthetischen Öls aus Kohle gab dem Kartell der I.G.-Farben das Monopol über die deutsche Benzinproduktion während des Zweiten Weltkrieges. Etwas weniger als die Hälfte des deutschen Hochoktanbenzins wurde direkt durch die Unterstützung von I.G.-Farben hergestellt. Für den notwendigen Flugzeugbrennstoff musste Tetra-Äthylblei beigesetzt werden und das erhielt die deutsche Firma I.G.-Farben zum Teil aus den Vereinigten Staaten. Selbst vor Deutschlands Fähigkeit, Blei aus Tetra-Äthyl mit Hilfe des amerikanischen Verfahrens herzustellen, konnte das

Land 500 Tonnen davon von der Ethyl Corporation ausleihen und auch das notwendige Magnesium für die Herstellung von Brandbomben wurde von der amerikanischen Dow Chemical geliefert.

Professor Haslam von der I.G.-Farben bemerkte damals: „Es braucht nicht gesondert erwähnt werden, dass ohne Tetra-Äthylblei die gegenwärtigen Methoden der Kriegsführung unmöglich wären. Die Tatsache, dass wir seit Beginn des Krieges Tetra-Äthylblei produzieren konnten, haben wir voll den Umständen zu verdanken, dass uns kurz zuvor die Amerikaner die kompletten Produktionspläne inklusive ihres Know-how übermittelt hatten."

Standard Oil, das ja überwiegend in der Hand der Familie Rockefeller war, arbeitete stark mit I.G.-Farben zusammen und setzte sich durch den Präsidenten Walter Teagle, dafür ein, dass die deutsche Luftwaffe mit dem entscheidend wichtigen Benzinzusatz Tetraäthylblei versorgt wurde. Nachdem Großbritannien gegen die Lieferung solcher strategischer Materialien an Nazi-Deutschland protestierte, weil England von den Flugzeugen der deutschen Luftwaffe bereits bombardiert wurde, veränderte Standard Oil und I.G.-Farben seine Taktik und stellten ihre Flotte unter die Flagge Panamas, um die Entdeckung und Beschlagnahme durch die Briten zu umgehen. Ihre Schiffe lieferten diesen Benzinzusatz nach Teneriffa auf den Kanaren. Dort wurde das Öl in deutsche Tankschiffe umgeladen und nach Hamburg verschifft. [53]

Wenn die Vereinigten Staaten diese Lieferungen eingestellt hätten, wäre der Zweite Weltkrieg von Seite der Deutschen innerhalb von Tagen zu Ende gewesen, da man keine Fahrzeuge und Flugzeuge in Betrieb hätte setzen können.

Interessant ist aber, dass beim Nürnberger Kriegsverbrechertribunal nur die führenden Persönlichkeiten der deutschen I.G.-Farben für schuldig gesprochen wurden und die amerikanischen Direktoren nicht zur Verantwortung herangezogen wurden. [54]

Eine weitere Unterstützung Hitlers bestand durch die Internationale General Electric, einer sich vollständig in ihrem Besitz befindlichen Tochterfirma der General Electric Company, und der sich teilweise in ihrem Besitz befindlichen Firma in Deutschland, der AEG.

Die dritte Unterstützungsbrücke bildete die Standard Oil, New Jersey, der Vacuum Oil, beide unter der Leitung Rockefellers, und der sich vollständig in ihrem Besitz befindlichen deutschen Tochter, der Deutsch-Amerikanischen Gesellschaft. Diese Unternehmen engagierten sich stark für die Förderung der New Deal-Politik Roosevelts und auch für den Aufbau der Militärmacht im Nationalsozialistischen Deutschland. [55]

Um die wahren Tatsachen etwas zu verschleiern, benannte man die amerikanische I.G.-Farben zuerst in „American I.G.Chemical Company" und später in „General Aniline & Film" um. Mit diesen Namen vertuschten die Direktoren auf sehr effektive Weise, dass diese Firma ein wichtiger Hersteller großer Kriegsmaterialien war, zu denen Atrazin (Giftbasisstoffe), das Blausäuregas Zyklon B, Magnesium und vor allem synthetischer Gummi (Buna- oder Butylgummi) zählte. So wurde im Laufe der Jahre immer mehr bekannt, dass die führenden amerikanischen Industriellen und Finanziers, Hitler und den Zweiten Weltkrieg unterstützten und daher mit diesem Kriegsgemetzel enorme Gewinne machten, die Standard Oil und I.G.-Farben bzw. General Anilin & Film, unter Rockefeller, Ford Motor Company und General Motor (Opel) durch die Produktion von Kriegs-Kraftfahrzeugen und Panzer und unter anderem I.T.T (International Telephone and Telegraph), die in Technik und Nachrichtendienst mit dem nationalsozialistischen System zusammengearbeitet haben.

Bereits 1939 übernahm die amerikanische I.T.T die deutsche Standard Elektrizität. Im Vorstand dieser Firma saßen Baron Kurt von

Schröder, ein Nazibankier aus dem inneren Kreis der NSDAP und Emil Heinrich Meyer, einer der Direktoren der deutschen General Electric. Durch diese intensive Zusammenarbeit bekam auch der Flugzeughersteller Focke-Wulf Zugang zu der neuesten Technologie im Nachrichten- und Funkverkehr. Der amerikanische Autor bemerkt dazu: „… dass die I.T.T deutsche Flugzeugtechnik herstellte, die zum Töten von Amerikanern und ihren Verbündeten verwendet wurden – und somit hervorragende Gewinne aus dieser Zusammenarbeit erwirtschaften konnten. – Einige Familien der Wall Street und die National City Company förderten mit diversen Reparationsdarlehen, die zum Aufbau des deutschen Kartellsystems verwendet wurden, zu dem die beherr-schende I.G.-Farben und die Vereinigten Stahlwerke zählten, die zusammen 95 Prozent der Grundstoffe für verschiedene Spreng-stoffe für das Naziregime im Zweiten Weltkrieg herstellten.“ [56]

Viele Amerikaner wussten nichts von einer solchen Zusammenarbeit und der Vorstandsvorsitzende einer Firma dokumentierte: „Während der gesamten Zeitspanne unserer Geschäftskontakte hatten wir nicht den Deut einer Ahnung von der Komplizenschaft der I.G.-Farben mit der brutalen Politik Hitlers. Wir bieten jede in unserer Macht verfügbare Hilfe an, dafür zu sorgen, dass die gesamte Wahrheit ans Tageslicht kommt und dass eine unnachgiebige Gerechtigkeit geübt wird.“ [57]

Auch ist bewiesen, dass, wie J. S. Martin berichtet, bei der Bombardierung durch die US-Luftwaffe gewisse Betriebe, wie die der I.G.-Farben geschont wurden. Die General Electric (AEG) die bei der Unterstützung Adolf Hitlers eine hervorragende Rolle gespielt hatte, und daraus gewaltige Gewinne machte, entging zum größten Teil auch den heftigen Bombenangriffen.

Der Autor Antony C. Sutton berichtet im Kapitel über die Zusammenarbeit der Wall Street mit den Nazis: „Am Ende des Zweiten

Weltkrieges zogen auch die starken Finanzfamilien der Wall Street im Kontrollrat in Deutschland ein, um ihre alten Kartellfreunde zu schützen und um das Ausmaß zu begrenzen, in dem der Entnazifizierungseifer alte Geschäftsbeziehungen schädigen würde. General Lucius Clay, der stellvertretende Militärgouverneur in Deutschland, berief Geschäftsleute, die gegen die Entnazifizierung waren, in Kontrollpositionen bei den Entnazifizierungsverfahren ein." [58]

Diese aufgelistete Unterstützung Hitlers soll keine Entschuldigung für dessen Gräueltaten und Größenwahnsinn sein. Die Person Hitler bleibt das Symbol für Gewalt und Unmenschlichkeit, fanatischen Rassismus und pervertierten Nationalismus. Und dieser Diktator wird noch in den nächsten Jahrzehnten als die Inkarnation des Bösen bestehen bleiben.

Henry Ford und die Nazis

In den 30er Jahren war Henry Ford einer der berühmtesten ausländischen Anhänger Hitlers und seiner Ideologie. Jonatan Leonhard schrieb damals: „Schon lange liegen dem bayerischen Landtag Informationen vor, dass die Hitlerbewegung zum Teil von einem amerikanischen antisemitischen Boss namens Henry Ford finanziert wurde. Hitler prahlte oft in der Öffentlichkeit mit der Unterstützung durch Mr. Ford und lobte Henry Ford als großen Individualisten und großen Antisemiten. Ein Foto von Mr. Ford hängt im Quartier von Herrn Hitler, der das Zentrum der monarchistischen Bewegung ist." [59]

Auch die New York Times berichtete am 20. 12 1922: „… dass der Autohersteller Henry Ford Adolf Hitlers nationalistische und antisemitische Bewegung in München finanzierte. Die beiden Männer bewunderten einander und Henry Ford war es auch, der Hitler auf die Idee mit dem Volkswagen brachte. Und dass das Porträt

Henry Fords lange Zeit unübersehbar an der Wand von Hitlers persönlichem Büro prangte.“ [60]

Zu dieser Zusammenarbeit schreibt der Buchautor Antony C. Sutton: „Bei Ausbruch des Krieges stellten sich die Ford-Werke der Wehrmacht für die Rüstungsproduktion zur Verfügung. Die Nazis gingen von der Annahme aus, dass es möglich wäre, die verbliebenen europäischen Ford-Tochterfirmen unter deutschen Einfluss – also unter den Einfluss der Ford-Werke AG – zu stellen, solange die Ford-Werke AG eine amerikanische Mehrheitsbeteiligung hatte, und so die großeuropäische Politik der Nazis in den Fordschen Fabriken in Amsterdam, Antwerpen, Paris, Budapest, Bukarest und Kopenhagen in die Tat umzusetzen. Der amerikanische Einfluss war mehr oder weniger zu einer Hilfestellung für die deutschen Fordfabriken umfunktioniert worden … Im August 1938 erhielt Henry Ford – nachdem Hitler bereits die Macht ergriffen hatte – das Große Verdienstkreuz des deutschen Adlers, eine Auszeichnung für namhafte Ausländer. Die New York Times berichtete damals, dies sei das erste Mal, dass das Großkreuz in die Vereinigten Staaten vergeben wurde, und es sollte damit Henry Fords 75. Geburtstag geehrt werden.“ [61]

„Es gibt genügend dokumentarisches Beweismaterial darüber, dass die Ford Motor Company im Zweiten Weltkrieg auf beiden Seiten arbeitete. Wenn die nationalistischen Industriellen, die in Nürnberg vor Gericht gestellt wurden, sich Verbrechen gegen die Menschheit schuldig machten, dann muss das ebenso für ihre Kollaborateure in der Familie Ford, Henry und Edsel Ford gelten. Die Geschichte der Fords wurde jedoch von Washington verhüllt – anscheinend wie fast alles andere, das den Namen und die Wertschätzung der finanziellen Elite der Wall Street antasten könnte.“ [62]

Anzumerken ist auch die Tatsache, dass im Ford-Werk in Gorki in der Sowjetunion auch in den fünfziger und sechziger Jahren

Militärfahrzeuge und Lastwagen für den Transport von Waffen und Munition für die Nordvietnamesen erzeugt wurden, die zum Gebrauch gegen die Amerikaner im Vietnamkrieg eingesetzt worden waren. [63]

Die Federal Reserve Bank (FED)

Dieses private Geld- und Kreditinstitut wurde am 23. Dezember 1913 von dem amerikanischen Präsident Woodrow Wilson durch die Unterzeichnung eines Kongressbeschlusses gegründet.

Diese Bankgründung erfolgte auf Grund folgender Persönlichkeiten:
Nelson W. Aldrich, Senator und Vorsitzender der Nationalen Kommission für Finanzangelegenheiten, Geschäftspartner von J. P. Morgan und Schwiegervater von John D. Rockefeller jr.;
Abraham Piatt Andrew, Sekretär des US-Schatzamtes;
Frank A. Vanderlip, Präsident der National City Bank of New York die unter der Führung von William Rockefeller und Kuhn, Loeb & Company stand;
Henry R. Davison, Seniorpartner der J. P. Morgan Company;
Charles D. Norton, Präsident von J. P. Morgan First National Bank of New York;
Benjamin Strong, Leiter von J. P. Morgans Bankers Trust Company, Paul M. Warburg, Partner von Kuhn, Loeb & Company und Repräsentant der Rothschild Bankdynastie in England und Frankreich.

Der Vorschlag zur Etablierung einer solchen Privatbank, als Zentralbank nach europäischem Vorbild stammte von Paul Moritz Warburg, Teilhaber des Bankhauses Warburg in Hamburg und Kuhn, Loeb & Co. in New York. Die Aufgaben dieser Bank bestehen unter anderem in der Durchführung von Offenmarktgeschäften und das Gremium entscheidet, ob der US-Leitzinssatz (die Target Rate der Federal Funds Rate) geändert wird. Darüber hinaus kann das Gremium auch über Eingriffe in den Devisenmarkt entscheiden und somit den Wechselkurs des US-Dollar zu anderen Währungen beeinflussen.

Für einige Bankiers, wie auch J. P. Morgan, war diese Bankgründung im Interesse einer Wechselwirkung von Ideen und Zusammenarbeit mit internationalen, vor allem deutschen Banken. Der Harvard-Professor Caroll Quigley schreibt dazu: „Abgesehen von ihren pragmatischen Zielen hatten die Mächte der Hochfinanz ein viel weiter reichendes Ziel, nämlich nichts weniger als die Schaffung eines Weltsystems finanzieller Kontrolle in privaten Händen, fähig, die politischen Systeme eines jeden Landes und die Weltwirtschaft insgesamt zu beherrschen.

Dieses System sollte auf feudalistische Weise von den Zentralbanken der Welt gesteuert werden, die konzentriert handeln, und zwar aufgrund von Geheimabkommen, die auf häufigen Privatkonferenzen und Treffen behandelt werden. Die Spitze dieses Systems sollte die Bank für internationalen Zahlungsverkehr sein, eine Privatbank im Eigentum und unter Kontrolle der Zentralbanken der Welt, die ihrerseits wieder private Körperschaften sind.“ [64]

Bemerkenswert ist die Tatsache, dass das amerikanische Volk nicht über die Pläne einer solchen Bankgründung Bescheid wusste. Das Gesetz sollte nicht durch eine gesetzgebende Versammlung, sondern durch eine Gruppe von Bankmännern verabschiedet werden. Sie wollten auch nicht den Begriff Zentralbank verwenden und gaben der neuen Bank den Namen „Federal Reserve System“. Diese Bank würde von Privatpersonen beherrscht, die aus Aktienbesitz Profit ziehen und den Geldverkehr der Nation kontrollieren würden. – So wären sie in der Lage, die USA finanziell zu beherrschen, indem sie dieses Land in ausländische Kriege verwickeln. [65]

Es gab natürlich schon damals Leute, die sich einem solchen System widersetzten und gaben öffentliche Erklärungen ab. Der Kongressabgeordnete Charles Lindbergh erklärte dazu: „Wenn der Präsident dieses Gesetz unterzeichnet, wird die unsichtbare Regierung der Finanzmagnaten legitimiert. Das neue Gesetz wird eine Inflation möglich machen, wann immer die Konzerne eine Inflation wünschen. Von heute an werden Depressionen wissenschaftlich erzeugt.“ [66]

Der Buchautor Viktor Farkas bezeichnet diese Bank so: „Die FED ist jedenfalls eine faszinierende Konstruktion: Eine de-facto-Notenbank mit dem Monopol der Geldausgabe und Kreditregulierung, dabei jedoch rein privater Natur. Sie unterliegt nicht der Kontrolle und Überwachung des Kongresses, obgleich Artikel 1, Abschnitt 8, Paragraph 5 der amerikanischen Verfassung das eigentlich fordern würde. Von Anfang an gab es heftigen Widerstand gegen die Institution einer solchen Bank und der Vorsitzende des House Banking Comittees, Wright Patman, sagte dazu: „Wir haben die ordnungsgemäß konstituierende Regierung ... Dann haben wir eine unabhängige, unkontrollierte, nicht koordinierte Regierung im Federal-Reserve-System.“ [67]

Wahrscheinlich hatten amerikanische Politiker schon früher den Wunsch geäußert, ein solches Banksystem zu installieren, denn im Jahre 1816 schrieb der damalige Präsident Thomas Jefferson: „Ich bin davon überzeugt, dass die Geldinstitute für unsere Freiheit eine größere Gefahr darstellen als feindliche Armeen. Sie haben bereits eine Gelddynastie aufgebaut, die auf die Regierung keine Rücksicht mehr zu nehmen braucht. Die Befugnis, Geld in Umlauf zu bringen, sollte den Banken entzogen und wieder der Regierung übertragen werden.“ [68]

Eigenartig ist die Tatsache, dass die USA im Jahre 1932 aus dem Goldstandard ausgeschieden sind und dies auch anderen Staaten empfohlen haben, aber selber in den letzten Jahrzehnten den größten Goldschatz aller Zeiten gehortet haben. In diesem Zusammenhang ist in Viktor Farkas' Buch „Schatten der Macht" zu lesen: „In den Jahren 1929–1934 verzeichneten die Goldaktien Kursanstiege bis zu siebenhundert Prozent.

Am Höhepunkt der Weltwirtschaftskrise verbot der amerikanische Präsident Franklin D. Roosevelt für alle amerikanischen Staatsbürger im In- und Ausland den Besitz von Gold per Gesetz. Die Beschlagnahmung des Goldes wurde am 5. April 1933 rechtskräftig. Sie betraf sämtliche Goldmünzen, Goldbarren und Goldzertifikate, die bis zum 1. Mai 1933 bei der privaten Zentralbank Federal Reserve abgegeben werden mussten. Bei freiwilliger Abgabe erhielten die US-Bürger für ihr Gold eine minimale Zwangsentschädigung. Für „illegales" Gold, das bei den rüde und rigide durchgeführten staatlichen Durchsuchungen gefunden wurde, gab es keine Entschädigung. Es wurde wie Diebsgut konfisziert. Das Goldverbot für US-Bürger war fast 40 Jahre gültig. Die USA sind immer noch der größte Goldhorter der Welt. Sie verkaufen seit Jahren kein Gramm des wertvollen Materials." [69]

Auch bei dem Börsenkrach 1929 spielte die FED eine entsprechende Rolle. A. Ralph Epperson beschreibt diese Katastrophe so: „Es ist möglich, dass die Federal Reserve Bank die Sache genau geplant hatte, wie sie abgelaufen ist. Es ist möglich, dass die Banken, die rechtzeitig von der Sache Wind bekamen, frühzeitig ausstiegen, als die Preise noch hoch waren und dann wieder einstiegen, als sie in den Keller gefallen waren. Nach diesem Börsenkrach von 1929 musste auch dem oberflächlichen Beobachter klar sein, dass das Bankensystem in andere Hände übergegangen war. Einer der Zeugen des Zusammenbruchs der Börse war Winston Churchill, der am 24. Oktober 1929 von Bernhard Baruch eingeladen worden war. Einige wenige Historiker sind davon überzeugt, dass Churchill eingeladen wurde, um den Börsenkrach direkt mitzuerleben, damit er die Macht des Banksystems kennen lernte. Obwohl viele Aktionäre ihre Aktien verkaufen mussten, wird fast nie gefragt, wer eigentlich die ganzen Aktien erworben hat. In den Geschichtsbüchern wird zwar behauptet, dass jeder seine Aktien verkaufte, aber über die Käufer wird kein Wort verloren.

John Kenneth Galbraith schrieb in seinem Buch „The Great Crash" 1929 über die Käufer: „Man hätte es nicht raffinierter einfädeln können, um das Leiden auf die Spitze zu treiben und dafür zu sorgen, dass so wenig wie möglich von diesem großen Unglück verschont blieben. Die Spekulanten, die über die Mittel verfügten, um auf die ersten Einschussforderungen zu reagieren, erhielten sehr schnell weitere, die ebenso dringend waren, und danach noch mehr. Am Ende hatten sie alles Geld verloren. Einige Schlaue, die sich rechtzeitig vom Markt zurückgezogen hatten, als der erste Zusammenbruch kam, waren jetzt natürlich wieder da, um ihre Gewinne einzustreichen." [70]

Heute besteht das Federal Reserve System aus zwölf FED-Banken, von denen jede für eine Region des Landes zuständig ist, jedoch allesamt von der New Yorker FED-Bank beherrscht werden. Diese Banken werden von einem Direktorium geleitet, das vom Präsidenten ernannt und vom Kongress bestätigt wird – ein Verfahren, das jedoch gewöhnlich vorbehaltlos abgesegnet wird.

Einige Zitate von Mitgliedern dieser ominösen Familien, die auch an der neuesten Weltwirtschaftskrise mitgewirkt haben. David Rockefeller sagt: „Wir stehen an der Schwelle globaler Veränderungen. Alles, was wir brauchen, ist die richtige große Krise, und die Nationen werden die Neue Weltordnung akzeptieren."

Ein unbekannter Zyniker bemerkte: „Mächtige Politiker führender Staaten verhalten sich wie Gangster, schwache Staaten dagegen wie Prostituierte."

US-Präsident Woodrow Wilson erklärte: „Wir werden mit jedem Handel treiben, ob er will oder nicht. Wer uns seine Märkte nicht öffnen will, dem treten wir die Türe ein."

In seiner gelungenen „Geschichte der USA" schreibt Joachim Fernau: „Gewinnt der Amerikanismus, so wird er in 150 Jahren die Menschheit zugrunde richten, und die Erde wird als erstorbener Mars im Weltall weiterkreisen."

Benjamin Disraeli meint: „Die Welt wird von Persönlichkeiten regiert, die ganz anders sind, als man meint, wenn man nicht hinter die Kulissen schauen kann."

Der ehemalige New Yorker Bürgermeister John F. Hylan sagte bereits 1922: „Die wirkliche Gefahr, die unserer Republik droht, ist die unsichtbare Regierung, die wie eine gigantische Krake ihre schleimigen Tentakel über unsere Städte, Staaten und die ganze Nation ausstreckt. Den Kopf dieser Krake bilden Rockefeller, J. P. Morgan, Rothschild und eine weitere Gruppe machtvoller Bankhäuser – genannt „die internationalen Banker", die im Grunde die US-Regierung für ihre eigenen selbstsüchtigen Motive missbraucht." [71]

Bill Moyers argumentiert: „Geheimhaltung ist die Art von Freiheit, von der Fanatiker träumen; kein Wächter, der die Tür hütet, kein Rechnungsführer, der die Bücher prüft, kein Richter, der dafür sorgt, dass die Gesetze eingehalten werden. Die geheime Regierung hat keine Verfassung. Die Regeln, die sie befolgt, sind die Regeln, die sie selbst aufstellt." [72]

Aber Europa, mit 500 Millionen Menschen, kann einen anderen Weg gehen und es ist die Zeit gekommen, dass die EU es keinesfalls nötig hat, sich zu Instrumenten amerikanischer Geheimbundpolitik und Weltpolizei zu machen oder machen zu lassen. Eine vernünftige Zusammenarbeit mit den USA ist schon richtig, aber wir brauchen keine Bevormundung einer machtgierigen Elitegruppe. Beim Gipfel zum fünfzigjährigen Jubiläum der Allianz mit der Ausrufung einer „neuen Nato“ und mit ihren Reden über neue Verantwortung ist Europa schon viel zu weit gegangen. Gegen welchen Feind sollte sich die neue Nato richten?

Etwa gegen alle von der amerikanischen Regierung genannten Schurkenstaaten? Europas Politik ist anders strukturiert und ist nicht auf geplante, machtgierige, gesteuerte Gelüste ausgerichtet.

Kapitel 4

Regierung Bush und Hintermänner

Was ist aus dem positiven Image der Vereinigten Staaten von einst geworden, die nach dem zweiten Weltkrieg einige Europäische Staaten unterstützt haben? Die mit ihrer Marshallhilfe Millionen Menschen in Deutschland, Österreich, Italien und Griechenland geholfen und ihnen den Glauben an eine bessere Zukunft gegeben haben. Die sich für Gerechtigkeit eingesetzt haben und für viele Menschen ein Vorbild waren. Freilich war bei dieser Unterstützung ein gewaltiger Hintergedanke dabei, der damals noch nicht zu erkennen war.

Eine stärkere wirtschaftliche Bindung an den Westen und eine Unterstützung gegen den Einfluss kommunistischer Aktivitäten. Der Marshallplan war die wichtigste Wirtschaftshilfe, die die kriegsbeschädigten Staaten nach dem Krieg erhielten. Außenminister George Marshall hatte im Jahr 1947 dieses Wiederaufbauprogramm für Europa (ERP steht für European Recovery Program) vorgeschlagen, weil die Wiederherstellung der Wirtschaft in den beschädigten Ländern für die amerikanische Wirtschaft von großer Bedeutung war.

Durch den Marshallplan wurde aber der Konflikt zwischen Amerika und der Sowjetunion deutlich verschärft. Josef Stalin lehnte eine ähnliche Unterstützung für die osteuropäischen Staaten ab und verbot allen Ländern des Ostblocks die Teilnahme an diesem Hilfsprogramm, und so wurde die Trennlinie, die später als „Eiserner Vorhang" bezeichnet wurde, verfestigt.

Aber in den folgenden Jahrzehnten wurde die überlegene Strategie Amerikas immer stärker und die USA war bestrebt, die

Machtkontrolle und Wirtschaftsdominanz auch anderen Staaten aufzuzwingen. Durch kleine, elitäre Gruppen, die sich dem totalen Kapitalismus verschrieben haben und ohne Rücksicht auf die zum Teil unerfahrene Bevölkerung, veränderte sich das Image der Vereinigten Staaten sehr.

„Wenn ein amerikanischer Präsident einem Volk seine Unterstützung anbot, stellte er vorher die Bedingungen: „Nimm die Demokratie an, bekämpfe die Korruption und erteile dem Terror eine Absage." Wie alle seine Vorgänger sagte auch George W. Bush der Welt, was er von diesen Staaten erwartet: Demokratie, Freiheit und Menschenrechte. Die Geschichte belegte aber das Gegenteil. Die USA haben sich oft gegen ihre in der Verfassung festgesetzten Grundgesetze, gegen die Unterdrückung, für politischen und militärischen Terror eingesetzt und haben, auch zum Teil durch die CIA, Staaten von den USA wirtschaftlich und militärisch abhängig gemacht. Die Liste der amerikanischen Interventionen ist sehr lang." [1]

„Die USA werden nicht mehr von einer vermeintlichen demokratischen Regierung geführt", schrieb der Erfinder und Denker R. Buckminster Fuller kurz vor seinem Tod: „Nichts könnte Mitleid erregender sein als die Rolle, die vom Präsidenten der USA gespielt werden muss, dessen Machtbefugnisse ungefähr bei Null liegen. Trotzdem tun die Medien und die meisten US-amerikanischen Bürger über 30 Jahre weiter so, als sei der Präsident der oberste und entscheidende Machthaber." [2]

Der in Deutschland geborene Journalist A. Hast, der zurzeit in Los Angeles lebt, bezeichnet die Person George W. Bush so: „Es gibt kein Land, das George W. Bush nicht beleidigt hätte, keinen Staatsmann, dem er noch Vertrauen einflößen könnte. Es fällt schwer zu verstehen, dass wir Amerikaner nichts unternehmen. Amerika war noch nie so unsicher, so gefährdet und so gehasst wie heute.

George W. Bush, dessen Großvater Prescott Bush bereits die Nazis im Zweiten Weltkrieg mitfinanzierte, hat mehr Terroristen geschaffen als man sich vor der Jahrtausendwende vorstellen konnte. Dabei wurden Tausende von jungen Amerikanern in einem sinnlosen Angriffskrieg getötet.

Die US-Regierung versuchte noch einige neue Kriege und Konflikte in der Welt zu entfachen, damit sie und ihre Freunde in der Öl- und Rüstungsindustrie das große Geld machen, selbst wenn es mal zu einem Regierungswechsel kommen sollte. Dick Cheneys Firma Halliburton machte Milliarden Dollar im Irak und in den US-Südstaaten, mit mehr als zweifelhaften Leistungen. Allein Dick Cheneys Firma machte bisher weit mehr Geld als die US-Regierung offiziell als Budget für den Krieg gegen den Irak und den Wiederaufbau in diesem Land veranschlagt hatte. Der US-Bevölkerung wurde – nach dem Blödsinn mit den angeblichen Atomwaffen Saddams – auch noch der Betrag von 1,5 Milliarden Dollar als notwendige Gesamtkosten verkauft.

Bush, der vielen Staatsmännern ernsthaft erklärte, Gott habe gewollt, dass er den Irak angreife, konnte wohl kaum erwarten, noch von irgend jemandem ernst genommen zu werden." [3]

Dieser Präsident begann den Tag mit der Lektüre seines Lieblingsbuches „Mein Äußeres für den Höchsten", eine Sammlung täglicher Bibellektionen. Er bat danach Gott um den Segen für sich und die Nation, weckte seine Frau Laura und begab sich zum Frühstück. [4]

Bush zweifelte nie und es gab auch keine Entscheidung während seiner Präsidentschaft, die er bedauerte und auch keine Albträume, die ihn belasteten. George W. Bush war ein Präsentator, ein Motivator, ein grandioser Verkäufer und ein Selbstverherrlicher. Er war ein Präsident, der warmherzig dreinblickte und eiskalt zuschlagen konnte. Er war auch ein langweiliger Versager, der ohne die guten Kontakte seines Vaters und ohne einige dubiose Millionengeschäfte nie Präsident geworden wäre. Er gewann mit dem Krieg gegen Saddam wieder an Popularität und 71 Prozent der amerikanischen Bevölkerung unterstützten seinen Kurs und sahen ihn gern als Oberbefehlshaber und mit seiner olivgrünen Fliegerjacke als eine großartige Figur. So lautete die Kritik der deutschen Zeitschrift „Stern" über den damaligen Präsidenten.

Bei den Kongresswahlen 2007, als die Demokraten die Mehrheit bekamen, hat sich aber eine sichtliche Erleichterung breitgemacht.

Über 200 Mitglieder des EU-Parlaments haben eine Erklärung verabschiedet, in der sie „den Anfang des Endes eines sechsjährigen Albtraums für die Welt bejubelten." Dem ARD zufolge ist der angerichtete Schaden dennoch immens: „Die Amerikaner haben keine Ahnung, wie es im Kongress zugeht … Es gibt keine offenen Debatten … Das ist keine Demokratie mehr. Es handelt sich praktisch um ein autoritäres System." [5]

Aber hinter Bush stand der eigentliche Mächtige, der von seinem ehemaligen Parteifreund Colin Powell auch als der wahre Kriegstreiber bezeichnet wurde. Dick Cheney, der „Strippenzieher". Er war einer der mächtigsten Vizepräsidenten, den Amerika je gehabt hat. Er war genauso gefürchtet wie auch unbeliebt wie George W. Bush, und als zweiter Mann im Weißen Haus konnte er daher seine Intrigen, politische Schachzüge und verdeckte Missionen von der Öffentlichkeit unbemerkt planen und ausführen.

Dick Cheney war die Dampfmaschine, die den Irak-Krieg wollte und George W. Bush folgte ihm. Er mochte öffentliche Auftritte nicht, er mochte die Massen nicht, blieb eher im Hintergrund und zog die Fäden. Cheney mochte keinen Small Talk und keine Interviews, keine Journalisten und Menschen, die zu viel redeten. „Du lernst nichts, wenn du redest!", lautete sein Leitspruch.

Cheney wollte den Irak-Krieg schon seit Jahren und er setzte ihn auch mit allen Mitteln durch. Er stach Außenminister Powell aus, die Zurückhaltenden beim Militär, die Gegner in Europa und die Vereinten Nationen, die er als Beschwichtiger und Feiglinge sah. Seine Unterstützer waren auch seine Weggefährten Donald Rumsfeld und Paul Wolfowitz, deren Denken den Kalten Krieg geprägt hatte und deren Visionen von einer neuen Weltordnung handelten. [6]

Wie schon vorher erwähnt, wurde von den Mitgliedern des Geheimbundes der Skull & Bones am 18. September 1947 die Central Intelligence Agency, mit der offiziellen Abkürzung CIA gegründet.

Der CIA ist eine zivile Behörde und ihre Aufgaben liegen vor allem im Bereich der Spionage, der Beschaffung und Analyse von Informationen über ausländische Regierungen, Vereinigungen und auch Personen. Die führenden Männer dieser Organisation wurden immer aus den Reihen des Skull & Bones gestellt. Der Vater von George W. Bush, George H. W. Bush, war bis 1988 auch Chef der CIA, ehe er zum Präsidenten der Vereinigten Staaten gewählt wurde.

„Die Aktivitäten der CIA haben zu vielen politischen Kontroversen mit anderen Ländern geführt. Bekannt ist die jahrelange Unterstützung von Diktatoren wie Manuel Noriega in Panama, Somoza in Nicaragua, Pinochet in Chile und auch die Unterstützung der Mudschaheddin in Afghanistan.

Auch ist die Verstrickung der CIA in den Drogenhandel vielfach öffentlich nachgewiesen worden. Dies diente sowohl der Destabilisierung von gegnerischen Regierungen als auch zur finanziellen Unterstützung verbündeter Gruppen in Laos, Nicaragua und Afghanistan. Der amerikanische Historiker Alfred W. MacCoy veröffentlichte bereits 1972 über eine umfangreiche Untersuchung über die Kooperation der CIA mit südostasiatischen Drogenproduzenten in der Zeit des Vietnamkriegs.

Während der Senatsanhörung zur Iran-Contra-Affäre 1986 wurde aufgedeckt, dass die nicaraguanischen Contra-Rebellen mit Wissen der CIA jahrelang große Mengen Kokain in die USA geschmuggelt hatten. Auch hat der CIA bei der Geldwäsche von Drogengeldern wiederholt mit Banken zusammengearbeitet, die zum Teil eigens für diesen Zweck gegründet wurden. Eingehend dokumentiert ist der Fall, der 1991 spektakulär in Konkurs gegangenen Großbank „Bank of Credit and Commerce International" (BCCI). [7]

Laut einer Untersuchung war diese Bank unter anderem an der Geldwäsche der Drogengewinne der Contras in Nicaragua beteiligt, denn Senator John Kerry schrieb im April 1989: „Der CIA wusste von Anfang an, dass die BCCI ein durch und durch korruptes und kriminelles Unternehmen war. Der CIA hat die BCCI deshalb für seine geheimen Operationen benutzt." [8]

In Bezug auf die Menschenrechte sind einige Verstöße im Krieg gegen den Terrorismus bekannt geworden. Eine aktuelle Kritik bezieht sich auf die wiederholt nachgewiesenen Verstöße im Zuge des sogenannten „War on Terror". Dabei haben die USA Verträge missachtet, die sie selbst ratifiziert und die grundsätzlich jedem Individuum ein Recht auf Schutz vor staatlichen Übergriffen garantieren. Der CIA war auch bei Operationen beteiligt, wie beim Aufbau von paramilitärischen Partisanen-Einheiten in Westeuropa in der Zeit von 1950 bis in die frühen 1990er Jahren, die zum Beispiel in Terroranschläge in Italien sowie in den griechischen Militärputsch von 1967 verwickelt waren.

Auch bei der Operation Ajax, die zum Sturz des iranischen Premierminister Mossadegh 1953 geführt haben und bei der Einsetzung des Schahs Mohammad Reza Pahlavi, war der CIA federführend.

Außerdem bei dem Sturz von Jacobo Arbenz Guzman, Präsident von Guatemala, 1954 und bei der Invasion in der Schweinebucht auf Kuba – ein Invasionsversuch von Exilkubanern, die die Regierung Castros stürzen wollten –, führte der CIA Regie.

Die „Air America", die größte Fluggesellschaft in Südostasien, während des Vietnamkriegs, wurde vom CIA kontrolliert und seit 1962 intensiv für Geheimoperationen und zum Schmuggeln von Heroin eingesetzt. Bekannt ist auch die Verfolgung Che Guevaras in Bolivien in Zusammenarbeit mit der bolivianischen Armee im Jahre 1967, die mit seiner Hinrichtung endete. Die Operation Condor war eine multinationale Operation rechtsgerichteter Militärdiktatoren in Südamerika zur gemeinsamen Verfolgung und Tötung politischer Gegner, die vom CIA technisch und logistisch sowie durch Schulung unterstützt wurde.

Bekannt ist auch noch der Contra-Krieg mit dem Aufbau einer Unterstützung der Contra-Guerillas im Krieg gegen Nicaragua von 1981 bis 1990, die von der Vorläufer-Abteilung der Special Activites Division ausgeführt wurde, dem paramilitärischen Arm der CIA und die Iran-Contra-Affäre, eine Unterstützung der Contras ebenfalls in Nicaragua, wobei durch Waffenverkäufe an den Iran und mit der Duldung des Schmuggels von Kokain in die USA diese Aktion unterstützt wurde.

Im Afghanistan-Krieg unterstützte wiederum der CIA das pakistanische Inter-Services-Intelligence bei der Ausbildung und Belieferung afghanischer Mudschaheddin mit von den USA und Saudi-Arabien finanzierten Waffen. [9]

Im Jahr 2006 fand ein Journalist der Chicago Tribune über eine Internetrecherche die Namen von 2600 CIA-Mitarbeitern heraus, einige davon verdeckte Vermittler. Auch Flugzeuge für verdeckte Aktionen des CIA und geheime Einrichtungen konnten so enttarnt werden. [10]

Durch ein Urteil des obersten Gerichts gezwungen, bestätigte sogar Präsident George W. Bush am 6. September 2006 die Existenz von CIA-Geheimgefängnissen im Ausland.

Somit ist bekannt, dass George W. Bush mit seinen „Bonesman", seinen CIA-Gefolgsleuten und seinen ideologischen Mitstreitern, eine Mischung alter und neuer Erzkonservativer, die Grundlagen ihrer Vorstellung einer neuen Weltordnung entwickelt haben, deren Bedeutung für die Politik in Washington und Europa immer noch unterschätzt wird. Sie fanden Verbündete in den Medien, die ihre Botschaft aufnahmen und weltweit verbreiteten: „Die Welt könnte ein schlechteres Los Treffen, als von einem Land wie den USA beherrscht zu werden, das bestrebt ist, neue Realitäten zu schaffen."

Und so setzten sich die Ergebnisse dieser neuen Ordnung durch, indem sie folgende Abkommen nicht ratifiziert, widerrufen oder torpediert haben:
die internationale Konvention gegen die Diskriminierung von Frauen;
den Anti-Raketenabwehrvertrag;
die Vereinbarung von Kyoto gegen Klimaerwärmung;
das Genfer Protokoll betreffend die Kontrolle der biologischen Waffen;
das Protokoll gegen den Einsatz von Kindern in bewaffneten Konflikten;
die OECD-Konvention zur Kontrolle der weitgehend kriminellen Offshore-Märkte.

Auch verweigerte Amerika die Unterschrift zur Errichtung eines Internationalen Staatsgerichtshofs in Den Haag, denn der amerikanische Präsident erklärte, dass es schon richtig sei, dass Kriegsverbrecher von diesem Gericht verurteilt werden, aber amerikanische Politiker und Soldaten müssen mit allen notwendigen und angemessenen Mitteln aus der Gewalt dieses Staatsgerichtshofs herausgehalten werden.[11]

„Das ist die Stimme von jenem Amerika, das bei der Durchsetzung seiner geopolitischen Interessen, mag es um Einfluss oder Rohstoffe gehen, selten zimperlich gewesen ist. Die USA unterhalten gegenwärtig mehr als 700 Militärstützpunkte auf der Welt. Nach dem 11. September 2001 und den beiden Kriegen in Afghanistan und dem Irak waren mehr als ein Dutzend in aller Welt dazugekommen: am Persischen Golf, in Afghanistan, im Irak, in Kirgisistan, in Osteuropa und in Usbekistan. Die USA bändeln mit fast jedem an, der ihnen Geländegewinn verspricht", schreibt der leitende politische Redakteur der „Süddeutschen Zeitung" Hans Leyendecker.

Mehr als vierzig Prozent aller Militärausgaben auf diesem Globus tätigt das Imperium USA allein. Der Wehretat für das Jahr 2004 lag bei 401,3 Milliarden Dollar. Das ist mehr als die Ausgaben für Erziehung, Gesundheit, Justiz, Wohnbau, interne Angelegenheiten, Bodenschätze, Kriegsveteranen, Wissenschaft, Verkehr, Soziales, Rentenversicherung, Wirtschaftsförderung, Sozialversicherung, Landwirtschaft, Energie und natürliche Umwelt zusammen.[12]

So ist es auch vielen Medien bewusst: Der 11. September 2001 hatte eine Vorgeschichte. Amerika ist nicht überraschend angegriffen worden, denn die jahrelange aggressive, dominierende Politik zeigte ihre Reaktion. Der 11. September 2001 war nicht nur der tödlichste Angriff auf das amerikanische Kernland, der Pearl Harbor an Todesopfern noch übertraf, sondern der am meisten dokumentierte und gefilmte Überfall der Geschichte. Es war, als hätten die Terroristen ein perfektes Gespür für den amerikanischen Hang zum Theatralischen und Dramatischen, als hätten sie gewusst, dass das Land ein Medien- und Wertesystem besitzt, das all diese Bilder wieder und wieder allen vor Augen führen würde.

Die Ereignisse vom 11. September haben somit zu einer Vielzahl von Verschwörungstheorien geführt, die auf erhebliche Resonanz in der Bevölkerung gestoßen sind. Nach einer Umfrage, die im März 2006 in den USA veröffentlicht wurde, waren 42 Prozent der Bevölkerung der Ansicht, dass die amerikanische Regierung für Vertuschungen in diesem Fall verantwortlich ist. Die meisten nehmen an, dass den US-Behörden absichtsvolle Untätigkeit verordnet wurde, andere behaupten eine direkte Verbindung und auch Durchführung der Anschläge durch den CIA und andere Bundesbehörden. [13]

Eine Reihe von Buchautoren vertreten diverse Erklärungen für diese Ereignisse, die den offiziellen Untersuchungen der Behörden und der Darstellung etablierter Medien widersprechen. Sie unterstellen direkt oder indirekt, dass die US-Regierung unter George W. Bush die Anschläge selbst und wissentlich zugelassen habe. Beweise wurden von der Regierung systematisch vernichtet oder unterdrückt und eine eingehende kriminalistische Untersuchung verhindert.

Mehrere Verschwörungstheoretiker werfen der US-Regierung eine Umkehr der Beweise vor. Viele Komponenten der offiziellen Erklärung seien nicht bewiesen, sondern würden auf Behauptungen beruhen. [14]

Dieses Amerika hat sich in den letzten Jahrzehnten stark verändert, und so ist aus dem Vorzeigestaat von einst, mit wohlklingenden Idealen, ein gieriges Machtzentrum entstanden. Den negativen Höhepunkt bildete die achtjährige Amtszeit von George W. Bush mit seinen Hintermännern.

Nach dem Zweiten Weltkrieg hatten die amerikanischen Präsidenten noch einen Einblick in die Lohnpolitik ihres Landes und hatten die Lohnentwicklung staatlich kontrolliert, um diverse Einkommensunterschiede auszugleichen. Die Regierung hatte demnach einen viel tieferen Einfluss auf die amerikanische Gesellschaft, als ihr glühende Bewunderer jemals zugestanden hatten. Wie aber konnte sich die Unternehmenskultur dann so verändern? Der Hauptgrund war die gesteuerte und gewandte Struktur der immer stärker dominierenden Finanzmärkte.

Berühmt wurde die Geschichte von Lee Iacocca vom Autokonzern Chrysler in den frühen Achtzigern, als er sich selber nur einen Jahresgehalt von einem Dollar zugesprochen hatte, bis es ihm gelang, diese Weltfirma wieder auf einen positiven Kurs zu bringen.

Aber in den folgenden Jahren wurden diese Normen demontiert und durch einen Ethos des „anything goes" mit den Worten „Gier ist gut" ersetzt. Die Folge war eine gesteuerte Explosion der Spitzeneinkommen. Das führte bei den durchschnittlichen Arbeitern nur zu schwachen Lohnsteigerungen und sogar teilweise zu sinkenden Arbeitergehälter und andererseits zu einem bis zu 1000-prozentigen Anstieg der Vorstandsgehälter.

Paul Krugman schreibt in einem Zeitungsartikel: „Das durchschnittliche Jahreseinkommen wuchs inflationsbereinigt von 32522 Dollar im Jahr 1970 auf 35864 Dollar 1999. Das sind zehn Prozent in 29 Jahren – ein Fortschritt, wenn auch ein bescheidener. Glaubt man dem „Fortune Magazine", stiegen im selben Zeitraum die Jahresgehälter der Firmenchefs der 100 größten US-Unternehmen aber von 1,3 Millionen Dollar – dem 39-fachen des Gehaltes eines durchschnittlichen Arbeiters – auf 37,5 Millionen Dollar, dem mehr als 1000-fachen Lohn eines normalen Arbeitsnehmers." [15]

In den sechziger Jahren verhielten sich die großen amerikanischen Unternehmen eher wie sozialistische Republiken und nicht wie kapitalistische Halsabschneider, und die Firmenchefs verhielten sich eher wie auf das öffentliche Wohl bedachte Bürokraten und nicht wie Industriekapitäne. [16]

Einige Jahre später schreibt das Magazin „Fortune“: „Überall in Amerika kassierten die Führungskräfte in Aktien ab, während ihre Unternehmen vor die Hunde gingen.“ [17]

Die Vereinigten Staaten haben zwar ein höheres Pro-Kopf-Einkommen als alle übrigen großen Industrieländer, das aber vor allem, weil die Reichen viel reicher sind als anderswo. Die Amerikaner sind stolz auf ihr rekordverdächtiges Wirtschaftswachstum, aber in den letzten Jahrzehnten kam nur wenig von diesem Wachstum bei normalen Familien an. Das durchschnittliche Familieneinkommen ist nur um 0.5 Prozent jährlich gestiegen.

Paul Krugman zieht einen Vergleich mit Schweden und stellt fest: „Die Lebenserwartung in Schweden liegt um drei Jahre höher als in den USA. Die Kindersterblichkeit ist halb so hoch und Analphabetentum weit weniger verbreitet als in Amerika. Zwar weist Schweden ein geringeres Durchschnittseinkommen auf als die USA, aber das liegt vor allem daran, dass unsere Reichen so viel reicher sind. Einer normalen schwedischen Familie hingegen geht es besser als der entsprechenden amerikanischen Familie: Die Einkommen sind höher, und die höhere Steuerlast wird durch die öffentliche Gesundheitsvorsorge und die besseren öffentlichen Dienstleistungen wieder wettgemacht. Und selbst schwedische Familien, die zu den 10 Prozent der Ärmsten gehören, verfügen über ein 60 Prozent höheres Einkommen als vergleichbare amerikanische Familien. Mitte der Neuziger lebten nur 6 Prozent aller Schweden von weniger als 11 Dollar pro Tag. In den USA waren es 14 Prozent.“ [18]

Diese Ungleichheit in den USA hat mittlerweile ein Niveau erreicht, das kontraproduktiv ist.

Im September 2002 kam es im Senat zu einer Debatte über Steuerflüchtlinge, die im Ausland ihren Wohnsitz gemeldet haben und somit in den USA keine Steuern bezahlen mussten. Viele Senatoren, darunter Senator Phil Gramm, wetterten gegen diesen Vorschlag und so wurde er auch abgelehnt.

Eigentlich hätte man erwarten können, dass dieser Vorschlag den Politikern Wählerstimmen gebracht hätte, aber die Steuerpolitik der vergangenen 25 Jahren, unter Ronald Reagan in den Achtzigern und in den letzten Jahren unter George W. Bush, hatte eine Schieflage: Sie begünstigte die ohnehin schon ziemlich Reichen. Während sich die Kluft zwischen Reichen und Armen weitet, kümmert sich die Wirtschaftspolitik zunehmend um die Interessen der Elite. Gleichzeitig bleibt für öffentliche Dienstleistungen, vor allem für Schulen, kaum noch Geld bleibt. [19]

Wie stark George W. Bush die Politik und auch die US-Forschung manipuliert hat, beschreibt Tom Schimmeck mit folgenden Worten: „Schon am Tag der Amtsübernahme ließ der neu gewählte Präsident diverse Vorschriften der Clinton-Regierung auf Eis legen. Was ihm nicht passte, wurde nach seinen Vorstellungen passend gemacht. Die ganzen Unterlagen über die Erderwärmung aus dem Jahres-Umweltbericht verschwanden einfach. Ein Informationsblatt für die richtige Verwendung von Kondomen zur Aids-Verhinderung wurde umgeschrieben, weil gewisse Glaubensbrüder ein Problem mit der Verhütung hatten. Einem Mikrobiologen wurde von Schweinezüchtern die Veröffentlichung seiner Erkenntnisse verboten. Kohlekraftwerke dampften weiterhin ungefiltert vor sich hin. Gut dokumentiert ist auch der Fall des Bergbau-Experten Jack Spadaro, der eine Umweltkatastrophe untersuchte: das Auslaufen von Millionen Liter Giftbrühe in Kentucky im Jahr 2000. Seine Vorgesetzten kamen plötzlich aus der Industrie. Als er sich weigerte, einen verharmlosenden Bericht zu unterschreiben, wurde er aus dem Amt gedrängt. „Das ist die gesetzloseste Administration, die ich je erlebt habe“, sagte er. „Sie hat keine Skrupel.“

Im Oktober 2003 verklagten zehn US-Bundesstaaten die nationale Umweltbehörde, damit sie endlich etwas gegen den ungezügelten Ausstoß von Treibhausgasen unternimmt. Aber die Regierung wechselte die Abteilungsleiter aus und änderte so die anstehenden Probleme. Unter dem Präsidenten George W. Bush waren auch ähnliche Tendenzen einfach lösbar. Plötzlich saßen im Expertengremium für Blei-Vergiftungen einige Wissenschaftler, die von der Blei-Industrie bezahlt wurden. Auch zwei Tage nach dem Terrorattentat auf das World Trade Center am 11. September 2001 erklärte die Behörde, die Luftwerte in Manhattan seien völlig unbedenklich. Unabhängige Wissenschaftler dagegen ermittelten Asbest-Werte, die in dieser Rekordhöhe weltweit zuvor noch nie gemessen wurden. [20]

Kurt Gottfried, emeritierter Professor der Cornell University und der Princeton-Physiker und Nobelpreisträger Val Fitch erklärten: „Die Regierung hat die Qualität des wissenschaftlichen Beratungssystems untergraben. Ich kann mich nicht erinnern, dass es je so eklatant war, denn nach und nach werden die Fakten verfälscht." [21]

Und der Klimaexperte Michael Oppenheimer schreibt: „Wer an ein rationales Universum glaubt, an Aufklärung, Wissen und die Suche nach Wahrheit, für den ist diese Regierung ein absolutes Desaster."

Der amerikanische Schriftsteller Kevin Philipps schließt sein Buch „Wohlstand und Demokratie" mit der Warnung: „Wenn wir die Demokratie nicht erneuern und die Politik wieder zum Leben erwecken, wird der Wohlstand ein neues, weniger demokratisches Regime zementieren – eine Plutokratie." [22]

Kapitel 5

Das geheime Zentrum der Macht

Eine der bemerkenswertesten Geheimgesellschaften des Westens ist die Gruppe der so genannten Bilderberger. Diese geheime Vereinigung ist in Europa entstanden, aber im Laufe der letzten Jahrzehnte immer mehr nach Westen abgewandert. Der Hauptgrund dieser Verlagerung war, dass so die Finanzgewaltigen der USA mehr Einblick und auch mehr Kontrolle über die aufstrebende Europäische Union bekamen.

Diese Vereinigung wurde auf Grund einer Idee des Exil-Polen Dr. Josef Hieronim Retinger gegründet und nach dem „de Bilderberg", einem Hotel in Oosterbeek in Holland benannt, wo das erste Treffen im Jahre 1954 stattfand. Die geheime Gruppe besteht aus Männern aus der Politik, der Wirtschaft, dem Militär, den Chefmanagern, der Finanz, namhaften Persönlichkeiten der Presse, dem Hochadel und einigen Diplomaten. Bei der nach diesem Hotel benannten Gruppe handelt es sich weniger um eine Organisation, es existiert weder eine Mitgliedschaft oder ein Gründungsabkommen noch ein gewählter Vorstand.

Dieses Machtzentrum, mächtiger als Washington, Moskau oder Paris, tagt jährlich hinter verschlossenen Türen und nicht zugelassene Journalisten haben zu diesem Geheimtreff keinen Zutritt. Durch diese Abschottung sehen viele Kritiker eine Art geheime Weltregierung, die dafür sorgt, dass die Globalisierung unter dem Vorzeichen rein westlicher, kapitalistischer Dominanz voranschreitet.

Der preisgekrönte spanische Journalist Daniel Estulin, der sich seit 15 Jahren intensiv mit den Bilderbergern beschäftigt, schreibt:

„Die im Verborgenen stattfindende Konferenz hat starken Einfluss auf viele der Schlagzeilen und Nachrichten, die man in den darauf folgenden Monaten liest. Dennoch berichten die etablierten Medien überhaupt nicht darüber und sind merkwürdig zurückhaltend, wenn es darum geht, den Schleier des Geheimnisses zu lüften. Eine Anzahl angesehener Pressevertreter, die dem jährlichen Treffen beiwohnen, müssen Vertraulichkeit zusagen und dafür gerade stehen, dass keiner ihrer Journalisten aus Versehen darüber berichtet.“ [1]

Ganz wenige Journalisten bringen bereits im Voraus in Erfahrung, wann und wo genau das nächste Bilderberger-Treffen stattfindet. Einer von ihnen ist der Amerikaner Jim Tucker von der Washington Free Press, dem es gelang, einige Informationen zu erfragen: „Ich jage die Bilderberger Group seit 30 Jahren und ich werde die Jagd niemals aufgeben. Es ist das Ziel der Bilderberger, eine Weltregierung zu schaffen. Sie sind die Elite, sie glauben, sie können die Welt regieren um ihre eigenen Interessen zu verfolgen. Wir sind für sie nur der ungewaschene Pöbel.“

Der französische Rundfunksprecher Thierry de Segonzac sagt über die derzeitige Situation dieser Geheimgruppe: „Die Bilderberger sind derzeit zu mächtig und allgegenwärtig, um bloßgestellt zu werden.“ [2]

Dabei basiert der Grundgedanke dieser Gründung auf einem ganz anderen Plan. Das Hauptinteresse für den Gründer Josef H. Retinger war, ein vereintes Europa zu schaffen und eine Vereinigung zu finden, in der es keine Kriege mehr geben sollte. Josef H. Retinger kam als jüngstes von vier Kindern am 17. April 1888 in Krakau zur Welt. Seine Familie stammte ursprünglich aus Deutschland, doch hatten sich die Vorfahren im 18. Jahrhundert in Polen angesiedelt. Sein Vater war Jurist und hatte gute Verbindungen zu den höchsten Kreisen der Gesellschaft und in dieser Funktion wirkte er auch als

Ratgeber des Grafen Wladyslaw Zamoyski, mit dem ihn auch eine enge Freundschaft verband. Graf Zamoyski verfügte über mächtige Besitzungen in Polen und diese Familie beeinflusste Gesellschaft, Wirtschaft, Kultur und Politik über mehr als vierhundert Jahre. Durch diese freundschaftliche Beziehung lernte Retinger viele angesehene, aristokratische Familien auch in Frankreich, mit polnischer Abstammung kennen. Eine schillernde Persönlichkeit, die Retinger kennen lernte, war der Marquis de Castellane, der wiederum befreundet war mit dem Prince of Wales, dem späteren englischen König Edward VII., der auf Grund seiner vornehmen Abkunft ein sehr luxuriöses Leben führte.[3]

Im November 1946 lernte Retinger den amerikanischen Botschafter in London, Mr. Averell Harriman, kennen, der die gleiche Begeisterung wie seine europäischen Freunde zeigte. Der deutsche Buchautor Andreas von Retyi schreibt: „Er glaubte auch fest an eine europäische Vereinigung und als Handelsminister und späterer Chef der European Co-operation Administration war er für die enorme Unterstützung verantwortlich, welche die Vereinigten Staaten dieser Idee zukommen ließen. William Averell Harriman stammte aus einer superreichen amerikanischen Familie und hatte über viele Jahrzehnte hinweg seine Hände in Manipulationen größten Stils, sowohl hinsichtlich der Wirtschaft als auch der Politik. Der im Jahr 1891 geborene und damit gegenüber Retinger nur drei Jahre jüngere Harriman hatte an der Yale-Universität in New Haven, Connecticut, studiert und war dort in die geheime Verbindung von Skull & Bones aufgenommen worden.

Etliche der einflussreichsten Persönlichkeiten der USA gehörten auch diesem Bund an, der weit über den Charakter einer harmlosen Studentenverbindung hinausreicht und eine eigene amerikanische Elite darstellt, deren Mitglieder noch heute an die wesentlichsten Schaltstellen der Macht katapultiert werden.“ [4]

Mit den Jahren wuchs der Kreis gleichgesinnter Persönlichkeiten und somit wurde auch Prinz Bernhard der Niederlande zu einem namhaften Mitstreiter und kam so zum loyalen Zentrum dieser Bilderberger-Gruppe. Prinz Bernhard, mit seinem vollen Namen „Bernhard Leopold Friedrich Eberhard Julius Kurt Karl Gottfried Peter Graf zur Lippe-Biesterfeld", wuchs in Brandenburg auf, studierte Rechtswissenschaften in Lausanne und Berlin. Wurde 1935 juristischer Rechtsberater bei I.G.-Farben und in der Zeit des Nationalsozialismus war er sogar ein Mitglied der NSDAP und der SS. Im Jahre 1937 heiratete er Juliane der Niederlande und als deutsche Truppen in Holland einmarschierten, fasste er den Entschluss, gegen die deutsche Okkupation vorzugehen, womit er auch nach einiger Zeit zum Nationalhelden avancierte. Die geschlossene Gruppe dieser neuen Vereinigung um Prinz Bernhard aufzubauen, war ein Meisterstück Josef Retingers. Prinz Bernhard besaß sowohl große menschliche als auch intellektuelle Qualitäten, und die harmonische Vereinigung von beiden resultierte in einem enormen persönlichen Charme, dem nur wenige Menschen widerstehen konnten. [5]

Wie gravierend die Auswirkungen dieser Treffen waren, ist zu erkennen, dass viele Teilnehmer nach solchen Jahrestreffen in höhere Ämter aufgestiegen sind. 1991 wurde Bill Clinton von seinem Freund E. Jorden Jr. bei den Bilderbergern eingeführt, 1992 wurde er Präsident der USA. 1993 nahm Tony Blair an einer solchen Konferenz teil, 1994 wurde er Parteivorsitzender und Spitzenkandidat der New Labour Party und 1997 mit 43 Jahren der jüngste britische Premierminister seit 1812. Viele andere Männer wie Olaf Palme, Helmut Schmidt, Gerald Ford, Giscard d` Estaing waren bei ihren ersten Bilderberger-Treffen noch relativ unbekannt. Acht bis zehn Jahre später waren sie jedoch die Führer ihrer jeweiligen Länder oder befanden sich in hohen Positionen in der jeweiligen Regierung.

Obwohl der Schwerpunkt immer bei den Finanzproblemen und Wirtschaftsexperten lag, wurden aber auch sämtliche NATO-Generalsekretäre wie Joseph Luns, Lord Carrington, Manfred Wörner, Willy Claes, Javier Solana und Lord Robertson in den letzten Jahren bei den Treffen nominiert. Manche Journalisten sagten, die Bilderberger würden Präsidenten und Regierungschefs aus dem Hut zaubern, andere meinten dazu, die Leute aus dem Bilderberger-Kreis hätten eben die Kontakte und das Gespür für die kommenden Persönlichkeiten. [6]

In den ersten Jahrzehnten der Bilderberger dominierten die Europäer, aber bei den späteren Konferenzen stellte man fest, dass der Anteil der amerikanischen Machtpersönlichkeiten die Führung übernommen hatte. Die zentrale Rolle spielten immer mehr Männer, die auch in einigen anderen Geheimgesellschaften Mitglieder waren und sind, wie David Rockefeller, Henry Kissinger, Robert McNamara, James D. Wolfensohn, Henry Ford, Donald Rumsfeld, Richard Perle, Paul Wolfowitz, Manager der Ölkonzerne und kleinere und größere Millionäre. Ganz allgemein finden sich Mitglieder diverser Geheimorganisationen meist auch genau an solchen zentralen Knotenpunkten politischer und wirtschaftlicher Entscheidungen.

So wurden bei den folgenden Konferenzen aktuelle Themen diskutiert und entscheidende militärische Maßnahmen getroffen. Die NATO-Bombenangriffe auf den Balkan, die europäische Währungsreform, US-Präsidentenwahlen und solche Themen wie Tschetschenien prägten diese Konferenzen.

In der britischen Zeitschrift „The Observer" vom 7. April 1963 war Folgendes zu lesen: „Die Bilderberger behaupten, dass die Zukunft den Technokraten gehöre, weil unter ihnen das Gerücht umgeht, die schwerwiegenden Fragen der internationalen Angelegenheiten seien zu delikat, als dass man sie in den Händen der

Diplomaten belassen könne. Allerdings zeigt die Geheimniskrämerei ihrer Debatten, dass sie nur das Eine anstreben: Die tatsächliche Beherrschung der Völker dieser Welt, und zwar dadurch, dass sie sich bedeckt halten und die Regierungsverantwortung in den Händen mickriger Politiker belassen.“ [7]

Bei der Konferenz 1973 in Saltsjöbaden in Schweden beschlossen die mächtigen Bilderberger einen gewaltigen Anschlag auf die Weltwirtschaft und dämpften so das aufstrebende Wachstum. Oberstes Ziel dieser Gruppe war, die ins Wanken geratene Vormachtstellung der anglo-amerikanischen Finanzinteressen wieder zu festigen und ihnen die Kontrolle über die weltweiten Geldströme zurückzugeben.

Der amerikanisch-deutsche Schriftsteller F. William Engdahl beschreibt diese Situation so: „Ihr Plan war sehr einfach: Ein globales Ölembargo sollte die Ölversorgung weltweit drastisch verknappen. Das würde die Weltölpreise dramatisch steigen lassen. Da die amerikanischen Ölgesellschaften den Weltmarkt seit 1945 fest in der Hand hatten, war es üblich geworden, die internationalen Ölrechnungen in Dollar zu fakturieren. Mit dem Ölpreis musste also auch die Nachfrage nach US-Dollar ansteigen. Die steigende Nachfrage nach Dollar würde den Druck von ihm nehmen und seinen Wert stützen. Sie würde natürlich auch die Position derer stärken, die Dollar drucken und liefern konnten (FED).

Niemals in der bisherigen Geschichte hatte ein so kleiner Kreis von Männern einen so tiefen Einschnitt in die Geschicke der Weltwirtschaft und der davon betroffenen Menschheit gewagt. Die Finanzgrößen in London und New York hatten beschlossen, ihre Ölmacht auf eine Art und Weise einzusetzen, die kaum jemand für möglich gehalten hätte. Die Ungeheuerlichkeit ihres Vorgehens, so hatten sie kalkuliert, war dabei nur vorteilhaft. Und so bereiteten sie einen Ölpreisschock vor und erarbeiteten Pläne, wie die erwartete Öl-Dollar-Flut am zweckmäßigsten gehandhabt werden sollte. Henry Kissinger sprach in diesem Zusammenhang von „Petro-Dollar-Recycling“.[8]

In ganz Europa wurden darauf Geschwindigkeitsbegrenzungen eingeführt, ein Sonntagsfahrverbot wurde verordnet und die Energieferien wurden eingeführt. Deutschland musste darauf für seine Ölimporte rund 17 Milliarden DM mehr bezahlen als im Jahr zuvor, was eine Konjunkturkrise einleitete. Die Ölkrise markiert damit das Ende des Wirtschaftswunder auch in anderen europäischen Ländern. In der Folge traten weitgehende, bisher unbekannte Erscheinungen auf, wie etwa Kurzarbeit, Arbeitslosigkeit, steigende Sozialausgaben und eine verstärkte Inflation. Es folgten Staatsverschuldungen, Streiks und etliche Unternehmenspleiten. Zum Ausgleich der Preissteigerungen wurde in einigen Industrieländern durch die Zentralbanken vermehrt Geld im Umlauf gebracht. Dieses führte jedoch zu einer erhöhten Inflationsrate in den folgenden Jahren, die erst durch eine rigide Finanzpolitik während der 1980er Jahren beendet werden konnte. Die großen Nutznießer dieser Ölkrise waren die amerikanischen Öl-Großkonzerne und die Großbanken der westlichen Welt.[9]

Nicht alle Anwesenden bei diesen Bilderberger-Konferenzen waren mit den diversen Maßnahmen einverstanden und so gab es auch etliche Verstimmungen und Meinungsverschiedenheiten unter den Teilnehmern. Einen der bemerkenswertesten Zwischenfälle gab es bei der Konferenz 1973 in Saltsjöbaden in Schweden, der offenbar noch Jahre später für Diskussionen sorgte: Der sozialistische Ministerpräsident Schwedens, Olaf Palme, kritisierte äußerst scharf die amerikanischen Angriffe in Vietnam, die er sogar mit den Gräueltaten der Nazis im Zweiten Weltkrieg verglich. Auch verurteilte Palme den großflächigen Einsatz des Herbizids Agent Orange und Agent Blue, einem Entlaubungsmittel, das zur

Vernichtung der Reisfelder und gegen den Vietkong im Dschungelkrieg eingesetzt wurde.

Palme wusste auch, dass Henry Kissinger wesentliche Gespräche zur Erzielung eines baldigen Friedens aus wahltaktischen Gründen hinauszögerte und sich dadurch des Todes unzähliger Menschen schuldig machte.

Olaf Palme selbst war ein Bilderberger. Man hatte ihn erstmals in den 1960er Jahren als jungen Politiker in den Kreis dieses Bundes aufgenommen, doch sein politisches Denken passte oft nicht in das Konzept dieser Vereinigung. Er sprach sich gegen Apartheid und Atomenergie aus, propagierte eine Umverteilung der Reichtümer dieser Welt und unterstütze die die kommunistischen Regierungen in Kuba und Nicaragua.[10]

Olaf Palme wurde am 28. Feber 1986 nach einem Kinobesuch auf offener Strasse erschossen. Der Mord ist bis heute nicht gänzlich geklärt. Über den Mord gab es verschiedene Ermittlungen und auch Tätermotive.

Andreas von Retyi recherchierte auch folgende geheimnisvolle Tatsache: „Der in London lebende, amerikanische Journalist Allan Francovich hatte bereits monatelange Recherchen zum Palme-Mord angestellt und dabei vor allem die Spur zur Operation Tree verfolgt. Als er am 18. April 1997 in die Vereinigten Staaten einreiste, starb er beim Passieren der Zollkontrolle am Houston Airport. Nach offizieller Aussage habe er einen tödlichen Herzanfall erlitten. Wieder einmal war es der denkbar beste Augenblick zum Sterben! Francovich hatte nämlich beabsichtigt, während seines US-Aufenthalts den tatsächlichen Mörder Palmes zu treffen – zumindest laut seiner Quellen, die ihm auch den Namen und Adresse genannt sowie ihn zusätzlich mit einem Bild des Mannes versorgt hatten. Nur wenig ist dazu bekannt. Jene Person habe sich dem iranischen Geheimdienst Savak angeschlossen, sei dort von der CIA trainiert worden und als Profi-Killer zurückgekehrt. Francovich habe kurz davor gestanden zu enthüllen, dass Operation Tree während einer Folge von Treffen vorbereitet wurde, die gegen Ende 1985 von einer ultra-geheimen Organisation innerhalb der NATO arrangiert worden seien. Bevor Francovich und daraufhin wohl auch die Öffentlichkeit mehr erfahren konnte, starb der Journalist direkt bei der Einreise in die Vereinigten Staaten noch am Flughafen.“ [11]

Auch eine Zugehörigkeit zum Kreis einer solchen Gruppe ist längst keine Lebensgarantie. Neun Jahre vor dem Palme-Mord wurde der damalige Vorstandsdirektor der Dresdner Bank, Bilderberger und Kanzleramtsdirektor Jürgen Ponto in seinem Haus erschossen. Drei Jahre nach dem Tod von Olaf Palme im Jahre 1989 explodierte eine Bombe und riss den Bilderberger und Chef der Deutschen Bank Alfred Herrhausen in den Tod. Als mächtigster Banker Deutschlands bestand seine Welt nicht nur aus Zahlen und Bilanzen, er war auch ein revolutionärer Denker mit einer moralischen Einstellung. Von einigen Männern in seinem Bekanntenkreis wurde er auch als der „bankernde Philosoph“ bezeichnet und er hat auch die anstehenden Probleme der zunehmenden Globalisierung erkannt.

Die Zeitschrift „Spiegel“ titulierte ihn als den „Herrn des Geldes“ und sein Biograf Andreas Platthaus resümierte: „Herrhausens forcierte Betonung, sein Institut habe ethische Verpflichtungen, war darauf nur eine schwache Antwort, weil sie notwendig unverbindlich bleiben musste – moralisches Handeln konnte auch von ihm nicht dekretiert werden. Aber der moralische Anspruch entsprach weiterhin seiner eigenen Überzeugung, und gerade deshalb war es für ihn so wichtig zu verstehen, warum man seinen Ausführungen zu diesem Thema mit soviel Misstrauen begegnete.“ [12]

Knapp einen Monat vor seiner Ermordung erklärte er bei einer Rede, die er auf Einladung der Deutschen Messe in Hannover gehalten hat, dass die Macht unmittelbar auch den Verdacht des Machtmissbrauchs erwecke. Macht hatte für ihn nichts Suspektes an sich: „Natürlich haben wir Macht. Es ist nicht die Frage, ob wir Macht haben oder nicht, sondern die Frage ist, wie wir damit umgehen, ob wir sie verantwortungsbewusst einsetzen oder nicht."

Ein katholischer Priester, der mit Herrhausen befreundet war, erinnert sich in einer Fernsehsendung des deutsch-französischen Senders ARTE über seine moralische Einstellung: „Herrhausen ist zu dem Schluss gelangt, dass ein System, bei dem einige wenige sehr hohen Profit aus der Wirtschaft ziehen, während hingegen viele andere unter die Räder geraten, keinen Bestand haben könne. Herrhausen wollte auch die Schuldenkrise, in welche die Länder der Dritten Welt systematisch hineingetrieben wurden, nicht mehr länger dulden. So sagte er 1987, die Schuldenkrise der Dritten Welt vertrage kein Schweigen mehr." [13]

In Fachkreisen gilt auch die Meinung, dass bei Beseitigung gewisser Probleme, auch die Geheimgruppe eines „Secret Team", einer Geheimgruppe, die mit den Bilderbergern zusammenarbeitet, die Hand im Spiel gehabt haben könnte. Dieses komplexe Netzwerk wurde bereits 1970 vom ehemaligen Pentagon-Colonel L. Fletcher Prouty in einem aufrüttelnden Buch beschrieben.

Prouty berichtet über diese Geheimgruppe mit folgenden Worten: „Die Unsichtbare Regierung vermag über ihre verdeckte Exekutive zahlreiche illegale Aktivitäten zu entfalten, das „Secret Team" agiert unabhängig. Es ist gesetzlos – die Beseitigung missliebig gewordener Personen stellt demnach nicht das geringste Problem dar, weder moralisch noch logisch." Prouty erklärte auch gegenüber der italienischen Zeitung Unita: „Die Morde an Herrhausen, John F. Kennedy, Aldo Moro, Enrico Mattei und Olaf Palme resultieren allesamt aus der Tatsache, dass keine dieser Persönlichkeiten sich der bestehenden Weltordnung einer kleinen Macht-Elite unterwerfen wollten.“ [14]

Am Morgen des 30. November 1989 verließ Herrhausen mit seinem gepanzerten Mercedes sein Haus in Bad Homburg. Vor einem Parkhaus explodierte eine TNT-Bombe, die an einem präparierten Fahrrad befestigt war, und tötete den Bankmanager. Sein Chauffeur wurde nur leicht verletzt. Auf Grund eines Bekennerschreibens der damaligen RAF, die sich zu diesem Mord bekannte, wurde in diesen Kreisen der Mörder gesucht. Die Tatsache, dass Herrhausen als Zielperson eines RAF-Anschlages eher untypisch war – immerhin vertrat er ja mit seiner Initiative des Schuldenerlasses eigentlich Ziele, welche die RAF hätte gutheißen müssen – nährte die Spekulation über andere Täter. [15]

Diese politischen Morde werden wahrscheinlich nie mehr genau aufgeklärt und somit kann bestimmten Geheimorganisationen keine offizielle Schuld zugesprochen werden, aber es ist schon merkwürdig, welche Verbindungen zwischen den Mordopfern und diversen Bünden bei den Ermittlungen festgestellt worden sind.

Als Menschen haben gewisse führende Zukunftsplaner schon lange versagt. „Die Rede ist keineswegs, pauschal gesehen, nur von den Bilderbergern oder CFR-Mitgliedern und Trilateristen. Einige Teilnehmer werden lediglich zu einem einzigen oder zu mehreren Meetings geladen, manchmal sogar nur, um dabei eine politische Kursänderung vorzunehmen; einige werden für ihre unangepasste Philosophie durchaus kritisiert. Andere wurden aus ihrem Amt gerückt und damit unschädlich gemacht, wieder andere mögen sogar das tödliche Opfer von Absprachen am Rande der Konferenz geworden sein. Wenn überhaupt, so werden Attentate gewiss nicht in der großen Runde vereinbart.“ So bezeichnet der Schriftsteller Andreas von Retyi die Auswirkungen diverser Konferenzen.[16]

Manche Menschen, in extrem bevorzugten Positionen, nutzen ihre Macht bewusst aus, um buchstäblich egoistische Entscheidungen über Leben und Tod zu planen und auszuführen. Sie spielen mit dem Leben der Weltbevölkerung, indem sie auf verachtende Weise die wirklichen Probleme der Menschheit und der Umwelt verkennen, um ihre Macht, ihren Einfluss und ihre persönliche Gier nach Gewinnen zu stärken. Mit einer gewissen Überheblichkeit diskutieren die Bilderberger 2006 in Ottawa über die Weltbevölkerungszunahme und über die Entwicklung in der Dritten Welt. Einige Teilnehmer sprachen davon, dass im Zuge einer neuen Weltordnung, eine Reduzierung der Bevölkerung eine reelle Basis herstellen könnte.

Über die verschiedenen Absichten und Ziele dieser Verschwörungsgruppe schreibt der spanische Bilderberg-Experte Daniel Estulin: „Sie planen eine zentrale Bevölkerungskontrolle. Eine Null-Wachstums-Gesellschaft, denn ein Wohlstand und ein Fortschritt machen eine Unterdrückung unmöglich. Ein Zustand immerwährender Unruhen, denn indem man künstliche Krisen erzeugt, sollen die Menschen einem ständigen Druck und in einem immerwährenden Zustand von Unausgeglichenheit gehalten werden. Eine zentrale Kontrolle der Erziehung. Eine gesteuerte Kontrolle über die ganze Innen- und Außenpolitik. Ein gesteuerter Handel- und Wirtschaftsblock. Ein gesteuertes, einheitliches Rechtssystem. Ein einziger von oben geführter Sozialstaat." [17]

Der bekannte Investmentbanker an der Wall Street, Michael Thomas, hat einmal gesagt: „Wenn die Bilderberger heute öffentlichkeitsscheuer als je zuvor erscheinen, dann unter anderen Gründen deshalb, weil ihre Vorschläge, die von willfährigen Agenturen wie dem Weltwirtschaftsfonds und der Weltbank umgesetzt worden sind, in den letzten Jahren eine größere Massenverwüstung angerichtet haben, als es der Zweite Weltkrieg jemals geschafft hat." [18]

Bei diesen diversen Konferenzen werden bestimmt auch einige positive Entscheidungen getroffen und Richtungen vorgegeben, aber allgemein werden von dieser Elite moralische oder unbewusste Themen ausgeklammert. Sie bezeichnen sich als die Zukunftsstrategen, aber in den Augen vieler bewusster und human denkenden Menschen haben sie mit ihren Plänen schon lange versagt. Die amerikanischen Bilderberger brechen ja auch ein Bundesgesetz, und das wissen sie genau. Der Logan-Act macht es illegal, als gewählte Volksvertreter öffentliche Politik im Geheimen mit Privatpersonen zu besprechen. Sie dürfen jederzeit Politik in einem öffentlichen Forum diskutieren, aber nicht im Geheimen. Natürlich dürfen auch solche Diskussionen den Medien nicht vorenthalten werden.

Einer der wichtigsten Männer dieser Geheimgesellschaften, David Rockefeller senior, erklärte öffentlich: „Wir sind ja der Washington Post, der New York Times, dem Time-Magazin und anderen großen Publikationen dankbar, deren Chefredakteure an unseren Treffen in der Vergangenheit teilnahmen und die Zusage der Vertraulichkeit fast über 40 Jahre respektieren ...

Es wäre für uns nie möglich gewesen, einen Plan für die Welt zu entwickeln, wenn wir während dieser Jahre im Licht der Öffentlichkeit gestanden hätten. Aber die Welt ist auf einem komplexen und vorbereiteten Weg hin zur Weltregierung. Die supranationale Souveränität einer intellektuellen Elite und der Welt-Bankiers ist sicherlich der nationalen Souveränität der letzten Jahrhunderte vorzuziehen." [19]

Den Mächtigen dieser Welt muss einleuchten, dass Kriege, eine Reduzierung des Lebensstandards und eine Dezimierung der Bevölkerung keine Lösung der Probleme der Welt bringt. Auch wäre eine zerstörte Atmosphäre und ein verändertes Klima keine Zukunftperspektive, da die Erde mit enormen Naturkatastrophen reagieren würde. Den machtgierigen Herrschern muss bewusst werden, dass es sich lohnen wird, andere Zukunftsstrategien zu schmieden, zu planen und auszuführen, sonst würden sich nicht zuletzt auch die Bilderberger und andere Geheimgesellschaften in ein absolutes Aus manövrieren.

„Hinter Verschwörungstheorien verbirgt sich die Vorstellung, dass geheime Drahtzieher am Werk sind, die die Politik gestalten und bestimmen. Die Welt wird von konspirativen Gruppen gelenkt und gesteuert", so die Meinung von Prof. Helmut Reinalter, Universität Innsbruck.

Kapitel 6

Geplante Zufälle?

Es ist die Stimme einer Weltmacht oder genauer gesagt, die Strategie einer kleinen, elitären Gruppe, die die Welt kontrollieren will, wie es in den vorherigen Kapiteln zu lesen war.
Es ist die Stimme Amerikas, einem Land, das zu einer monströsen Militärmacht angewachsen ist und mit seinen militärischen Aktivitäten, teilweise im Widerspruch zu seiner eigenen Verfassung steht, und weiterhin seine Macht ausbaut.
Es ist die Stimme eines präpotenten Amerika, das mit unlegalen Machenschaften versucht die Welt zu beherrschen und dem jedes Mittel recht ist, sich über diverse Kulturen und Völker hinwegzusetzen.

So ist es auch verständlich, dass immer mehr Gerüchte beziehungsweise geplante Zufälle oder Verschwörungen bekannt werden.

Benjamin Disraeli schrieb schon damals: „Die Welt wird von ganz anderen Personen regiert als man sich das vorstellen kann und nur die, welche hinter den Kulissen schauen können, erkennen wer das ist."

Der Menschheit werden Lügen aufgetischt, aber die Bevölkerung begreift mittlerweile, dass wir nur betrogen und für dumm verkauft werden.

„Eine Lüge ist bereits dreimal um die Erde gelaufen, bevor sich die Wahrheit die Schuhe anzieht", bemerkt auch Mark Twain und ein französischer Schriftsteller schreibt: „Das genaue Gegenteil von dem, was allgemein geglaubt wird, ist meistens die Wahrheit."

Wie im Kapitel „Die sonderbare Demokratie" bereits zu lesen war, mischten sich am Anfang des 20. Jahrhunderts einige machthungrige Männer und Politiker in die Geschicke des zaristischen Russlands. Es war einer der ersten Versuche, die Weltgeschichte in einem umfassenden Bereich zu beeinflussen und die Vereinigten Staaten in einen Krieg zu treiben. Den Interessen eines J. P. Morgan und David Rockefeller folgend, in Abstimmung mit dem damaligen amerikanischen Präsidenten Woodrow Wilson und Englands W. Churchill, versuchten sie bereits 1915 die USA in den Ersten Weltkrieg einzubeziehen, was sie schließlich 1917 auch schafften.

Der amerikanische Schriftsteller Colin Thompson belastet in seinem Buch „Lusitania" Präsident Wilson bezüglich der Versenkung eines englischen Luxusliners, um die Vereinigten Staaten in einen Krieg mit Deutschland zu verwickeln. Thompson schreibt, dass Woodrow Wilson einige Tage vorher wusste, dass die Lusitania sechs Millionen Schuss Munition und etliche Tonnen Sprengstoff beförderte und daher die Reisenden auf diesem Schiff unter Verletzung des Status der USA fuhren.[1]

Kapitän William Thomas Turner bekam von der Admiralität die Aufgabe, in einem Schnelldienst kriegswichtiges Material von New York nach Liverpool zu transportieren. Außerdem sollten nach diesen Befehlen deutsche Kriegsschiffe getäuscht werden, dass man englische und amerikanische Passagiere beförderte und als Täuschung unter neutraler amerikanischer Flagge fuhr. Die Briten wussten aber, dass es aus Sicherheitsgründen für die USA verboten war, kriegswichtiges Material auf Passagierschiffen zu befördern. Da dieser Schwindel nicht auffliegen durfte, wurde die Ware als Jagdgewehrmunition deklariert und den amerikanischen Behörden gefälschte Papiere vorgelegt. Mithilfe dieser Betrügereien gelang es der Admiralität unter Churchill, große Mengen an Munition nach Großbritannien zu manövrieren.

Winston Churchill, der damals der Erste Lord der Admiralität war, hatte die Hintergründe dieser Attacke gewusst. Er schrieb kurz vor der Versenkung einen Brief nach Washington, in dem er zum Ausdruck brachte, deutsche U-Boot-Attacken seien ihm willkommen. „Es ist wichtig, die neutrale Schifffahrt an unsere Küsten zu locken, in der Hoffnung, speziell Amerika mit Deutschland in einen Konflikt zu ziehen." Auch ist ein Schreiben der Cunard Line bekannt, dass sich die von der Admiralität bezahlten Schiffe bald bewähren müssten, denn „der Krieg gegen Deutschland ist sicher – spätestens im September 1914 wird er ausbrechen." [2]

Offensichtlich hat Winston Churchill als Chef der Admiralität die entsprechenden Befehle an den Kapitän William Turner und an die britische Marine gegeben, um die Lusitania ins Messer laufen zu lassen. Churchill, ein Freimaurer im 33. Grad, hat zusammen mit dem Hauptquartier der Admiralität einen Plan ausgeheckt, dieses damals schnellste Schiff zu opfern, mitsamt Besatzung und Passagieren, um sicherzustellen, dass Amerika als Unterstützung Großbritanniens gegen Deutschland in den Krieg eintritt.

Der britische Lord Mersey erhielt von der britischen Regierung die Order, dass man es für politisch zweckmäßig halte, dem Kapitän der Lusitania die Hauptschuld für die Katastrophe zu geben.

Lord Mersey ist wohl anzumerken, dass er, nachdem er seine Pflicht in Anweisung der Regierung Ihrer Majestät erfüllt hatte, zurücktrat, seinen Lohn ablehnte und sich weigerte weitere Aufträge der Regierung auszuführen. Seinen Freunden gegenüber erklärte er, dass diese Angelegenheit ein sehr schmutziges Geschäft gewesen sei.

„Aus unserer Sicht wollen wir den Verkehr vor unseren Küsten, je mehr desto besser, und wenn einiges davon in Schwierigkeiten gerät, noch besser", bemerkte Winston Churchill.

Viele stellten sich die Frage: Warum fuhr die Lusitania überhaupt diesen Kurs so langsam, wenn sie jedes deutsche U-Boot mit ihrer Geschwindigkeit abhängen konnte und es allgemein bekannt war, dass die feindlichen U-Boote vor der englischen Küste lauerten? Außerdem, warum fuhr sie nicht Zick-Zack-Kurs als Maßnahme gegen einen U-Boot-Beschuss und warum wurde sie von keinen eskortierenden Zerstörer begleitet?

Verdächtig ist auch, dass die Telegramme, die die Lusitania am Tag der Versenkung gesendet hat, aus den Akten verschwunden sind. Fest steht jedenfalls, dass der Untergang des Schiffes für Churchill und Präsident Wilson ein willkommenes Propagandamaterial darstellte. Ein Großteil der amerikanischen Bevölkerung hegte nun keine Sympathien mehr für das deutsche Volk. Die Deutschen dagegen verteidigten sich damit, dass das Schiff Waffen an Bord hatte und dass die deutsche Botschaft in New York vor dem Auslaufen des Luxusliners gewarnt hatte. Das wurde bei Tauchgängen in den letzten Jahren bestätigt.

Das Schiff wurde acht Meilen vor der irischen Küste von einem deutschen U-Boot mit einem Torpedo versenkt. Dabei kamen fast 1200 Menschen ums Leben, darunter 128 amerikanische Staatsbürger. Durch den Tod der US-Bürger wurde die antideutsche Stimmung in den USA angeheizt und der damalige US-Außenminister Robert Lansing erklärte später in seinen Aufzeichnungen: „Wir würden somit ein weiterer Alliierter von Großbritannien werden."

Das amerikanische Volk musste überzeugt werden, denn die Mehrheit der Bevölkerung war gegen einen Krieg. Es stützte sich auf die Prinzipien der so genannten Monroe-Doktrin vom 2. Dezember 1823, sich nicht in einen Krieg in Europa einzumischen.

Auch dürfen die USA sich, gemäß der amerikanischen Verfassung, nicht an einen Krieg beteiligen, außer sie werden bedroht oder angegriffen – und so wurden, nur um einen Kriegseintritt zu erzielen, über 1200 Menschen geopfert.

Die Rothschilds hatten die Kriegsaufwände Großbritanniens finanziert, gigantische Zinsgewinne damit gemacht und so ihr Imperium weiter ausgebaut. Kurz vor Kriegsbeginn im Jahre 1913 wurde von ihnen die US-Notenbank FED als private Institution gegründet, was eine unbegrenzte Geldschöpfung ermöglichte. Bei den geplanten Kriegen haben die Rothschilds und die Rockefellers meist sogar beide Seiten finanziert und aufeinander gehetzt, von beiden Seiten kräftig abkassiert, denn Geld kennt ja keine Loyalität.

Eine Verschwörungstheorie ist im weitesten Sinne gesehen eine Theorie, mit der ein Ereignis oder ein geplante Entwicklung durch eine Verschwörung erklärt werden soll, also durch das erzielte, konspirative Wirken von Personen zu einem illegalen Zweck. Da der Begriff „Verschwörungstheorie" meist von Gegnern der Gemeinten und von Skeptikern verwendet wird, versteht man ihn oft in kritischem oder gar abwertendem Sinn.[3]

Manchem Verschwörungstheoretiker zufolge, sind es heutzutage nicht mehr so stark die gewählten Politiker, welche die Intrigen planen und ausführen, sondern es werden immer mehr Kommunisten, Kapitalisten, Bankiers und eben die diversen Geheimgesellschaften genannt, die als „graue Eminenz" aus dem Hinterhalt großen Einfluss auf das Weltgeschehen haben und auch ausführen.

Der Eintritt Amerikas in den Zweiten Weltkrieg war durch den Angriff Japans auf Pearl Harbor ins Rollen gebracht worden. Dieser Anschlag war eine Legitimation für einen geplanten Gegenschlag. Revisionisten haben den Beweis erbracht, dass Präsident Franklin D. Roosevelt und General Marshal von dem bevorstehenden Angriff Japans wussten und nichts zur Warnung der militärischen

Befehlshaber in Pearl Harbor unternahmen. Die Führung in Washington wollte den Krieg mit Japan und somit ein Kriegseintritt gegen Deutschland als nächster Schritt geplant war. Das Establishment sorgte dafür, dass die Ermittlungen des Kongresses in Bezug auf Pearl Harbor der Schönfärberei Roosevelts entsprachen. Der leitende Forschungsexperte der republikanischen Minderheit ermittelte: „Die vollständigen Tatsachen werden nie bekannt werden. Die meisten der so genannten Ermittlungen waren Versuche der Unterdrückung, Irreführung beziehungsweise Verwirrung derer, die nach der Wahrheit suchten. Von Anfang an bis zum Ende sind Tatsachen und Akten vorenthalten worden, damit nur die Informationen enthüllt werden, die für die Regierung, gegen die ermittelt wurde, von Vorteil waren. Wer die Wahrheit sucht, erfährt, dass die Offenlegung weiterer Fakten beziehungsweise Dokumente nicht möglich sei, da diese mit persönlichen Tagebüchern vermischt seien, unsere Beziehung zu anderen Ländern betreffen würden, oder man sagt eidesstattlich aus, sie enthielten keine Informationen von Wert.“ [4]

Alles deutete darauf hin, dass das US-Militär und auch der Präsident genau über die Kriegsvorbereitungen der Japaner wussten. Am 25. November 1941 informierte Roosevelt seine Minister in einer Sitzung des Kabinetts, dass der Ausbruch eines Krieges gegen Japan nur noch eine Frage von wenigen Tagen sei.

Aus dem Tagebuch des damaligen Kriegsminister Henry L. Stimson stammt folgendes Zitat von Franklin D. Roosevelt: „Es könnte sein, dass wir vielleicht schon am nächsten Montag (es handelte sich um den 1. Dezember) angegriffen werden, denn die Japaner sind berüchtigt dafür, dass sie ohne Vorwarnung angreifen.“

Kriegsminister Henry Stimson hatte am nächsten Tag eine Unterredung mit Roosevelt, die er in seinem Tagebuch notierte: „Die Frage war, wie wir die Japaner dazu bekommen konnten, den ersten Schuss abzugeben, ohne uns selbst in allzu große Gefahr zu bringen … Der Plan war, die Japaner zu einem solchen Erstangriff zu provozieren, so dass für niemand mehr ein Zweifel daran bestünde, wer der eigentliche Aggressor war.“ [5]

Am 26. November 1941 nahm ein Japanisches Militärgeschwader Kurs auf die Hawaii-Insel Oahu. Der Oberbefehlshaber der kaiserlich-japanischen Flotte, Admiral Isoroku Yamamoto, wollte Amerika durch einen vernichtenden Erstschlag demoralisieren und den Krieg innerhalb eines halben Jahres gewinnen.

Es ist mittlerweile Faktum, dass der amerikanische Präsident Roosevelt genau wusste, dass dieser Angriff bevorstand, ihn aber zuließ und somit den Tod von 2400 Soldaten hinnahm, um einen Grund zu haben, Japan den Krieg zu erklären. Das deutsche Magazin „FOCUS“ schreibt dazu: „Japanische Bomber überfielen Pearl Harbor. US-Geheimdienst und Regierung sollten vorher davon gewusst haben, aber die Soldaten waren ahnungslos … Viele Historiker sind überzeugt, dass Roosevelt keineswegs überrascht worden ist, wie es nationalistisch-theatralische Hollywood-Produktionen immer wieder darzustellen versucht haben. Denn bereits seit einigen Monaten kämpften die USA einen unerklärten Krieg gegen Japan … Trotz des damaligen „Kalten Krieges“ beließ Roosevelt fast die gesamte Pazifikflotte – bis auf die Flugzeugträger – in Pearl Harbor, wie auf einem Präsentierteller. Auch dann noch, als 16 Stunden vor dem Überfall klar war: Japan greift an.“ [6]

Das Kriegsrisiko war Präsident Franklin D. Roosevelt bewusst. Aber der erste Schuss durfte nicht von amerikanischen Soldaten abgegeben werden, schließlich hatte der Präsident seinen kriegsmüden Wählern versprochen, nicht in den Zweiten Weltkrieg einzutreten. Der überraschende Angriff der Japaner auf Hawaii änderte aber alles. Die Oppositionellen verstummten und die USA traten als Verteidiger ihrer Interessen in den 2. Weltkrieg ein.

In den letzten Jahrzehnten kamen immer mehr unwiderlegbare Beweise zu Tage, die eindeutig belegen, dass der verheerende Angriff auf den US-Stützpunkt bewusst provoziert und auch toleriert wurde, um die Unterstützung der amerikanischen Öffentlichkeit für einen Eintritt in den Zweiten Weltkrieg gegen Japan und Deutschland zu gewinnen.

Wie wir von den gesteuerten Medien und Politikern belogen und irregeführt werden, beweisen auch die verschiedenen Versionen zum Kennedy-Mord im Jahr 1963. Dieser politische Mord wird niemals aufgeklärt werden, weil viele Beweise vertuscht und verändert wurden und somit eine exakte Aufklärung nie mehr stattfinden kann. Das Attentat ist bis heute ein großes Rätsel geblieben, wobei es mittlerweile Dutzende von Theorien gibt.

Interessant sind jedoch die Parallelen dieses Mordes zu dem Präsidentenmord an Abraham Lincoln und John F. Kennedy:

Abraham Lincoln wurde 1846 in den Kongress gewählt und bewarb sich 1856 um die Präsidentschaft, genau 100 Jahre später wurde ebenfalls John F. Kennedy 1946 in den Kongress gewählt und bewarb sich 1956 um das Amt des amerikanischen Präsidenten.
Lincoln wurde 1860 zum Präsidenten der USA gewählt, Kennedy im Jahr 1960.
Die Namen Lincoln und Kennedy bestehen beide aus 7 Buchstaben und beide haben sich besonders für die Bürgerrechte Verdienste gemacht.
Beide Ehefrauen waren 24 Jahre alt als sie heirateten, hatten drei Kinder und beide blieben bei den Attentaten unverletzt, obwohl sie dicht neben ihren Männern saßen. Hingegen wurden die Begleiter der Präsidenten verwundet.
Beide Ehefrauen verloren ein Kind, als sie im Weißen Haus residierten.

Beide Präsidenten wurden an einem Freitag erschossen und beide wurden am Kopf getroffen.
Das Theater, in dem Lincoln ermordet wurde, hieß Ford-Theater.
Das Auto, in dem Kennedy fuhr, war ein Ford des Typs Lincoln.
Lincolns Sekretär namens Kennedy warnte den Präsidenten, nicht ins Theater zu gehen.
Kennedys Sekretär namens Lincoln warnte ihn, nicht nach Dallas zu fahren.
Beide Präsidenten wurden von Südstaatlern erschossen und beide Nachfolger waren auch Südstaatler.
Der Attentäter John Wilkes Booth flüchtete nach dem Mord an Lincoln aus dem Theater und wurde in einem Lagerhaus verhaftet.
Der angebliche Mörder Kennedys, Lee Harvey Oswald, flüchtete aus einem Lagerhaus und wurde in einem Theater verhaftet.
Der Lincoln-Nachfolger wurde 1808 geboren und hieß Andrew Johnson und der Kennedy-Nachfolger wurde 1908 geboren und hieß Lyndon Johnson.
Beide Attentäter wurden auch von einem weiteren, organisierten Täter mit einem Schuss getötet, bevor sie vor ein ordentliches Gericht gestellt wurden. [7]

So erkennt jeder Betrachter, dass diese diversen Aktionen von langer Hand geplant und ausgeführt wurden und die Medien stets mit fantasievollen Geschichten gefüttert wurden und wahrscheinlich weiterhin auch werden.

Kapitel 7

Die Macht der Religionen

Religion ruft im Menschen das Gefühl einer Abhängigkeit gegenüber eines allmächtigen Schöpfers hervor und ist geprägt von einer Selbstdisziplin gegen Habgier und Machtgefühle.

Der religiöse Glaube an ein transzendentes Sein beruht auf dem Erkenntnisstreben einer Religion und erhebt und beseligt den Menschen zugleich. Die Religion ist das positive Verhalten sowohl des Einzelnen als auch einer gesellschaftlichen Gruppe gegenüber einer überweltlichen und zugleich auch weltüberlegenen Macht. Ihr eigentlicher Ursprung liegt im Dunkeln, sie ist aber bei allen Völkern und in allen Kulturen vorhanden.

Religion ist Zentrum und Basis des kulturellen Systems einer Gesellschaft, von dem sich die allgemeingültigen Werte ableiten, die dem gesellschaftlichen Leben religiöse Würde und Rechtfertigung geben und das Leben in der Gesellschaft sinnvoll deuten. Diese Funktion der Religion hat sich in der modernen Gesellschaft im Zuge zunehmender Rationalität verringert und ist nur noch partiell wirksam, da sie in Konkurrenz zu profanen Ideologien, Philosophien und diversen Weltanschauungen getreten ist. Die Religion dient der Entwicklung und Stabilität der Persönlichkeitsstruktur durch die Gefühle von Schuld und Pflicht, sowie der Bewältigung von Trieben und Verhalten durch die Entwicklung ideeller Zielvorstellungen.

Schon die Naturvölker fühlten sich von übernatürlichen Mächten abhängig; Entstehung, Erhaltung und Zerstörung der Welt wurde auf höhere Kräfte zurückgeführt, die sich in den einzelnen Gottheiten repräsentierten.

Seit Anbeginn der Zivilisation hat die Religion sowohl im privaten Bereich als auch in der Gemeinschaft eine unentbehrliche Rolle gespielt. In jeder Kultur wurden die bestimmten Regeln der Naturgesetze Gottheiten zugeteilt und mit Bitten und Opfergaben versuchte man Gott oder die diversen Götter milde zu stimmen.

So gab es früher nur eine einzige gültige Antwort auf die Frage, woher die Gesetze der Natur kommen: von Gott oder von einem über die Welt herrschenden Wesen. Sie wussten noch nicht, wie Naturgesetze entstanden sind oder woher sie kommen, ob sie ewig gelten oder ob sie sich auch eventuell verändern. So wurden von den Religionsgründern Gesetze geschaffen, wie die Menschheit mit den Naturrichtlinien leben kann und wie der Homo sapiens sich in den selbst gebildeten Gemeinschaften verhalten muss und soll.

Die Auffassung von einem Gott als allmächtigem, allwissendem, ewig existierendem Weltschöpfer haben alle monotheistischen Religionen, die also an den einen, einzigen Gott glauben, gemeinsam. Jeder gläubige Christ, Jude oder Moslem wird daher in Gott den gemeinsamen Gott Abrahams sehen. In dieser Auffassung wird der Gläubige Gott als den allmächtigen und allwissenden Schöpfer sehen, der ewig existiert und außerhalb unserer Welt steht und von dort unsere Geschicke lenkt.

Der Atheist dagegen würde erklären, dass es keinen Gott geben kann, da er doch so viel Unglück, Brutalität und Elend auf dieser Welt nicht zulassen würde. Andere Personen und Philosophen wie Ludwig Feuerbach, Karl Marx und Friedrich Engels behaupten: „Gott sei nur eine Projektion des Menschen, der die Götter beziehungsweise Gott nach seinem eigenen Bild findet und Gott sei nichts anders als unser eigenes Gedankenprodukt."

Eine andere Gruppe, die Mystiker, würden sagen, dass Gott und die Welt eins sind. Gott ist die Welt und die Welt ist in Gott. Er thront nicht über ihr, sondern ist in ihr anwesend, von ihrem kleinsten Teil bis zum Innersten des Menschen. Natürlich gab und gibt es auch unreligiöse Mystiker. Sie lehren die Anwesenheit des Urgrunds aller Dinge in der Welt – wie vor mehr als 2500 Jahren in China Lao-tse, wie heute, vor allem in Japan, der Zen-Buddhismus.

Der Zen-Buddhismus erreicht im großen Erhellungserlebnis des „Satori" die vollkommene Einheit von Ich und Welt im absoluten Sein.[1]

Jedes Volk, jeder Volksstamm, jede Kultur auf der Welt fragt nach dem Ursprung und dem eigentlichen Sinn des Lebens und findet ihn im Glauben an eine höhere Macht. Irren sie sich alle? Ist Religion wirklich nur ein Narkotikum für Menschen mit labiler Einstellung, oder ist Religion tatsächlich „Opium fürs Volk", wie Karl Marx es bezeichnet? Oder wie die Atheisten es bezeichnen: „Wer an Gott glaubt, kann nur die Wahrheit nicht vertragen?"

In unseren Breiten hat sich das Christentum durchgesetzt, dessen Lehre geprägt ist von Hinweisen und Richtlinien, wie Menschen mit ihren Mitmenschen auf Grund der zehn Gebote besser zusammenleben können. Andererseits lehrt auch diese Religion, wie die anderen Weltreligionen von einem Leben nach dem Tod.

Religionsstifter dieser Lehre war Jesus, ein armer Wanderprediger aus Galiläa. Sicherlich lebte nie ein Mensch, in dessem Namen in der Welt durch die Jahrhunderte hin mehr geschah; mehr Großartiges und leider auch Schreckliches, mehr Gutes, aber auch Böses. Unser Abendland ist in seiner Besonderheit ohne ihn, oder besser gesagt ohne sein Wirken seit nunmehr fast zwei Jahrtausenden, nicht denkbar.

Diese christliche Lehre wäre geprägt von verständlicher Nächstenliebe, von einem harmonischen Leben miteinander, Begrenzung des Egoismus und einem in vielen Beispielen angeführten Verhalten gegen Gier und Macht. Jesus distanzierte sich auch von einigen jüdischen Religionsregeln, da er merkte, dass diese Gesetze nie zu einem effektiven Frieden führen können. Er war auch überzeugter Pazifist, und es gibt etliche Beispiele in den Evangelien über seine ablehnende Einstellung zu kriegerischen und militärischen Aktivitäten. Doch im Laufe der Jahrhunderte wurde seine Lehre verändert und somit entwickelte sich diese Kirche zu einem gigantischen, finanzgierigen Machtimperium. Ereignisse wie die Kreuzzüge, die Vernichtung der Katharer und der Templer und die Jahrhunderte der Inquisition waren nie im Sinne der Lehre Jesu. Durch die Veränderung seiner Biographie, seiner Grundsätze, seiner beeindruckenden Beispiele und durch die zahlreichen, gravierenden Übersetzungsfehler wurde aus dieser fantastischen Lehre leider eine ganz andere Weltanschauung.

Um auf die wahre Lehre Jesu zu kommen, ist es notwendig die verschiedenen Evangelien der anerkannten und auch nicht erlaubten Evangelisten zu analysieren. Die römisch-katholische Kirche akzeptiert nur die Werke der Evangelisten Matthäus, Markus, Lukas und Johannes sowie die Schriften von Paulus. Alle diese Männer kannten Jesus nicht persönlich. Aber es gab noch viele andere Evangelisten, die die Geschichte dieses beeindruckenden Menschen Jesus niedergeschrieben haben. Vor allem sind einige Jünger Jesu dazuzuzählen: Thomas, Philippus, Jakobus, Judas und auch Petrus; deren Evangelien werden teilweise unter Verschluss gehalten, als so genannte gnostische Schriften bezeichnet und von der römisch-katholischen Kirche nicht anerkannt.

Lebensaura – Seele

Gibt es einen Himmel, ein Paradies, ein Nirwana, ein ewiges Leben oder die ewigen Jagdgründe, wie die Indianer Amerikas ihren Himmel bezeichnen, oder ist alles aus mit dem Tod?

Verschiedene Religionen haben erstaunlich genaue Vorstellungen davon. Ob ein Himmel die Endstation eines Lebens ist oder nur ein Durchgang zu einer Wiedergeburt, also einer Reinkarnation, wird von vielen Religionswissenschaftlern diskutiert. Das Konzept der Unsterblichkeit der Seele war bereits lange vor Jesus bekannt. Im alten Griechenland wurde es von den Anhängern des athenischen Philosophen Sokrates (469-399 v. Chr.) vertreten.

Im vierten Jahrhundert vor Christus behauptete Plato bereits, dass der Geist, nicht die Materie, die Grundlage der Realität bilde. Bereits Pythagoras (577-500 v. Chr.) vertrat die Theorie von der Wiedergeburt, also die Vorstellung, dass eine Seele sich nach dem Tod ihres Trägerkörpers einen neuen Körper sucht und ein neues Leben beginnt. Der Glaube an eine Reinkarnation gehört zu vielen Religionen aus jener Zeit, unter ihnen auch Hinduismus und Buddhismus. – Für ein Jenseits, das die meisten Religionen versprechen, wurden seit jeher Beweise gesucht und angeblich auch gefunden. Wiedergeburts-Erlebnisse, Berichte über das Jenseits, über Kontakte mit dem Totenreich hat es zu allen Zeiten gegeben. Dass der Tod nicht das Ende bedeutet, das belegen auch die Hauptwerke des Jenseitsglaubens, die ägyptischen Totenbücher, die Bücher der Tibeter, das „Pistis Sophia“ der koptischen Christen, der jüdische „Sohar“ oder auch der altindische „Vedanta“. Religionen bieten den Gläubigen Trost für alles Leiden auf Erden und die Hoffnung auf eine Wiedergutmachung nach dem Tod. Die Sehnsucht des Menschen nach einer ewigen Heimat für die Seele gipfelt im Glauben an das Paradies.[2]

Viele Religionsforscher und Mediziner befassen sich seit Jahrzehnten mit diesem Thema, und sind überzeugt, dass es ein Leben nach dem Tod gibt. So entstand eine Wissenschaft, die sich intensiv mit der Seele, mit den Gedanken und dem Bewusstsein befasst und bereits zu interessanten Ergebnissen gekommen ist. Wenn sich die

Seele beim Tod von der Materie trennt, wie kann sie weiterleben oder existieren? Wir kennen noch zu wenig vom Universum und von dem unvorstellbaren Nichts. Einige Wissenschaftler behaupten sogar: „Der leere Raum ist kein Nichts. Er ist randvoll mit einer Energie, die das Universum wie ein Netz durchzieht und der Sitz der Seele sein könnte."

Der syrisch-arabische Schriftsteller Kahlil Gibran schrieb: „Als ich meine Seele fragte, was die Ewigkeit mit den Wünschen macht, die wir sammelten, da erwiderte sie: Ich bin die Ewigkeit!"

Der griechische Philosoph und Naturwissenschaftler Aristoteles war einer der Ersten, der behauptete, der unendliche Raum des Universums sei in Wirklichkeit nicht leer, sondern ein „Plenum" (Gesamtheit). Im Jahre 1911 gaben ihm einige Experimente des deutschen Physik-Nobelpreisträgers und Begründers der Quantenphysik, Max Planck Recht. Das vermeintliche Vakuum, also der Raum in jedem Atom zwischen Kern und Elektronenhülle, schäumt von brodelnder Aktivität förmlich über. [3]

Die Quantenphysik, also die Erforschung der Elementarteilchen auf der subatomaren Ebene, geht heute davon aus, dass dieses Vakuum mit Elementarteilchen gefüllt ist, die in ständiger Bewegung sind, sich zusammenschließen können und sich miteinander im Informationsaustausch befinden. Die dabei entstehenden wellenförmigen Energien sind so groß, dass sie selbst am absoluten Nullpunkt (bei minus 273 Grad Celsius) wo alles andere still steht, noch tätig sind. Deshalb werden sie Nullpunkt-Energien genannt, das Feld, in dem sie sich bewegen, nennt man Nullpunkt-Feld. Manche Wissenschaftler gehen davon aus, dass dieses Feld für die Stabilität der gesamten Materie verantwortlich ist.

Der amerikanische Physiker Harold Puthoff erklärt zu diesem Thema: „Das Nullpunkt-Feld ist ein riesiges Energiereservoir, über das wir noch fast nichts wissen."

Noetik-Forscher (griech: noetos = geistig wahrnehmbar) sehen das Nullpunkt-Feld als Erklärung für bislang unerklärbare Phänomene wie Telepathie oder Geistheilungen. Es gibt die Theorie, dass alle lebende Materie, also auch das menschliche Leben, lediglich Projektion des Nullpunkt-Feldes sei, und der Tod ist vielleicht einfach unsere Rückkehr ins Nullpunkt-Feld, wie die britische Wissenschaftsjournalistin Lynne McTaggart spekuliert.[4]

Diese Wissenschaftsjournalistin hat in achtjähriger Arbeit die Forschungen der Noetik aus aller Welt zusammengefasst und meint: „Alle Experimente legen die Schlussfolgerung nahe, dass Bewusstsein eine Substanz jenseits unserer Körpergrenze eine Energie ist, die auch Materie verändern kann."

Der vorherige Blick in eine andere Dimension zeigt uns, dass ein Leben nach dem Tod in einer anderen Ebene existieren kann. Vielleicht ist dieses Leben, das wir derzeit durchmachen, nur ein Teil eines effektiveren Lebens, das wir gelebt haben vor unserer Geburt und nach dem Tod wieder leben werden? Denn Gedanken und Gehirnaktivitäten sind ein Spannungsfeld, also eine Energie, die nie verloren geht, und da alle Elementarteilchen des gigantischen Nullpunkt-Feldes miteinander kommunizieren, können Gedanken auch Materie beeinflussen.

„In mindestens 40 Forschungszentren wurde nachgewiesen, dass zwischen Lebewesen ein ständiger Informationsaustausch stattfindet und dass Gedanken Energie übertragen können. Es liegt der Schluss nahe, dass es eine dezentrale, einheitliche Intelligenz gibt und dass im Prinzip jeder von uns über Fähigkeiten verfügt, mit ihr in Kontakt zu treten – nicht nur Schamanen, Magier und Geistheiler", schreibt Lynne McTaggart.[5]

Der Geist triumphiert über die Materie – das ist die Verheißung der vielen Versuche, die weltweit durchgeführt wurden, um zu überprüfen, ob Thesen haltbar sind, wonach die Energie des

Nullpunkt-Feldes durch menschliche Gedankenkraft beeinflussbar ist.

Der ungarische Systemtheoretiker Ervin Laszlo behauptet sogar: „Unser Gehirn ist ein Mechanismus, mit dessen Hilfe wir Informationen aus dem Nullpunkt-Feld abrufen, dem letztendlichen Speichermedium des Universums." Unser Gedächtnis existiert somit nicht im Gehirn, sondern sei im Nullpunkt-Feld abgespeichert, in dem es keine Zeit gebe, keine Vergangenheit und auch keine Zukunft. Harold Puthoff, welcher dem zustimmt, ergänzt dazu: „Es ist durchaus möglich, dass wir in einem Universum leben, in dem alles, was geschehen wird, schon geschehen ist. Die Zukunft existiert bereits auf einer Ebene der reinen Möglichkeit. Menschen mit Vorahnung zapfen lediglich bestimmte Informationen an, die schon vorhanden sind." [6]

Moralgedanken

Weitere Religionsvorschriften der verschiedenen Religionen beziehen sich auf die irdischen Probleme, wie wir Menschen mit unseren Mitmenschen in einer Gemeinschaft leben sollen. Bei uns Menschen ist das Instinktleben durch die Bewusstseinstätigkeit stark überdeckt – im Gegensatz zur Kreatur, deren Lebensabläufe fast nur vom ererbten und artenbezogenen Instinkt geleitet werden. Auf Grund dieser freien Entscheidungen und Gedankenentwicklungen sind wir auch zu gewissen Übertreibungen fähig und so entwickelten sich durch die verschiedenen Religionen Richtlinien, an die wir uns zu halten haben.

Diese Richtlinien, die wir als die zehn Gebote und die sieben Todsünden kennen, werden in der heutigen, modernen Zeit umgangen und als nicht mehr aktuell bezeichnet. Diese Leitlinien, die zu einer ordentlichen Gesellschaftsordnung führen sollen, sind zum Teil aus dem öffentlichen Leben verschwunden. Von Sünde spricht keiner mehr. Niemand droht mehr denjenigen, die ihr verfallen sind; auch denjenigen nicht, die sich im Schein der so genannten Todsünden ergötzen. Die Sünde hat kein metaphysisches Gewicht mehr. Sie wird von einer Tabu brechenden Gesellschaft nicht mehr ernst genommen. Nach christlicher, jüdischer und islamischer Definition ist sündig derjenige, der sich von den Gesetzen und Richtlinien entfernt hat. Der Sünder schaut in einen metaphysischen Abgrund der Gesellschaft und der Gottlosigkeit, denn wo kein Gott mehr akzeptiert wird, gibt es natürlich auch keine Sünde. Heute ist Sünde allenfalls eine Art Verstoß, der von der Gesellschaft immer mehr und mehr toleriert wird, zumal Schuldgefühle, Seelenqualen und Gewissensbisse von Therapeuten und Psychiatern behandelt werden müssen.

Ein Sittengesetz funktioniert vor allem über ein Sündenbewusstsein, das die Entscheidung zwischen Gut und Böse trifft. Wenn auch einige Punkte der zehn Gebote von den diversen Regierungen übernommen wurden, werden die als die sieben Todsünden bekannten Vergehen zu merkwürdigen, von der Gesellschaft hofierten Verfehlungen.

Bei genauer Betrachtung soll sich die Kirche eigentlich in ihrer Todsündenlehre als eine ermahnende Psychologin erweisen. Der Aufruf zur Vermeidung der sieben Todsünden kann auch als Anleitung zu einer guten geordneten Lebensführung verstanden werden. Der Hochmut und die Eitelkeit (Superbia) führt den Tanz dieser Sünden an, gefolgt von Geiz oder Habgier (Avaritia), Genusssucht oder Wolllust (Luxuria), Zorn oder Rachsucht (Ira), Völlerei, Maßlosigkeit oder Selbstsucht (Gula), Neid oder Eifersucht (Invidia), Trägheit des Herzens oder Trübsinn (Acedia).

Die Vision einer vollkommen freien Distanzierung von den Grundgesetzen einer Ethik und Moral schadet den Menschen und der Gesellschaft und hat daher keine Zukunft. Irgendwie und irgendwann scheitern diese Freigeister ja doch an ihren tabulosen Gefühlen.

Die Habgier ist die salonfähigste Sünde, und dabei eine, die soeben fast die ganze Welt in den Griff genommen hat. Sie wird als Motor unseres verschwendungsreichen Wirtschaftssystems gesehen. Die Habgier wird als Richtlinie des Erfolges gefeiert und die Menschen werden in diese Entwicklung hineinmanipuliert. Unter den Todsünden ist die Habgier des Menschen die verlässlichste. Sie zerstört Familien, schürt die Aggression des Krieges, legt Städte und Länder in Asche, rottet Völker aus und zerstört bewusst die Natur. Nichts gegen Besitzstreben – schon Jesus lobte denjenigen, der sein Geld ohne Arglist mehrte. Thomas von Aquin sah das Recht, Eigentum zu erweben, als Zugeständnis an das Gemeinwesen an, betont jedoch, dass ungeregelte Raffgier die soziale Gemeinschaftsstruktur zerstöre.

Wie sehr die Habgier die Finanzwelt in den letzten Jahren an den Rand des Abgrunds gebracht hat, haben besonders die Ereignisse der Jahre 2008 bis 2010 gezeigt. Die Zeitungen waren voll mit Berichten über die Habgier bei den Börsenzockern der Lehman-Bank, bei den Bankern von Morgan Stanley und vielen anderen Großbanken der westlichen Welt und der Habgier bei Kleinanlegern, die sich auf Spekulationen einließen und sich dabei ruinierten.

Doch auch die Kirche Roms, die sich als Überbringer einer Morallehre, Ethik und Sittenregelung sieht beziehungsweise sehen soll, ist nicht mehr in der Lage, der Gesellschaft die notwendige moralische Unterstützung zu vermitteln. Einerseits verliert die Katholische Kirche immer mehr an Glaubwürdigkeit und die von Jesus abweichende Lehre wird, vor allem von der Jugend, nicht mehr akzeptiert. Der Vatikan, der seit einigen Jahrzehnten von einer Gier nach Macht und Kapital ausgerichteten Sekte mit dem Namen Opus Dei unterwandert wird, steht damit im konkreten Widerspruch zu der wahren Lehre Jesu. Der Gründer dieser Sekte, Josemaria Escriva de Balaguer, war bestrebt, den Vatikan wieder zu einem finanziellen Imperium zu machen. Diese Organisation gibt sich nach außen hin harmlos, wird aber von Kennern als „Heilige Mafia des Papstes" bezeichnet. Die Grundregeln dieser Gruppe sind eine starke Beeinflussung staatlicher Politik in den christlichen Ländern, Umgehung der allgemein gültigen Regeln des weltweiten Finanzsystems und Errichtung eines geheimen finanziellen Machtimperiums. Vom Hauptquartier Vatikan aus soll nicht nur ein ungeheures nachrichtendienstliches Netzwerk, sondern auch ein weltweites Firmenkonglomerat gesteuert werden.

Der Korrespondent der Londoner Zeitungen Sunday und Daily Telegraph, Robert Hutchison schreibt nach jahrelangen Recherchen über die Strategien des Opus Dei in Rom und Wien: „Das Vorgehen dieser Gruppe ist nicht weniger radikal als jenes ihrer islamischen Gegenspieler. Ungerührt vertreten sie selbst streng fundamentalistische Positionen, wo diese in die Katastrophe führen müssen. Damit drohen sie nicht nur jede liberale Kirchenpolitik zu ersticken, sondern beschwören die Spaltung der katholischen Kirche."

Die derzeitigen Führer dieser Sekte erklärten ihre tiefste Überzeugung: „Deus le volt! Wir wurden von Gott erwählt, die Kirche zu retten." Einige von ihnen behaupten ganz unverblümt, in zwanzig oder dreißig Jahren wäre das Opus Dei das Einzige, was von der Kirche übrig bleiben werde. Die ganze römisch-katholische Kirche wird zum Opus Dei werden, denn: „Wir haben eine orthodoxe Vision, die rein, gewiss, gefestigt und in jeder Hinsicht gesichert ist. Der Gründer wurde von Gott ausgewählt, die Kirche zu retten. Daher ist Gott mit uns!"

Das Wort Opus Dei löst bereits bei vielen Menschen einen ambivalenten Gefühlsmix aus Faszination und Furcht, Abscheu und diffuser Sehnsucht aus. Diese Organisation arbeitet lautlos, ist verschwiegen und in den vergangenen zwanzig Jahren überraschend mächtig geworden.

Mittlerweile arbeiten die Mitglieder des Opus Dei bereits in folgenden Bereichen: 479 Universitäten und höhere Bildungseinrichtungen auf fünf Kontinenten – vor allem in Spanisch sprechenden Ländern –, wo sie mit der obersten Bevölkerungsschicht zusammenarbeiten und sich nicht für die Probleme und Interessen der verarmten Menschen einsetzen, gehören diesem Orden an oder werden von ihm kontrolliert. 604 Zeitschriften, Magazine und wissenschaftliche Publikationen, 52 Radio- und Fernsehsender, 38 Nachrichten- und Werbeagenturen, 12 Filmproduktions- und Verleihfirmen usw. Darüber hinaus fördern die Mitglieder mit Hilfe von normalen Bürgern, Katholiken wie Nichtkatholiken, in 53 Ländern apostolische Unternehmen pädagogischer beziehungsweise sozialer Art; in primär- und Sekundärschulen, technischen Lehranstalten, Jugendclubs, Handelsschulen, Hotelfachschulen, Kliniken und Krankenhäusern.

Pater Felzmann, ein ehemaliger Numerarier (Numerarier sind Laien, die sich zum Zölibat und zum uneingeschränkten Dienst in der Prälatur verpflichtet haben bilden mit ihren diversen Neben- und Untergruppen den Adel dieser straff gegliederten Organisation; sie wohnen in der Regel in einer Opus Dei-Residenz), der unter schwersten Bedingungen diesen Orden verlassen hatte, erklärte: „… dass es zur Methode des Opus Dei gehört, bei seinen Truppen ständig für ein Gefühl der Angst zu sorgen. Das Opus Dei gewinnt die Loyalität seiner Mitglieder weder durch Liebe noch durch die Zugehörigkeit zu einer engen Gemeinschaft, sondern durch den Faktor Angst. Angst kontrolliert besser als Liebe, besser als Geld, besser als Glaube. Das Element Angst und das Opus Dei vertragen sich bestens."

Die Greifarme der Vatikan GmbH legten sich um den ganzen Globus. Als Mitglieder werden nur die Besten ausgesucht, weil ein „Einstieg von oben" in die Organisation mehr Reichtum, Macht und Einfluss verspricht. Ein engmaschiges Netz von Beziehungen zu anderen Banken wurde gewoben. Die Rothschild-Häuser in Paris und London machten mit dem Vatikan schon seit dem frühen 19. Jahrhundert Geschäfte. Über die Vatikanbank wurden nicht nur Banken, sondern auch bei Versicherungsgesellschaften, bei Unternehmen der Stahl- und Zementindustrie, bei Mühlen und Teigwarenbetrieben, Energiekonzernen und bei Unternehmen der Metallbranche maßgebliche Anteile erworben. Nicht zuletzt kaufte sich der Vatikan mit mindestens 15 Prozent bei dem italienischen Großkonzern Immobiliare ein und wurde dadurch Mitbesitzer eines außerordentlich gut sortierten Vermögens. Die Societa Generale Immobiliare ist die älteste Baufirma Italiens. Über ihre Tochtergesellschaft SOGENE war die Immobiliare, und über diese wiederum, mit einem wenigstens 15-prozentigen Anteil, der Vatikan im Besitz beziehungsweise Mitbesitz folgender Hotels und Hotelketten: des Hilton-Hotel Rom; der Italiani Americana Nuovo Alberghi; der Alberghi Ambrosiani, Mailand; der Compagnia Italiana Alberghi Cavalieri und der Soc. Italiani Alberghi Moderni, um nur die größten Perlen aus dem Hotelbestand der Immobiliare auf italienischem Boden zu nennen.

In Paris errichtete die Immobiliare mehrere Büro- und Geschäftshäuser. In Montreal einen der höchsten Wolkenkratzer der Welt. In den Vereinigten Staaten gehören der Immobiliare fünf große Gebäudekomplexe, darunter das Watergate-Hotel, dazu in New York an der Oyster Bay eine komplette Wohnsiedlung. In Mexiko war Lomas Verdes, eine Trabantenstadt am Rande von Mexiko City, zur Gänze ein Latifundium der Immobiliare. Außerdem kaufte sich die Vatikanbank in Konzernen ein, wie bei General Motors, Shell, Gulf Oil, General Electric, Bethlehem Steel, bei IBM und TWA.[7]

Erklärtes Ziel des Opus Dei ist: „Wir haben den großen Ehrgeiz, die Institutionen der Völker, der Wissenschaft, der Kultur, der Politik, der Kunst zu heiligen und zu christianisieren." In der Vision des Gründers Escriva steht nicht zuletzt die Idee von einem streng organisierten Gottesstaat. Das würde bedeuten, dass alle Bereiche des Lebens, wie Wissenschaft, Politik und Kultur den Geboten und Verboten dieser Kirchenfürsten unterworfen wären und somit zu einer Rückkehr zu einem mittelalterlichen Denken führen soll. Das göttliche Recht würde über die Jahrzehnte erworbenen Rechte der Menschen gestellt. Das wäre eine klare Absage an die Trennung von Kirche und Staat, an die moderne Demokratie, an die offene Gesellschaft.

Der Opus-Dei-Gründer Escriva schreibt in seinem 600 Seiten Werk über die Richtlinien seiner Vorstellungen: „Vergiss nicht, was Du bist, denn Du bist nur ein Kehrrichteimer für Abfälle." Oder im Appell 208: „Gesegnet sei der Schmerz. Geliebt sei der Schmerz. Verherrlicht sei der Schmerz. Denn wenn Du begriffen hast, dass der Leib Dein Feind ist, warum fasst Du ihn dann so weich an?" Escriva befiehlt seinen Mitgliedern strenge Bußübungen gegen den eigenen Leib: „Die Selbstgeißelung ist nicht annähernd so schlimm wie die Torturen, die sich Menschen heute mit ihrem Diätwahn zufügen oder auf den Folterbänken der Fitness-Studios."

Der Aufstieg in Schlüsselpositionen im Zentrum der katholischen Christenheit begann unter Papst Johannes Paul II. Dieser polnische Papst tat dem Opus Dei gleich zwei maximale Gefallen. Erstens: Er erhob die Organisation zur „Personal-Prälatur". Kenner der kirchlichen Machtszene wissen, welch einzigartiges Privileg dahinter steckt: Opus Dei kann somit weltweit an den lokalen kirchlichen Autoritäten, also an den Diözesen, vorbei agieren. Zweitens: Durch die Heiligsprechung des Gründers Escriva disziplinierte der Papst viele kircheninterne Opus Dei-Kritiker. [8]

Die deutsche Zeitschrift Stern berichtete über das Opus Dei: „Die aus Spanien stammende Vereinigung Opus Dei besteht aus einer Gruppe katholischer Fundamentalisten und steht schon seit Jahrzehnten in der Kritik. Diese Gruppe lehnt sich politisch seit dem spanischen Bürgerkrieg eng an das faschistische Regime des Diktators Franco an, mit dem der Gründer Escriva auch persönlich beste Beziehungen unterhielt. Ziel der heute etwa 85000 offiziellen Mitglieder ist es, ein heiliges, gottgefälliges Leben zu führen. Ehelosigkeit ist nicht Pflicht, doch wird ein zölibatäres Leben gern gesehen. Dagegen sind regelmäßige finanzielle Zuwendungen und der häufige Besuch der Messe ein Muss. Als äußerster Akt der Selbstzüchtigung wird Auspeitschen und mehrstündiges Tragen eines stachelbewehrten Bußgürtels praktiziert. Opus Dei macht keine Angaben über die Identität seiner Mitglieder – doch sollen etwa der Pressesekretär des Papstes, Joaquin Navarro Valls, die damalige Außenministerin Ana Palacio oder der in den USA enttarnte Sowjetspion Robert Hanssen zu den Prominenten im Kader zählen.

Papst Johannes Paul II. stand dem Opus Dei äußerst positiv gegenüber. Im Oktober 2002 ließ er ungeachtet heftiger Proteste den Gründer Josemaria Escriva nur 27 Jahre nach seinem Tod heilig sprechen – Escriva ist damit in der Kirchengeschichte der Heilige mit der kürzesten Wartezeit.“ [9]

Der ehemalige Generalsekretär der Österreichischen Volkspartei und Volksanwalt Dr. Herbert Kohlmaier schrieb in einem offenen Brief an Kardinal Christoph Schönborn: „Der letzte Anlass ist der Umstand, dass im Stephansdom am Freitag der Erscheinung des

Herrn eine Messe zu Ehren des Opus-Dei-Gründers Josemaria Escriva angekündigt wurde. Es scheint daher so, dass es eine von Ihnen gewollte oder geduldete aktive und offizielle Unterstützung gibt. Es ist Ihnen, sehr geehrter Herr Kardinal, sicher nicht unbekannt, dass mir das Wohl unserer Kirche, in der ich bewusst und aktiv glaubend stehe, immer ebenso ein Anliegen war, wie die Verwirklichung christlicher Ideen im öffentlichen Leben. Ich bitte daher, der Äußerung meiner Sorge jenen Stellenwert einzuräumen, der einem Katholiken zukommt, dem aus den genannten Gründen auch die Ehre der Verleihung des päpstlichen Gregoriusordens zuteil wurde. Escriva ist für mich, ebenso aber auch für sehr viele andere Christen, die Verkörperung einer totalen Perversion christlicher Haltung. Es bedarf, sehr geehrter Herr Erzbischof, keiner näheren Hinweise auf jenes Ärgernis, das der Gründer des Opus Dei vielfach hervorgerufen hat. Er bezeichnet jene, die sich nicht als kampfbereite Soldaten Christi empfinden, als glaubenslos und gefallene Seelen wie der Satan. In seinem „Weg" warnt er davor, zum großen Haufen der Dutzendmenschen zu gehören – man müsse sich vielmehr seinem menschlichen Leiter hingeben und nicht vergessen, dass man selbst ein Kehrrichteimer, ein Eimer für Abfälle sei. Lieben müsste man hingegen Krieg wie ein Mönch seine Bußgeißeln, der Schmerz möge gesegnet sein, verherrlicht und geheiligt. Dass Escriva meinte, Hitler sei zu schlecht beurteilt und die Zahl der ermordeten Juden übertrieben worden, sei zusätzlich bloß angemerkt. Ebenso der Umstand, dass vom Geheimbund Opus Dei Aktivitäten in politischer und wirtschaftlicher Art gesetzt werden, die man bei größter Zurückhaltung nur als dubios bezeichnen kann.

Die Vorstellung, einen solchen Menschen wie Escriva in die Schar der Heiligen unserer Kirche aufzunehmen, erscheint mir absolut unbegreiflich und erfüllt mich geradezu mit Entsetzen. Ich weiß, dass ich damit keineswegs allein in der Kirche stehe. Wie kann so etwas im Namen Christi geschehen? Wer ist Vorbild für uns Gläubige? Theresa von Avila – „tue deinem Leib Gutes, damit deine Seele Lust hat, darin zu wohnen" – oder Escriva – „dein Leib ist dein Feind und Feind der Verherrlichung Gottes"? Welch grotesker, jedem Verstand widersprechender Gegensatz!

Wenn ich nun auf den Beginn meines Briefes zurückkomme, erkläre ich Ihnen ganz unumwunden meine Meinung, dass es Aufgabe jedes Bischofs wäre, zu versuchen, im Sinne der Reinhaltung und Verteidigung unseres Glauben an Jesus Christus die Verherrlichung eines solchen Gewalttäters des Glaubens mit allen zu Gebot stehenden Mitteln zu verhindern." [10]

Diese römisch-katholische Kirche, die sich für Moral, Ethik und Achtung des Lebens einsetzen sollte, verliert durch eine verstärkte Veränderung der wahren Lehre des Christentums an Glaubwürdigkeit und Wertschätzung. Die Gier nach Macht und Reichtum haben diese Kirche total verändert und die verschiedenen Alarmzeichen wie Kirchenaustritte und Ermahnungen werden vom Vatikan nicht ernst genommen.

Die Früchte dieser vatikanischen Fehlpolitik zeigten sich besonders Anfang des Jahres 2010, als vom sexuellen Missbrauch an Kindern und Jugendlichen in verschiedenen europäischen Ländern und auch in Österreich durch katholische Priester die Medien berichteten.

Den Stein ins Rollen brachte vor einigen Jahren der Prozess gegen den Priester John Geoghan in den Vereinigten Staaten. Dieser soll mehr als hundert Kinder missbraucht haben. Besonders eklatant ist der Fall, weil der Bostoner Kardinal Francis Law von den sexuellen Übergriffen schon seit Jahren wusste. Er versetzte den Priester von einer Pfarre in eine nächste, um ihn vor strafrechtlicher Verfolgung und die Diözese vor schlechter Presse zu schützen. Dieser Kardinal soll den jahrelangen Kindermissbrauch durch seine Priester immer wieder vertuscht haben. Nachdem von vielen Anwälten einige Sammelklagen gegen diese Erzdiözese geführt wurden, trat der Kardinal zurück. Im Laufe der weiteren Prozesse stellte sich heraus, dass in den USA an die 18000 Vorfälle von über 4500 Priestern bekannt geworden sind und mittlerweile einige Diözesen wegen Schadensersatzforderungen von Missbrauchsopfern zahlungsunfähig wurden. Am 29. Mai 2004 wurde dieser ehemalige Kardinal vom damaligen Papst Johannes Paul II. nach Rom versetzt und zum Erzbischof der römischen Basilika Santa Maria Maggiore ernannt.

Noch Ende 2002 sagte der Vorsitzende der deutschen Bischofskonferenz Kardinal Karl Lehmann, es werde keine solche Skandalwelle wie in den USA geben. Doch bereits kurze Zeit später wurden Fälle sexueller Übergriffe von Priestern bekannt. In einem Beitrag in der Frankfurter Allgemeinen Zeitung kündigte er an, dass er ein energisches und gemeinsames Vorgehen der Bischöfe gegen den sexuellen Missbrauch durch Priester anstrebe. Die meisten deutschen Bistümer kamen der Aufforderung nach, jedoch verweigerten einige, konkrete Angaben über Missbrauchsfälle bekannt zu geben und zu veröffentlichen. Ein Wiederholungstäter, der über seine Vergehen gesprochen hatte, bestätigte: „Meine stärkste Erfahrung war, dass die Kirche den Mantel der christlichen Nächstenliebe über meine Taten gedeckt hatte.“ [11]

Der Trierer Bischof Stephan Ackermann, der zum Sonderbeauftragten der katholischen Kirche ernannt wurde, hat auch schwere Versäumnisse eingeräumt. „Da wo kein wirklicher Aufklärungswille vorhanden war und Täter einfach nur versetzt wurden, müssen wir in einer ganzen Reihe von Fällen gestehen, dass vertuscht worden ist“, schreibt er in der Rhein-Zeitung.

Einige Wochen nach den Vorfällen in Deutschland vermehrten sich auch Aussagen über sexuellen Missbrauch in Österreich.

Im Zusammenhang mit den österreichischen Missbrauchsvorwürfen erklärte der streitbare Pfarrer Udo Fischer: „Der Papst hätte schon längst auftreten und sprechen müssen. Sein Schweigen ist ganz schlimm. Jesus hätte dazu sicher nicht geschwiegen." Einige Kleriker behaupten sogar: „Der Papst hatte, als er noch als Kardinal der Glaubenskongregation vorstand, den Bistümern die Order erteilt, über diese diversen Vorfälle den Mantel des Schweigens zu hüllen und diese Missbräuche zu vertuschen." [12]

In der zwölften Woche des Jahres 2010 wurde ein Hirtenbrief des Papstes, der sich hauptsächlich nur mit den Missbrauchsopfern in Irland beschäftigte, in den Kirchen verlesen. Papst Benedikt XVI. schreibt: „Es kann nicht geleugnet werden, dass einige von Euch und von Euren Vorgängern bei der Anwendung der seit langem bestehenden Vorschriften des Kirchenrechts zu sexuellem Missbrauch von Kindern versagt haben. Schwere Fehler sind bei der Behandlung von Vorwürfen gemacht worden." Aber dieser Skandal, der wie ein Erdbeben über die katholische Kirche hereingebrochen ist, hat ja zwei gravierende Fehler. Einerseits die Missbrauchsfälle in vielen Staaten, andererseits die jahrelangen Vertuschungen, die im Auftrag des Vatikans erfolgt sind. Der Kirchenkritiker Hans Küng schreibt dazu: „Es gab in der ganzen katholischen Kirche keinen einzigen Mann, der so viel wusste über die Missbrauchsfälle, und zwar von seinem Amt her."

Als Professor in Regensburg, als Erzbischof in München und auch während seiner 24-jährigen Zeit in der Glaubenskongregation hatte Ratzinger stets Zugang zu den Daten der diversen Missbrauchsfälle. Alle Voruntersuchungen zu diesen Fällen wurden von ihm zentriert und unter der Decke gehalten sowie unter „päpstlicher Geheimhaltung" und deren Verletzung unter Kirchenstrafe gestellt. Aber im Hirtenbrief war kein einziger Hinweis auf ein „mea culpa" oder auf ein Schuldbekenntnis seinerseits zu lesen.

„Die christliche Lehre Roms scheint den Anschluss an das Lebensgefühl der Menschen im intimen Bereich völlig verloren zu haben. Ihre Sexualvorstellungen kommen aus einer anderen Zeit. Das Verhältnis zu Sexualität ist freier und ehrlicher geworden Das hat auch viel mit der Selbstbestimmung der Frauen zu tun, viel mit der stärkeren Verankerung demokratischen Handelns, und viel mit vermehrtem psychologischen und sozialen Wissen. Sex ist mehr als ein Mittel, um Kinder zu zeugen. Was als geglückt erlebt wird, orientiert sich nicht mehr an den Vorstellungen einer Institution. Geschlossene Systeme können mit Sex schlecht umgehen. Sie schreiben vor und verbieten und schaffen eine Brutstätte für Verdrängung, Verheimlichung und Unreife ihrer Mitglieder. Will die Kirche mehr als Schaden begrenzen, sollte sie beim Thema Sexualität an vielen Punkten ihres Systems ansetzen. Zuallererst muss sie beginnen, ihre männerbündischen Strukturen offen anzusehen", schreibt Dr. Christine Haiden, die österreichische Chefredakteurin der Zeitschrift Welt der Frau, zum Thema Kirche.[13]

„Allein den Zölibat abzuschaffen, wird die Probleme nicht lösen. Männerbünde können nur durch die gleichberechtigte Teilhabe von Frauen aufgebrochen werden. Es ist höchste Zeit, dass unter ernsthafter Mitsprache von Frauen die Regeln für eine zeitgemäße Sexualmoral der katholischen Kirche neu definiert werden. Dazu braucht es mehr als einen päpstlichen Hirtenbrief, der in keinem Hinweis von einem Bekenntnis und eigener Verfahrensfehler spricht. Wahrscheinlich wird Rom keine Veränderung anstreben, da diese zölibatäre Einstellung auch zu einem Eingeständnis von Fehlern hinweist, die damals zur Trennung durch die Reformatoren und zur Kirchenspaltung geführt haben." [14]

Die Kirche Roms, mit ihrer veralteten und selbsternannten Kirchenordnung steht im Widerspruch zum Nachfolgewillen Jesu, zu dem von Gott in die Herzen der Menschen gelegten Naturrecht sowie den daraus abgeleiteten Grund- und Menschenrechten. Von Rom aus wird im Namen Jesu eine verfälschte Morallehre zelebriert, die Jesus wahrscheinlich nie gewollt hätte. Der Zölibat ist ein Frevel gegenüber der wahren Lehre Jesu und ist auch als ein Menschenrechtsvergehen zu sehen.

Die Kirche muss sich grundlegend ändern, will sie nicht in der modernen Gesellschaft immer mehr zu einem Fremdkörper werden, dem die Menschen misstrauisch und mitunter auch feindselig gegenüberstehen.

Von namhaften österreichischen Politikern und überzeugten Christen wurde eine Organisation gegründet, die sich zur Aufgabe gemacht hat, Rom von dem derzeitigen, unverständlichen Kurs abzubringen. Sie setzt sich energisch für mutige Reformen ein und ruft angesichts der Missstände die Gläubigen auf, alles zu unternehmen, um eine Kirchenleitung, die ihrer Aufgabe nicht mehr gewachsen ist, daran zu hindern, die Kirche mit schweren weiteren Problemen zu belasten. Dieser Aufruf geschieht unter grundsätzlicher Wahrung der Loyalität gegenüber der Kirche, um deren Einheit und Integrität wieder herzustellen. [15]

Der deutsche Buchautor Johannes Lehmann bezeichnet die Situation der Kirche mit folgenden Worten: „Eines kristallisiert sich nämlich immer deutlicher heraus, dass sich die Kirchen immer mehr und mehr vom historischen Jesus entfernt haben. Und es ist nicht nur eine akademische Frage, ob jener Rabbi Jesus, würde er heute wieder auf die Welt kommen, Mitglied einer christlichen Kirche wäre oder ob er es vorzöge, das wieder zu verkünden, was er ursprünglich gepredigt hatte.“ [16]

Diesen rigorosen Glaubensverlust erleidet derzeit die katholische Kirche durch das Festhalten an einem unmenschlichen und auch unchristlichen Zölibat. Eine Richtlinie, die keinen schriftlichen Halt in der Bibel hat und nur für eine Vermehrung von Reichtum vor einigen Jahrhunderten festgelegt wurde. Diese ungezügelte Gier nach Macht löste auch die Reformation aus und gipfelte in die unvorstellbare Grausamkeit der Inquisition.

Papst Gregor IX. machte 1231 die Inquisition zu einer päpstlichen Einrichtung, und so wurden die Franziskaner und Dominikaner zu den wüstesten, unmenschlichsten päpstlichen Inquisitoren. In Deutschland wurde die Inquisition 1484 auch auf das Hexenwesen ausgedehnt, verschwand aber nach der Durchsetzung der Reformation. Dieser straff organisierte Kontroll- und Zensurapparat zensierte und verfolgte alle von der Lehre Roms abweichenden Personen, auch Priester und Bischöfe, mit Folter und Hinrichtungen. Erst 1859 wurde die Inquisition endgültig beseitigt und die Zentrale in Rom in Glaubenskongregation umgewandelt.

Erst das Konzil von Trient im Jahre 1563 beschließt die Festlegung dieser sexualfeindlichen Ideologisierung eines priesterlichen Eheverbotes, von dem im Neuen Testament kein Wort zu finden ist. Im Jahre 1979 erklärte Papst Johannes Paul II. den Zölibat sogar zur „apostolischen Lehre", obwohl bekannt ist, dass die zwölf Apostel durchwegs verheiratet waren. Nach den neuesten Untersuchungen und Erforschungen des Lebens Jesu kommen viele Wissenschaftler und auch Theologen zu der Ansicht, dass auch Jesus verheiratet war und nur durch die vielen Abänderungen der Geschichte, die Jesus zu einem unverheirateten Asketen machten.

Übersetzungsfehler

Verschiedene Veränderungen und enorme Übersetzungsfehler haben die Lehre Roms von der eigentlichen Lehre Jesu distanziert. So wird zum Beispiel gepredigt: „Bevor ein Reicher ins Himmelreich kommt, geht ein Kamel durch ein Nadelöhr."

Es handelt sich wirklich nicht um ein Kamel, denn wer die Sprache des jüdischen Volkes vor zweitausend Jahren kennt, bemerkt dabei, dass auch ein dicker Faden damals als „Kamel" bezeichnet wurde. Somit erscheint dieses Beispiel schon etwas vernünftiger.

Auch wird immer wieder von den Klerikern gepredigt: „Selig sind die Armen im Geiste, denn ihrer ist das Himmelreich."

Viele Theologen und Wissenschaftler haben sich mit diesem Spruch beschäftigt. Die amtliche „New English Bible" aus dem Jahre 1961 versteht die Armut finanziell und macht aus dem Geist ein Wissen: „Gesegnet die, die wissen, dass sie arm sind, ihnen gehört das Himmelreich." Oder mit anderen Worten ausgesprochen: „Glücklich, die gerne arm sind und sich nicht nach den Reichtümern der Welt sehnen; ihnen gehört das Gottesreich." Das Neue Testament für Menschen unserer Zeit interpretiert: „Gott liebt Menschen, die den Geist erflehen, gerade ihnen fällt das Gottesreich zu."

Dr. Johannes Lehmann studierte Theologie, Psychologie, Publizistik und Philosophie, war als Dozent für Neuhebräisch in Israel und Ägypten und erklärt zu diesen Übersetzungsfehlern: „Hier ist zu erkennen, dieses viel verwendete Zitat ist geprägt von Hinweisen gegen den Reichtum, gegen die Sucht nach Besitz, gegen den Mammon Geld. Aber ein solcher Hinweis widerspricht dem Geschäftssinn der römisch-katholischen Kirche, die sich in diesen zweitausend Jahren zu einem gigantischen Finanzimperium entwickelt hat."

Interessant ist auch das Evangelium von der Hochzeit zu Kanaa. Hier wird berichtet, dass, nachdem der Wein ausgegangen war, Jesus Wasser zu Wein verwandelt hatte. Dies wird als ein großes Wunder bezeichnet, aber was soll dabei ein Wunder sein. Wenn ein Blinder geheilt wird und er wieder sehen kann, oder ein Gelähmter wieder gehen kann, so ist das ein bemerkenswertes Wunder. Man muss die damaligen Lebensgewohnheiten und Gebräuche des jüdischen Volkes studieren, da stellt man fest, dass damals ein unverheirateter Mann in der Gesellschaft keinen Stellenwert hatte, er wurde wenig beachtet. Erst nach der Heirat wurde er ein anerkanntes Mitglied der Gemeinschaft. So gesehen kann die Hochzeit von Kanaa vielleicht die eigene Hochzeit Jesu gewesen sein. Jesus war ein Rabbi, und ein unverheirateter Rabbi war damals genauso wie heute ein Ding der Unmöglichkeit. Es war vielleicht ein Sprichwort, dass, wenn ein Mann sich verheiratete, nun auch bei ihm Wasser zu Wein geworden ist, also seine Worte haben an Kraft gewonnen und seine Aussagen wurden in der Gemeinschaft ernst genommen. Ab dieser Zeit wird auch von vielen Beispielen und Hinweisen von Jesus berichtet, dagegen ist vor der Hochzeit zu Kanaa von Jesus sehr wenig bekannt.

Heilige Finanzpolitik

Auch mit einer zweifelhaften Finanzpolitik hat der Vatikan bereits im 16. Jahrhundert große Probleme gehabt. Der übertriebene Ablasshandel führte damals bereits zu einer mächtigen Kirchentrennung, die die Kirche Roms bis heute nicht verkraften konnte.

Die Finanzskandale der letzten Jahrzehnte um die Banca Privata Italiana unter der Führung von Michele Sindona, die Banco Ambrosiano mit Roberto Calvi und das IOR „Instituto per le Opere di Religione", auch Vatikanbank genannt, mit Erzbischof Paul Marcincus an der Spitze, fügten dem Ansehen der katholischen Kirche schweren Schaden zu. Einigen Quellen zufolge war nach dem ungeklärten Ableben des 33-Tage-Papstes Johannes Paul I., das in der Betrachtung vieler Vatikankenner als Mord gesehen wird, nach dem Mord an Michele Sindona, der in seiner Gefängniszelle an einem mit Zyankali vergifteten Espresso starb, und nach dem rätselhaften Ableben Roberto Calvis, der unter der Blackfriars-Bridge in London erhängt aufgefunden wurde, Papst Johannes

Paul II. sehr um Rehabilitierung bemüht. Der Imageschaden war natürlich gewaltig.

Aber die katholische Kirche hat aus diesen Affären nichts gelernt. Nach den Missbrauchskandalen erschütterten die Unterlagen eines Monsignore Renato Darozzi, der über 4000 Dokumente in den 20 Jahren seines Wirkens in der Finanzabteilung des Vatikans sammelte, die Weltpresse. Darozzi hatte ein gutes Verhältnis mit Papst Johannes Paul II. und den führenden Kardinälen der Vatikanspitze. Seine hohe berufliche Qualifikation und seine Diskretion garantierten Darozzi einen raschen Aufstieg. Weil er aber das Finanzgebaren des Vatikanstaates als unsauber empfand, spielte Prälat Renato Darozzi diese brisanten Papiere der Presse zu.

Der Buchautor Gianluigi Nuzzi veröffentlichte 2009 sein Buch „Vatikan A.G." das über diese geheimen Unterlagen und den dubiosen Geldflüssen des Vatikans berichtet. Er schreibt in diesem Buch über Machenschaften von Männern, die das in sie gesetzte Vertrauen stark enttäuschten. Von undurchsichtigen Finanztransaktionen und skrupellosen Finanzoperationen, mit deren Hilfe Monsignori und Prälaten Parteien unterstützten und sogar im großen Stil Mafiageld wuschen.[17]

In der Mailänder Tageszeitung schrieb Gianluca Di Feo: „Alle Wege führen nach Rom. Und alle großen Bankencrashs führen in den Vatikan. Wer sich jedoch mit der „Operation Vatikan" beschäftigt, wird sich an die klassischen Geldwäschertricks erinnert fühlen. Im Jargon der Geldwäscher ist das eine „Indianerfurt": Das Geld wird so lange hin und her transferiert, bis sich die Spur zur ursprünglichen Straftat verliert, genauso wie es die Indianer machten, wenn sie durch Bäche wateten, um ihre Spuren zu verwischen." [18]

So wurden auch verdeckte Aktivitäten bekannt, wie die von Kardinal Spellman, Purpurträger und politischer Vermittler zwischen den Vereinigten Staaten, der CIA, dem Vatikan und Italien. Gianluigi Nuzzi dokumentiert: „Es handelte sich um den gefürchteten Kardinal Spellman, Militärbischof der Vereinigten Staaten, der 1967 gestorben ist. Er hatte in der Nachkriegszeit die Democrazia Cristiana mit Geldern finanziert, die nach Ansicht einiger Historiker aus Vermögen der von den Nazis ermordeten Juden stammten." [19]

Dass die Europäische Union mit diesen diversen Geldtransaktionen nicht einverstanden war, ist verständlich und so berichtet der Buchautor Nuzzi über eine Vereinbarung zwischen der EU und dem Vatikan: „Nach Unterzeichnung einer Währungsvereinbarung mit der Europäischen Union unterliegt der Vatikan nunmehr den in der EU geltenden Gesetzen zur Verhinderung von Geldwäsche. Eine epochale Wende, die von der internationalen Presse, allen voran die „Financial Times", auf die brisanten Enthüllungen dieses Buches zurückgeführt wurde. „Vatikano S.p.A." bringt erstmals – unvoreingenommen und gestützt auf Tausende von bis dahin unveröffentlichten Dokumenten des Heiligen Stuhls – Licht in die 20 Jahre währenden Verdunkelungsstrategien und legt die Ströme von Schmiergeldern offen, die durch die Vatikanbank IOR geschleust wurden." [20]

Somit ist das IOR nach außen betrachtet der FATF (Financial Action Task Force) beigetreten, aber nach Artikel 11 der Lateranverträge können keine Ermittlungsverfahren gegen die leitenden Mitarbeiter der Vatikanbank geführt, und können diese auch nicht in Italien vor Gericht gestellt werden. „Die Zentralstellen der katholischen Kirche sind von jeder Einmischung seitens des italienischen Staats und von der Konvertierung der Immobilien frei." [21]

Gegenüber italienischen Staatanwälten gibt sich der Vatikan sehr verschwiegen. „Entgegen der versprochenen und in der Presse verbreiteten Bereitschaft zur Aufklärung beschränkte man sich darauf, nur das preiszugeben, was nicht mehr geheimzuhalten war." [22]

So scheinen die Finanzmächtigen des Vatikans weiterhin strafrechtliche Immunität, wie sie in keinem Gesetzbuch vorgesehen ist, zu genießen. Der italienische Untersuchungsrichter Otello Lupacchini erklärte: „Denn bei Skandalen des Vatikans kam es auf alles an – auf eine politische und finanzpolitische Strategie, auf die Taktik von Verdächtigungen, Erpressung und Betrug – nur nicht auf die Religion." [23]

Der Vatikan gilt auch als der größte Immobilienbesitzer Italiens und die Werte vatikanischer Immobilien außerhalb Italiens werden im dreistelligen Millionenbereich geschätzt. Experten schätzen das Kapital der Vatikanbank auf etwa zehn bis zwölf Milliarden Euro. Die Kirchen, vor allem die Kirche Roms, sind auf Grund verfälschter Tatsachen und falscher Ideologien nicht mehr in der Lage, die notwendigen Moral- und Ethikwerte unter das Volk zu bringen und verlieren somit an der nötigen Überzeugung.

Aber wird sich die Kirche Roms mit seinem Verein der habgierigen Konservativen und zum großen Teil schon betagten Kardinäle jemals ändern? Vielen Christen fehlt hierzu der nötige Glaube …

Kapitel 8

Krisenherde

Wo wichtige Rohstoffe und vor allem Öl zu finden sind, entwickeln sich oft die blutigsten Konflikte in der Welt. Die Wissenschaftler der fünf großen deutschen Friedensforschungsinstitute errechnen, dass der Nahe Osten auch in Zukunft zu den Haupt-Krisenherden gehören wird. In Zukunft könnten Konflikte in dieser Region auch mit Atomwaffen ausgetragen werde, befürchtet der Bonner Friedensforscher Andreas Heinemann-Grüder.

Dass unser Globus kein friedlicher Planet geworden ist, lässt sich an den veröffentlichten Zahlen ablesen, die bekannt wurden. Nie zuvor wurde in der Welt so viel Geld für Rüstung ausgegeben wie im Jahr 2009. 1200 Milliarden Dollar stehen in den Wehretats für Soldaten, Panzer und anderes modernstes Kriegsgerät bereit. Nach Zeiten der Abrüstung in den 90er Jahren leistet die Welt sich damit einen neuen Rüstungsrekord. Fast die Hälfte aller Rüstungsausgaben weltweit gehen auf das Konto der Vereinigten Staaten, die im Jahr 2009 ihren Waffenexport um 30 Prozent steigerten.

Heinemann-Grüder erklärt dazu: „Das sei schlecht investiertes Geld angesichts der Gefahr durch kleine terroristische Gruppen, und es gibt geradezu ein eklatantes Missverhältnis, weil die militärischen Mittel in keiner Art und Weise zielführend bei der Bekämpfung dieser Bedrohungen sind. Sie könnten diese einschränken, aber letztlich nicht völlig verhindern." – In einem Friedensgutachten schreibt Jochen Hippler: „Der Versuch, ständig aus Europa oder den USA alle Weltprobleme lösen zu wollen, ist auf Dauer nicht machbar. Militärisches Eingreifen in Krisengebieten bringe auf lange Sicht keine Stabilität. Ich wäre schon zufrieden, wenn Regierungen darauf verzichten würden, diktatorische, das Menschenrecht verletzende Regimes zu unterstützen."

Die Vereinigten Staaten sind, historisch gesehen, eine kriegerische, machtbesessene Nation. Sie haben sich seit ihrer Gründung, bis auf zwei Jahrzehnte, immer in kriegerischen Auseinandersetzungen befunden. Seit dem Zweiten Weltkrieg haben die USA immer irgendwelche Kriege geführt, die sie zum größten Teil verloren haben. Krieg ist für die Vereinigten Staaten eine zentrale amerikanische Erfahrung. George Friedman, anerkannter US-Schriftsteller und politischer Berater schreibt in seinem Buch über die Zukunft der nächsten Jahrzehnte: „Der Krieg ist fester Bestandteil der amerikanischen Kultur und tief in der Geostrategie des Landes verwurzelt. Daher müssen wir sehr genau verstehen, welchem Zweck er dient. Die strategischen Ziele der Vereinigten Staaten entspringen der Angst. Das trifft auf viele Nationen zu. Rom hatte nie vor, die Welt zu erobern. Zu Anfang verteidigten sich die Römer lediglich, und aus diesen Anstrengungen entstand ihr Weltreich. Die Vereinigten Staaten wollten nicht mehr von den Briten angegriffen und besiegt werden, wie dies im Jahr 1812 geschah. Jede Angst, die überwunden wird, ist jedoch Auslöser für ein neues Gefühl der Verwundbarkeit und neue Angst. Nationen, die von Angst angetrieben werden, befürchten, alles zu verlieren."

So entwickelten die Vereinigten Staaten einige geostrategische Ziele, die sie erreicht haben und konsequent verteidigen:
Vollständige Kontrolle über den nordamerikanischen Kontinent durch die eigene Armee.
Vollständige Kontrolle der Küstengewässer durch die eigenen Seestreitkräfte, um jede Möglichkeit einer Invasion auszuschließen.
Vollständige Beherrschung der Weltmeere zur Sicherung des eigenen Territoriums und zur Kontrolle des internationalen Handelssystems.

Sicherung der weltweiten Seemacht gegen mögliche Konkurrenten.

Weiters schreibt George Friedman über seine USA: „Die Vereinigten Staaten sind, wie bereits ausgeführt, eine junge barbarische Nation. Sie handeln emotional und haben kein Gespür für historische Dimensionen. Dies macht sie sogar noch stärker und gibt dem Land die emotionalen Ressourcen, die nötig sind, um Hindernisse zu überwinden. Die Vereinigten Staaten werden immer überreagieren. Was momentan als kolossale Katastrophe erscheint, motiviert die Amerikaner, Probleme mit Entschiedenheit anzupacken. Eine aufsteigende Macht reagiert immer heftig. Eine reife Macht befindet sich im Gleichgewicht. Eine dekadente Macht hat die Kraft verloren, ihr Gleichgewicht zu halten.“ [1]

Die Vereinigten Staaten werden auch im 21. Jahrhundert weiterhin ihre globalen Interessen verfolgen und durch die Vielzahl der nächsten Konflikte aktiver argumentieren. Doch für die Nationen, die das amerikanische Interesse erwecken, ist deren Eingreifen eine entscheidende Erfahrung. Oft muss eine solche Nation die amerikanischen Aktionen hilflos über sich ergehen lassen und entwickelt dadurch ein Gefühl des Hasses. Dieser Hass wird umso größer, als die Vereinigten Staaten unverwundbarer und gleichgültiger werden.

Diese Gleichgültigkeit der USA gegenüber den Folgen ihrer Handlungen, gleichzeitig aber der Widerstand gegen den Hass auf die Vereinigten Staaten im Rest der Welt, werden weiterhin die Leitmotive des 21. Jahrhunderts bleiben. Solange Afghanistan, der Iran und die arabischen Länder in der islamischen Welt zerrissen sind und sich in Aufruhr befinden, haben die Vereinigten Staaten ihr strategisches Ziel erreicht.

Das wahrscheinlichste Ergebnis der Kriege im Irak und Afghanistan ist eine militärische Niederlage der USA oder ein Patt, und es wird nach außen hin den Anschein haben, als hätten beide Kriege mit einer amerikanischen Niederlage geendet. Die amerikanische Kriegsführung im Irak war in vieler Hinsicht ungeschickt. In ihrer extrem vereinfachten Sichtweise der Sachverhalte und ihrem Machtgebrauch haben sich die Vereinigten Staaten in der Tat wie undiplomatische Dilettanten verhalten. Doch dies spielt keine Rolle, denn solange die Muslime sich gegenseitig bekämpfen und die USA ihren Umsatz gemacht haben, haben die Vereinigten Staaten ihre Ziele erreicht.

„Zorn schreibt keine Geschichte. Macht dagegen sehr wohl. Macht kann durch Zorn ergänzt werden, doch sie stützt sich auf grundlegende Faktoren: Geographie, Demografie, Technologie und Kultur. So wie diese vier Faktoren die Macht der Vereinigten Staaten ausmachen, bestimmt die Macht der USA das 21. Jahrhundert", beschreibt George Friedmann in seinem Artikel „Das islamische Beben" die Lage der Vereinigten Staaten.[2]

Krisenherd Afghanistan

Seit drei Jahrzehnten herrscht in Afghanistan der Bürgerkrieg. Das Land der Afghanen ist ein unwirtliches, wildzerklüftetes Gebirgsland, das in einem Hochgebirgsknoten im Hindukusch Höhen von mehr als 7000 m erreicht. Drei Viertel des Landes bestehen aus Wüsten und Steppen, etwa ein Fünftel seiner Fläche kann als Ackerland und Weidefläche genutzt werden. Afghanistan bildet eine geographische Schlüsselstellung, die die Geschichte des Landes seit jeher entscheidend beeinflusst hat. Auf dem Weg zu ferneren, interessanteren Zielen fielen im Laufe der letzten 2500 Jahre zahlreiche Eroberer in Afghanistan ein. Dieses freiheitsliebende Volk hat jedoch einen dauerhaften Frieden bislang nie erleben dürfen. Aus der Reihe von Invasionen, die das Land bis zum Beginn unserer Zeitrechnung erlebte, ragt der Feldzug Alexander des Großen heraus. Die Eroberung Afghanistans zwischen 329 und 327 v. Chr. durch die Truppen des Makedoniers markiert den Beginn einer Epoche, in der durch die Verschmelzung hellenistischer und indisch-orientalischer Einflüsse eine glänzende Kultur entstand, die überall im Land ihre Spuren hinterlassen hat.

Fast 1000 Jahre nach der Herrschaft Alexanders begann die Islamisierung Afghanistans. Es dauerte drei Jahrhunderte, bis sich die Lehre Mohammeds endgültig durchsetzen konnte.

Die Feldzüge Dschingis-Khans und Timour-Lengs im 13. und 14. Jahrhundert hinterließen zerstörte Städte, verwüstete Oasen und unzählige Tote. Die heutigen Grenzen des Lands entwickelten sich in einer langen Folge von Auseinandersetzungen mit den Kolonialmächten Russland und England, die Afghanistan als Pufferzone zwischen ihren jeweiligen Einflussbereichen in Mittel- und Südasien betrachteten.

Afghanistan konnte zwar seine Souveränität gegen Expansionsbestrebungen der Russen und Briten behaupten. Durch die erzwungene Isolation wurden einerseits alte Traditionen bewahrt, aber andererseits auch der Anschluss an das 20. Jahrhundert verpasst.

Seit den dreißiger Jahren bemühte sich die damalige Sowjetunion mit Afghanistan stärkere Beziehungen aufzubauen. 1931 wird zwischen beiden Staaten ein Nichtangriffspakt unterzeichnet und die UdSSR verspricht ferner intensivere Unterstützung beim Bau von Wasserkraftwerken, Bewässerungsanlagen und Ausbau des afghanischen Straßennetzes. In Moskau wird im Jahr 1955 ein Fünfjahresvertrag unterzeichnet, das beiden Vertragspartnern das Recht einräumt, Waren ohne Beschränkungen durch das Gebiet des anderen zu transportieren. Hinter diesem Vertrag stand schon eine gewisse Spekulation. In den weiteren Jahren unterstützte die Sowjetunion Afghanistan mit weiteren großzügigen, langfristigen Darlehen von einigen hundert Millionen Dollar. 1956 schenkte die

UdSSR dem afghanischen König sogar ein Flugzeug der Marke Iljuschin.

In einem späteren Communique wird festgehalten, die Sowjetunion werde Afghanistan ohne irgendwelche politischen Bedingungen finanzielle und materielle Hilfe in Aussicht stellen, um Erdölbohrungen im nördlichen Afghanistan durchzuführen. Im Jänner 1960 erfolgte die Unterzeichnung eines Vertrags über den Bau einer 750 km langen Fernstraße in Nordafghanistan und eines Tunnels von der UdSSR nach Afghanistan. Für dieses Vorhaben stellte die Sowjetunion 1500 Bagger und Bulldozer zur Verfügung.

Der wahre Grund dieser außergewöhnlichen Unterstützung war rein strategischer Natur. Die UdSSR, unter ihrem damaligen Verteidigungsminister Georgi Konstantinowitsch Schukow, erstellte Pläne, dass sie, so wie die Vereinigten Staaten, auf allen Meeren der Welt präsent sein könnten. So war der viermalige Held der Sowjetunion und mit mehreren Auszeichnungen geehrte Marschall Schukow bestrebt, auch im Indischen Ozean einen Flottenstützpunkt zu errichten. Nach dieser Idee wollte der kommunistische Stratege Afghanistan zu einem Bündnisstaat machen, später den Süden von Pakistan, das Gebiet Belutschistan, einnehmen und unweit der Straße von Hormus einen militärischen Stützpunkt der Sowjetunion errichten. Somit könnte die Militärmacht UdSSR auch besser den internationalen Öltransport überblicken, im Indischen Ozean stärker agieren und ein militärisches Gegengewicht zu den USA schaffen.

Im Jahr 1973 wurde König Mohammed Zahir Schah durch einen Staatsstreich gestürzt und die Republik Afghanistan ausgerufen. Sein Nachfolger kam 1978 bei einem Militärputsch ums Leben.

1975 verlängerten beide Länder noch die Gültigkeit des sowjetisch-afghanischen Neutralitäts- und Nichtangriffpaktes um weitere zehn Jahre, aber still und heimlich unterminierten die Sowjets die sehr stark zerstrittenen afghanischen Nachfolgeregierungen. Einige Präsidenten wurden gestürzt und die nachfolgenden Präsidenten wurden immer mehr und mehr von den Sowjets beeinflusst.

Am 27. Dezember 1979 marschierten, unter dem Vorwand der Hilfeleistung, sowjetische Truppen in Kabul ein und kilometerlange Militärkolonnen passierten die von den Sowjets erbauten Tunnel und Fernstraßen.

Drei Tage vor dem 24. Dezember, als die Luftbrücke von Truppen und Kriegsmaterial anlief, hatten die Sowjets bereits schwere Panzer, Versorgungskonvois und Truppen über den Grenzfluss Amu Darya nach Afghanistan gebracht. Die wichtigsten Flughäfen des Landes, Mazar-i-Scharif, Jalalabad und Kandahar waren schon in sowjetischer Hand und der Kabuler Flughafen wurde bereits von den Russen kontrolliert. Die Kolonnen der Roten Armee überquerten den Fluss auf einer Pontonbrücke. Am nächsten Tag bewegte sich auf der Fernstraße Nord über den Salang-Pass eine endlose Kolonne von Truppen- und Materialkonvois in Richtung Kabul. Ende des Jahres befanden sich bereits 45000 sowjetische Soldaten in Afghanistan. Am Ende der dritten Januarwoche 1980 waren es bereits 70000, und Ende Februar 85000 Mann. Mitte Mai war diese Zahl bereits auf 115000 Mann angewachsen. Der sowjetische Coup war eine unverhüllte militärische Intervention einer fremden Macht gegen einen schwachen nationalen Widerstand. Der in den Jahren zuvor geschlossene Beistandspakt lieferte die zweifelhafte Rechtfertigungsgrundlage für dieses Eingreifen.

Die Regierung, die sich durch Misswirtschaft und Korruption jeder moralischen Legitimität beraubte, war nicht in der Lage, den Widerstand zu brechen. In einer Radioansprache betonte der moskautreue Präsident Barbak Karmal die freundlichen und brüderlichen Beziehungen zur Sowjetunion.

Die Widerstandskämpfer der verschiedenen Stämme einte ausschließlich der Hass auf das als kommunistisch und gottlos angeprangerte Regime in Kabul. In wichtigen Punkten waren die gebildeten Rebellengruppen jedoch voll und ganz zerstritten. Voneinander abweichende politische Ziele, militärische Unterstützung durch die USA, religiöse Differenzen zwischen sunnitischen und schiitischen Moslems und nicht zuletzt unterschiedliche Stammeszugehörigkeiten, deren Bedeutung gar nicht hoch genug eingeschätzt werden kann, führten zu dem im Jahr 1989 erfolgten Rückzug der sowjetischen Armee und zu einer völlig unübersichtlichen Lage, in der sich die einzelnen Widerstandsgruppen misstrauisch belauerten.[3]

Nachdem die USA, die den Rebellen, die sich Mudschaheddin nannten, durch Waffenlieferungen den Rücken gestärkt hatten, und die Besatzer in die Enge getrieben wurden, kam es zum Abzug der Sowjetarmee. Mit den von den USA gelieferten Waffen im Wert von mehreren Milliarden Dollar wurden auch das Luft-Luft-Raketensystem Stinger geliefert, mit denen die Widerstandskämpfer über 270 Kampfflugzeuge der Sowjets vom Himmel geholt hatten. Berichten zufolge lieferten die USA den Afghanen etwa 2000 Stinger-Raketen.

Nach dem Abzug der Sowjets waren die USA besorgt, die restlichen Waffen könnten in falsche Hände geraten. Der Geheimdienst CIA wollte sie zurückkaufen, erhielt Berichten zufolge aber nur wenige Dutzend. Die meisten übrigen Raketen gelangten später in den Besitz der Taliban.

Fünf Jahre nach dem Ende der sowjetischen Besatzung Afghanistans, als verschiedene Gruppierungen der Mudschaheddin untereinander in bewaffnete Auseinandersetzungen geraten waren, formierten sich die Taliban unter Mullah Omar politisch und militärisch in der Nähe von Kandahar. Ihre Gründung wurde von

Pakistan finanziell und materiell unterstützt. Auch die USA waren anfangs an den Taliban interessiert, da sie sich von ihrer Herrschaft notwendige Stabilität erhofften, um von der amerikanischen Firma Unocal eine Erdgaspipeline zwischen Turkmenistan und Pakistan bauen zu lassen. Dabei spielte auch eine Rolle, dass Washington in den Taliban zumindest bis 1996 eine anti-schiitische, anti-iranische und pro-westliche Bewegung gesehen hatte. [4]

Obwohl ihnen vorgeworfen wurde, Terroristen Unterschlupf und Unterstützung zu gewähren, wurden die Taliban von Staaten wie Saudi Arabien, Vereinigte Arabische Emirate und Pakistan diplomatisch anerkannt. Diese Vorschläge verstärkten sich nach den Anschlägen von 11. September 2001 und infolgedessen wurde die von den USA erhobene Forderung nach Auslieferung einiger Verdächtiger international unterstützt.

Die Vereinigten Staaten und ihre Verbündeten verfolgten dabei das Ziel, die seit 1996 herrschende Taliban-Regierung zu stürzen und die Terrororganisation Al-Quaida zu bekämpfen, die für die Terroranschläge am 11. September 2001 verantwortlich gemacht wurde. Es könnte aber auch sein, dass die USA in diesem asiatischen Land im Hintergrund noch andere Interessen haben, denn nach einem Geheimbericht eines KGB-Spions der damaligen UdSSR soll sich in Afghanistan ein beträchtliches Lithiumvorkommen befinden, und dieses Metall wird in den nächsten Jahrzehnten eine enorm wichtige Rolle spielen.

Durch die Machtbesessenheit einiger sowjetischer Militärstrategen wurde aus dem Land Afghanistan ein Kriegsherd mit einer Dauer von über 30 Jahren. Dass dieser Krieg ein positives Ende finden könnte, dazu fehlt der Mehrheit der Beobachter der Glaube. Mit einem solchen, durch fundamentalistische Aktivitäten beherrschten Krieg wie in Afghanistan, ist kein Friede in Sicht, und auch kein Truppenabzug in absehbarer Zeit zu erwarten.

Der lange geplante Krieg

Der Krieg gegen den Irak war bereits seit langer Zeit von den Vereinigten Staaten vorbereitet. Bis September 2002 wurde das militärische Vorgehen mit dem Argument begründet, der Irak verhindere die Prüfung seiner Waffenarsenale durch die UNO-Waffeninspektoren. Nachdem aber der Irak auf Druck der UNO durch den Waffeninspektor Hans Blix eine Einwilligung erlaubte, änderte die US-Administration kurzerhand ihr Vorgehen und bereiteten sich vor, den irakischen Präsidenten Saddam Hussein zu stürzen. Im Zuge dieses Vorhabens und mit dem Argument gegen den Terrorismus zu kämpfen, verdächtigten die USA den Irak der Gefährdung der internationalen Sicherheit.

Als Hauptgründe für einen geplanten Irakkrieg führte Colin Powell vor dem UN-Sicherheitsrat an, dass Saddam Hussein über Massenvernichtungswaffen verfüge und dass er in die Anschläge vom 11. September verwickelt gewesen sei. Mittlerweile haben sich beide Behauptungen als falsch erwiesen und George W. Bush hat nach dem Rücktritt Colin Powells dies auch später öffentlich zugegeben.

Der Irak besitzt nach Saudi-Arabien die zweitgrößten Erdölreserven der Welt. Das irakische Erdöl ist extrem profitabel und würde, nachdem zahlreiche Lagerstätten in den nächsten zehn bis fünfzehn Jahren erschöpft sein werden, noch riesige Gewinne bringen. Die USA sahen daher eine Rechtfertigung für einen Krieg, um den strategischen Rivalen China, Frankreich und Russland, die bereits Verträge mit dem Irak hatten, diese gewaltigen Ressourcen abzujagen.

Der damalige Präsident der EU-Kommission, Romano Prodi, warnte die USA Mitte September 2002 davor, den Irak ohne UN-Mandat anzugreifen. „Ein Krieg, der weder von der UNO noch vom Weltsicherheitsrat gebilligt wurde, wird keine Lösung im

Kampf gegen den Terrorismus bringen", sagte Prodi. Die USA liefen bei einem Alleingang im Irak Gefahr, ihre Alliierten zu verlieren. „In diesem Fall wird man die weltweite Allianz gegen den Terror zerstören", so Präsident Prodi.[5]

In einem bemerkenswerten Artikel „Vereinigte Staaten: Kampf um Öl statt Krieg gegen Terror", schreibt die FAZ am 16. 9. 2002: „Es ist ein offenes Geheimnis, dass Washington seine Abhängigkeit von Saudi-Arabien verringern möchte. Der Anteil an saudischem Öl bei den amerikanischen Importen wurde in den letzten zehn Jahren kontinuierlich zurückgeschraubt. Das Regime in Saudi-Arabien ist instabil. Experten befürchten über kurz und lang seinen Zusammenbruch. Im schlimmsten Fall könnten dann Islamisten die Macht ergreifen und die würden das verhasste Amerika sicher nicht mehr so bereitwillig mit Erdöl beliefern."[6]

Bei einem geplanten Angriff auf den Irak ging es nicht nur um den Sturz einer Unrechtsregierung oder Terrorbekämpfung, sondern um die Zukunft der amerikanischen Energieversorgung, munkelten damals bereits schon viele amerikakritische Stimmen.

Die Invasion begann am 20. März 2003 ohne offizielle Kriegserklärung und endete nach den Angaben der amerikanischen Politiker im April desselben Jahres mit der Kapitulation der irakischen Streitkräfte. In Teilen des Landes brachen jedoch auf Grund zweier Religionsgemeinschaften, Saddam Husseins Regimeanhänger, der irakischen Baath-Partei und dem geistlichen Führer Muqtada as-Sadr, nach einer relativ kurzen Phase heftige bürgerkriegsähnliche Zustände aus.

Die irakische Bevölkerung wurde von Terroranschlägen, Kriegshandlungen und täglicher Gewalttätigkeit heimgesucht. Guerillas agierten gegen die Besatzungstruppen, und die neu formierten irakischen Sicherheitskräfte und die US-amerikanische Besatzungsmacht wurden jahrelang nach Beginn der Invasion von der

Mehrheit der Bevölkerung abgelehnt. Die Aufständischen waren in verschiedene Gruppierungen aufgeteilt und bekämpften sich auch gegenseitig, sowie auch Zivilisten anderer Konfession oder ethnischer Zugehörigkeit. Die damaligen Förderverträge der Franzosen und Russen für Erdöl wurden geändert und die eigentlichen Nutznießer dieser aggressiven Invasion waren die Mächtigen in der ominösen Regierung Bush, vor allem der damalige geschäftsgierige Vize-Präsident und Besitzer des Petrologistik-Konzerns Halliburton, Dick Cheney, und Tausende amerikanische Soldaten haben für die verfälschte Ideologie und das Machtstreben einiger Mächtigen ihr Leben lassen müssen. [7]

Im August 2010 sind nun die Vereinigten Staaten bereit, siebeneinhalb Jahre nach der Invasion, den Irak zu verlassen. Grund zum Feiern haben die USA nicht, denn sie hinterlassen ein Land in Chaos und Präsident Obama erklärte: „Es gibt keine historischen Momente zu feiern, denn die harte Wahrheit ist, dass wir das Ende der Opfer noch nicht erlebt haben.“ [8]

„Das US-Verteidigungsministerium geht von 4418 getöteten US-Soldaten aus. Etwa 32000 wurden verwundet. Die Statistik zählt 197 getötete britische Soldaten und weitere 137 Tote verbündeter Streitkräfte. 9500 irakische Soldaten und Polizisten kamen ums Leben. Mehr als 112600 irakische Zivilisten wurden getötet. Außerdem starben 141 Journalisten, darunter 119 Iraker und zwölf Europäer im Krieg. Bis Juni 2010 gab es mindestens 2160 Terroranschläge, davon mehr als ein Drittel Selbstmordanschläge. Dabei wurden 20400 Menschen getötet und etwa 43700 verletzt.“ [9]

Spannungsfeld Nigeria

Derzeit gibt es zahlreiche Krisenherde: der Gazastreifen, Nordkorea, Somalia, das Kaukasusgebiet und viele andere, aber es ist interessant, über weniger bekannte Krisengebiete zu berichten.

Noch ist in den europäischen Medien wenig über die chaotischen Zustände in Nigeria zu lesen, aber in den nächsten Jahren könnte sich dieser Staat zu einem enormen Krisenherd entwickeln. Nigeria wird als der „Riese Westafrikas" bezeichnet, ist aber trotz seiner enormen Erdölvorkommen eines der ärmsten Länder des afrikanischen Kontinents. Der bevölkerungsreichste Staat mit 150 Millionen Menschen wäre das reichste Land Afrikas, wenn nicht die überaus korrupte Regierung durch die Verträge mit den Erdölkonzernen das eigene Volk aushungern ließe. Eine Vielzahl von transkontinentalen Gas- und Ölkonzernen beuten die Vorkommen des Landes vor allem im Nigerdelta aus. An vorderster Front agiert die mächtige Royal Dutch Shell Group mit über eintausend Ölquellen und einem über sechstausend Kilometer langen Pipeline-System.

Das Unternehmen Shell ist ein Konglomerat aus mehr als 1700 verschiedenen, auf allen Kontinenten tätigen Firmen. 40 Prozent des Konzerns gehören der britischen Shell Transport and Trading Company und der größte Teil der Gesellschaft der niederländischen Royal Dutch Shell.

Der Schweizer Bürger, Soziologe und emeritierte Professor der Universität Genf, Jean Ziegler, befasst sich in seinem Buch über den entstehenden Hass auf den Westen mit der unmenschlichen Ausbeutung ärmerer Länder. Über dieses eigentlich reiche afrikanische Land berichtet er: „In Nigeria verwertet Shell seine Rechte über vier verschiedene Unternehmen: Die Shell Petroleum Development Company kontrolliert ein Gebiet von mehr als 30000 Quadratkilometern des Nigerdeltas, 6000 Kilometer Pipelines, 90 Erdölfelder, 73 Pumpstationen und, auf der Insel Bonny und in Forcados, die beiden größten Ausfuhrterminals. In diesen Unternehmen beschäftigt Shell 4500 ausländische Angestellte und über 20000 einheimische Mitarbeiter.

An den Bohrlöchern wird Erdöl gefördert. Doch mit dem Öl tritt auch Gas aus. Dieses Gas enthält Gifte, die für den Menschen gefährlich sind. In den Ländern mit rechtsstaatlichen Verhältnissen sind Filter Pflicht: Mit ihnen lässt sich das Gas reinigen, bevor es in die Atmosphäre gelangt. Doch in Nigeria wird das Gas aus dem Delta am Ende langer Schornsteine verbrannt. Tag und Nacht flammen die Fackeln, gigantische Feuersäulen, die in den Himmel schießen. Vollkommen straffrei. Amerikanische Forscher schätzen, dass die Ölfelder des Deltas mehr Kohlendioxid ausstoßen als alle Ölfelder der Erde zusammen. Das Abfackeln des so genannten gebundenen Gases in Nigeria trägt messbar enorm zur weltweiten Emission von Treibhausgasen bei. Weil viele der Fackeltürme ineffizient arbeiten, wird ein großer Teil der Emission als Methangas frei, das noch stärker zur globalen Erwärmung beiträgt als Kohlendioxid.

Die Verschmutzung der Umgebung und die Ölmengen, die bei diversen Zwischenfällen verloren gehen, spielen für das Unternehmen Shell keine Rolle. Erdölexperten schätzen, dass allein in Nigeria jedes Jahr mindestens so viel Erdöl aus undichten Bohrlöchern ins Meer fließt wie der Öltanker Exxon Valdez im Jahr 1989, bei der bisher größten Umweltkatastrophe vor der Küste Alaskas, verloren hat. Diese von den Medien nicht hochgespielte Katastrophe ist täglicher Alltag und wird offenbar auch von den Verantwortlichen achselzuckend hingenommen. Für Mensch und Tier, für Pflanzen und Trinkwasser hat das hingegen katastrophale Folgen. Da wir leider tagtäglich auf die Energie- und Rohstoffquelle Öl angewiesen sind, wird die Profitgier dieser Konzerne nicht angeklagt und verurteilt.“ [10]

Die in Nigeria tätigen Ölgesellschaften behaupten, dass sie bei ihrer Arbeit höchste Umweltstandards einhalten und dass die Ölförderung nur geringe Auswirkungen auf die Umwelt des Nigerdeltas hat. Das sah der Sprecher der Bewegung für das Überleben des Ogoni-Volkes, Ken Saro-Wiwa, ein weltweit bekannter Schriftsteller, der sich gegen die Willkür der Großkonzerne gestellt hatte und nach seiner Verhaftung am 10. November 1995 gehängt wurde, anders. Er stellte fest, dass Shell und andere Multis die Umwelt im Delta und in anderen Öl produzierenden Gebieten seit drei Jahrzehnten durch rücksichtslose Ölförderung oder ökologische Kriegsführung völlig verwüstet haben. Ein ökologischer Krieg tötet auf allen Ebenen: Menschenleben, Flora, Fauna, die Luft und schließlich stirbt das Land.

Ein niederländischer Biologe stellte an den meisten Umweltstudien, die im Nigerdelta durchgeführt wurden, gravierende Mängel fest. Übliche Studien stammen in der Regel von nigerianischen Universitäten oder privaten korrupten Beratungsfirmen. Zu den bereits erkannten Problemen gehören Überflutungen und die Erosion der Küsten, Sedimentbildungen und Verschlickungen, Verunreinigungen und Versiegen der Trinkwasserreserven sowie Verödungen der landwirtschaftlichen Böden durch die enorme Ölverschmutzung.

„Überall in den Ölfördergebieten flattert die weiße Shell-Fahne mit der berühmten gelben Muschel und dem roten Rand. Doch in den Augen der unterernährten Bauern und Fischer, ihrer Kinder und Frauen ist diese Flagge ein Symbol der Arroganz und Unterdrückung. Denn die Landwirtschaft siecht dahin, die Ölpalmen ersticken an den schwarzen Qualmwolken, die sich über den Fackeln bilden. So haben die Ausbeuter der transkontinentalen Ölkonzerne mit ihrer hemmungslosen Profitgier die Existenz von Millionen nigerianischen Fischern, Landwirten, Viehzüchtern und Gemüsebauern bereits zerstört.“ [11]

Mittlerweile gibt es einen bewaffneten Widerstand: die MEND (Movement for the Emancipation of the Niger Delta – Befreiungsbewegung für das Nigerdelta) besitzt bereits große militärische Schlagkraft. Mit Zodiac-Schlauchbooten, Satellitentelefonen, Granatwerfern und Maschinengewehren fügen sie den westlichen Ölgesellschaften erheblichen Schaden zu. Dieser bewaffnete Widerstand wird von Jahr zu Jahr waghalsiger und effizienter. Im Morgengrauen des 14. Mai 2009 stürmten maskierte MEND-Kämpfer vor der nigerianischen Südküste das Hochseeschiff MW-The Spirit und brachten fünfzehn ausländische Geiseln in ihre Gewalt.[12]

Die Nobelpreisträgerin Wole Soyinka, selbst Nigerianerin, stellt fest: „In Nigeria ist die Demokratie besudelt … Unsere Nation wird keinen Schritt weiterkommen, solange die Paten entscheiden können, welche Gesetze angewendet werden … In Nigeria ist die Politik Ekel erregend.“ [13]

In den britischen Financial Times wurde berichtet: „Die neu entstandene Herrschaftsklasse der nigerianischen Politiker und Geschäftsleute scheint unempfindlich für das Leiden der Armen zu sein … obwohl diese doch weit zahlreicher als jene sind.“ [14]

„Die Weltbank ist die größte Entwicklungsinstitution innerhalb des Systems der Vereinten Nationen. Laut ihrer eigenen Statuten ist es ihre Aufgabe, die staatlichen Entwicklungsprojekte der ärmeren Länder der Erde zu fördern, zu unterstützen und zu finanzieren.“

Doch in Nigeria (wie in zahlreichen anderen Ländern des Südens, die sich unter der Zuchtrute des Westens befinden) sieht die Wirklichkeit ganz anders aus. Die Weltbank ist hier ganz unverhohlen den Konzernherren, also der Privatwirtschaft des Westens, zu Diensten. Sie finanziert ein Minimum an sozialen Investitionen, die dazu bestimmt sind, den Volkszorn zu besänftigen. Die Weltbank ist aufs Engste mit den Konzernen und privaten Banken an der Wall Street verflochten. Seit ihrer Gründung im Jahr 1944 wurde sie stets von einem Amerikaner geleitet und die Entscheidungen werden alleine in Washington getroffen.

Es wäre auch eine Aufgabe der UNO, dieser zwischenstaatlichen Organisation, an der 192 souveräne Staaten beteiligt sind, die Menschenrechte in diesem Staat genauer unter die Lupe zu nehmen. In der Allgemeinen Erklärung der Menschenrechte steht im Artikel 1: „Alle Menschen sind frei und gleich an Würde und Rechten geboren. Sie sind mit Vernunft und Gewissen begabt und sollen einander im Geiste der Brüderlichkeit begegnen." Und im Artikel 3: „Jeder Mensch hat das Recht auf Leben, Freiheit und Sicherheit der Person." Doch für die machtgierige Oligarchie der Erdölkonzerne sind solche Worte tabu und fremd.

Seit der Unabhängigkeit im Jahr 1960 von Großbritannien hat sich für das nigerianische Volk nicht viel geändert. In dem Gedächtnis des Volkes existiert noch immer das Leid unter der mächtigen, britischen Kolonialmacht mit ihrer maßlosen Grausamkeit und namenlosen Schändlichkeit. Die Ausbeutung, Versklavung und Missachtung der Menschen prägt noch immer die Seelen dieser gequälten Völker und schürt den Hass auf die beherrschende Macht des Westens. Denn in den Gedanken dieser Menschen ist zu lesen: Die Sklavenhändler sind nicht tot; sie haben sich nur in Kapitalspekulanten verwandelt.

Als Kolonialherr und in der Folge als wirtschaftlicher Ausbeuter war der Westen immer von dem Drang besessen, die vererbte Volkskultur, die besondere Identität und die verschiedenen Lebenseinstellungen der beherrschten Völker zu vernichten.

Am Ende eines Vortrags schloss der algerische Regierungspräsident Abdelaziz Bouteflika mit den Worten: „Es muss die Zeit kommen, da die Ungerechtigkeiten der Vergangenheit wieder gutgemacht und damit die Funktions- und Gleichgewichtsstörungen eines Systems beseitigt werden, das unbarmherzig auch weiterhin den Mächtigsten zu noch mehr Reichtum verhilft und die Schwächsten für alle Ewigkeit zum Elend verurteilt."

Viele Menschen der westlichen Welt hoffen auf eine Verbesserung der Menschenrechte durch den neuen amerikanischen Präsidenten Obama. Die Politik der Vereinigten Staaten wird auch unter Obama im Wesentlichen von geostrategischen Interessen, also vom Pentagon, der CIA, den riesigen Wirtschaftsbünden und Geheimorganisationen beherrscht. Der Universalschutz der Menschenrechte ist – all seinen schönen Reden zum Trotz – keine Priorität für Barack Obama. Und dies schürt weiterhin die Unglaubwürdigkeit und somit auch den Hass auf den Westen.

Im Süden des Landes leben überwiegend negride Völker wie die Yoruba und Ibo, im Norden sind neben den ebenfalls negriden Haussa die hellhäutigen Fulbe der dominierende Volksstamm. Die ethnische Zersplitterung des Landes ist eines der größten Probleme Nigerias. Die Konflikte zwischen den Volksgruppen führen immer wieder zu Auseinandersetzungen und erschweren die nationale Einheit. Hiezu kommt, dass die Bewohner des Nordens zum großen Teil Moslems sind, während die Bevölkerung des Südens überwiegend Stammesreligionen angehört oder sich zum Christentum bekennt.

Diese Unterdrückung und Ausbeutung eines so großen Volkes ist für radikale, fundamentalistische Religionsgruppen, die unter dem Banner des Islams agieren, ein willkommenes Fressen. Die Gruppe der Wahabbiten, die von Saudi Arabien und Pakistan unterstützt werden, versuchen bereits in Nigeria und anderen afrikanischen Staaten die Volksstämme zu islamisieren. Die Wahabbiten errichten neue Moscheevereine, die in ihren Schulen Schulausspeisungen anbieten, um damit ärmere Schichten anzuziehen, deren Kinder sie dann im Sinne einer reinen islamischen Lehre erziehen können. Das hat bereits dazu geführt, dass Koranschüler nicht nur traditionelle heidnische Gottesdienste gestört haben, sondern auch die Gotteshäuser einiger christlichen Gemeinden zerstört haben. Heute dominiert bei dem Yoruba-Stamm mit 45 Prozent ein von der alten Naturreligion stark beeinflusster Islam, gefolgt von den neuen wahabbitischen Moslemgemeinden mit bereits 15 Prozent, und einem ebenso stark beeinflussten Christentum. Die neuesten Nachrichten aus Nigeria berichten bereits von schweren Überfällen von muslimischen Volksgruppen gegen Volksstämme mit christlichen Wurzeln. Bei diversen Überfällen starben in verschiedenen Regionen 300 beziehungsweise 500 Menschen und im Jahr 2008 wurden 800 Menschen massakriert, 2001 kamen bei diversen Konflikten über 1000 Menschen zu Tode.

Die Zentralregierung ist im sechstgrößten Erdölland der Welt, aufgrund des inaktiven, korrupten und kranken Präsidenten Adua, sehr geschwächt; die religiösen und auch sozialen Konflikte werden durch die Blindheit der Öl-Großkonzerne ansteigen und zu weiteren Eskalationen führen. Ein Brandherd an der Westküste Afrikas würde die gesamte Region destabilisieren.

Möglicher Krisenherd Bolivien

Eine bemerkenswerte Parallele zu Nigeria ergibt sich bei der Beobachtung der politischen und wirtschaftlichen Struktur Boliviens. Dieser Staat gehört wohl zu den ärmsten Ländern der Erde, wäre aber auf Grund der enormen Bodenschätze das reichste Land Südamerikas. Die Hälfte der Bewohner sind Hochland-Indianer (Aymara, Azteken und Ketschua), Nachkommen der Inkas. Die Mittelschichten sind Mischlinge, Mestizen; die Oberschicht besteht aus den Nachkommen der altspanischen Einwanderer und den in den letzten Jahrzehnten zugewanderten Europäern. Wirtschaftlich lebt das Land hauptsächlich vom Bergbau im Hochland des Staates, wo Blei, Zink, Silber, Kupfer, Antimon, Wolfram, Wismut und auch Erdöl gewonnen wird.

Durch den bedeutendsten Führer im Unabhängigkeitskampf der südamerikanischen Kreolen und zum Nationalhelden ernannten Simon Bolivar wurde Bolivien 1825 zum Freistaat.

Bereits vor 450 Jahren begannen die Spanier die Rohstoffe zu fördern. Mit Waffengewalt trieben sie die einheimischen Indios in die Stollen. Die Spanier suchten und förderten den Reichtum und die Indios fanden den Tod. Zwischen 1545 und 1825 starben schätzungsweise 8 Millionen indigener Bolivianer in Silberbergwerken. Die Zeichen der spanischen Inquisition sind bei den Ureinwohnern noch immer spürbar. Spuren der langen Herrschaft goldgieriger Konquistadoren, die die Inkas wie Tiere behandelt haben, sind noch im Volk verankert. Die schrecklichen Massenmorde an den Ureinwohnern durch die iberische Soldateska prägt noch immer die Einstellung gegenüber der weißen Rasse. Die spanischen Eroberer stellten sich damals die Frage, ob diese Menschen überhaupt eine Seele haben und ob sie Geschöpfe eines lebendigen Gottes oder doch nur eine menschenähnliche Unterart der Menschheit sind.

Ein spanischer Chronist notierte die seltsamen europäischen Sitten, die von den Konquistadoren praktiziert wurde. „… Manchmal fasst man die Kinder an Füßen und zerschmettert ihre Schädel an Felsen! Oder sie werden auf den Rost gelegt, ertränkt, den gefräßigen Hunden vorgeworfen, die sie wie Schweine zerreißen! Sie wetten, wer den Bauch einer Frau mit einem einzigen Messerhieb öffnen kann! … Ich habe Grausamkeiten gesehen, die so ungeheuerlich waren, dass man sie sich nicht vorzustellen wagt. Keine Sprache, kein Bericht kann wiedergeben, was ich gesehen habe.“ [15]

Für die brutalen Eroberer, die kein Verständnis für eine fremde Kultur hatten, waren die Astronomen, Bauern, die genialen Baumeister, Mathematiker und Botaniker, die dieses Volk hervorgebracht hatte, nur tierähnliche Wesen, denn das Interesse galt allein den Edelmetallen Gold und Silber. Das Ausmaß der Beuteraubzüge, das die Spanier in den drei Jahrhunderten aus dem Land, den Bergen und Wäldern geplündert haben, übersteigt jede Vorstellungskraft.

Jean Ziegler, Journalist und Buchautor: „Natürlich ist keine territoriale Eroberung, keine dauerhafte Herrschaft möglich ohne die Mithilfe eines ideologischen Unterdrückungsapparates, der rücksichtslos, zielstrebig und effizient arbeitet. Der Apparat, der diese Funktion für die indianischen Völker der Anden übernahm, war die Heilige Inquisition. Ihr offizieller Name war harmlos: Glaubensgericht (Inqusitio haereticae pravitatis oder Sanctum Officium). Die Inquisition reicht bis ins 12. Jahrhundert zurück. Sie entstand auf Beschluss des Konzils von Verona (1184), das den lombardischen Bischöfen aufgetragen hatte, die Ketzer, die die Konversion verweigerten, der Justiz zu übergeben.“ [16]

Seit der Zeit, als die Spanier im 16. Jahrhundert das Land eroberten, wurde es immer wieder ausgebeutet und unterdrückt. In den Jahrhunderten bildete sich eine elitäre Herrscherschicht, welche von der weißen Rasse dominiert wurde und sich durch weitere Ausbeutungen des Landes bereicherte.

Bolivien besitzt das weltweit drittgrößte Vorkommen an Flüssiggas, einen beträchtlichen Teil an Erdölvorkommen und eine reichliche Anzahl an strategisch wichtigen Erzen. Zwei Drittel der Bevölkerung leben in Armut, 40 Prozent gar in extremer Armut, obwohl Bolivien über die größten freien Erdgasvorkommen Südamerikas verfügt. Der an der Südwestgrenze zu Chile gelegene Salzsee Salar de Uyuni beherbergt schätzungsweise 5,4 Millionen Tonnen an Lithium, dem leichtesten Metall der Erde; das ist fast die Hälfte des weltweiten Gesamtvorkommens. Ein Element, das für Fotoindustrie und Fernsehgeräte sowie für elektrische Batterien der zukunftsorientierten, modernen Elektroautos in den nächsten Jahrzehnten immer mehr gebraucht wird. Wegen der weltweit zunehmenden Herstellung von Lithium-Ionen-Akkumulatoren wird dem Metall Lithium ein Nachfrageboom vorhergesagt. Die moderne Welt der Zukunft braucht weniger Erdöl, aber sie braucht immer mehr Lithium. Und so könnte eines der ärmsten Länder der Welt vielleicht das neue Saudi-Arabien des gefragten Metalls Lithium werden. [17]

Nach dem Zweiten Weltkrieg hat Bolivien – wie auch andere südamerikanische Staaten und auch die Vereinigten Staaten – eine große Anzahl Nazis aus Deutschland und Österreich aufgenommen, kroatische Ustaschi, die für das Dritte Reich gekämpft haben und viele von Interpol gesuchte Verbrecher aus Ungarn, Lettland und der Ukraine eingeschleust. So ist es auch interessant zu erfahren, wie die führende Schicht dieser Länder, diese zum Teil sehr qualifizierten Männer eingeschleust und eingesetzt hat.

Nachdem vielen hochrangigen SS-Offizieren, Direktoren von großen Industrieunternehmen, die bereits 1944 an einen Sieg Hitlers nicht mehr geglaubt haben, diese Situation bewusst wurde, sahen sie in einer Auswanderung in südamerikanische Länder eine neue Zukunft. Zum Teil waren die Regierungen dieser Länder bemüht, deutsche Fachkräfte in Militär und Technik anzuwerben und für das Land zu gewinnen. Der Großteil der geflüchteten Nationalsozialisten entkam über italienische Häfen nach Übersee. Die Fluchtrouten führten über Südtirol, Rom oder Genua nach Süd- und auch nach Nordamerika. Im Spionagejargon bezeichnete man diese Fluchtrouten als „Rattenlinien", über die diese Personen in bestimmte Gebiete eingeschleust wurden. Ehemalige Nationalsozialisten, die in interessanten Gebieten und Bereichen tätig waren, wurden auch von den US-Militärs als so genannte „antikommunistische Fachleute" gebraucht und eingebürgert. Bevorzugt waren Spezialisten auf den Gebiet Atomwissenschaft, Technik, Chemie und auch Raumfahrtexperten.

Zu Beginn des Kalten Krieges wurden speziell Geheimdienstfachexperten aus der SS und der Wehrmacht von den US-Militärs als „recycled" bezeichnet und gegen den gemeinsamen kommunistischen Feind eingesetzt. Einige Kriegsverbrecher und Verantwortliche des Holocaust wurden somit von den US-Geheimdiensten vor Strafverfolgung geschützt. Ein ganz besonderer Fall war der des ehemaligen Gestapo-Chefs von Lyon, Klaus Barbie. Er wurde als Informant von den US-Behörden angeworben und somit der französischen Justiz entzogen. Klaus Barbie war verantwortlich für die Verhaftung und Ermordung Hunderter französischer Widerstandskämpfer und jüdischer Kinder von Izieu. Der als „Schlächter von Lyon" bekannte Mörder blieb auch in Südamerika weiterhin seiner Ideologie treu und ein überzeugter Nazianhänger. Klaus Barbie wurde unter zwei aufeinander folgenden Militärdiktatoren bolivianischer Polizeichef und stand so unter dem Schutz dieser elitären Oligarchie der Machtelite. Barbie spielte auch eine Schlüsselrolle bei der Gefangennahme und Ermordung von Che Guevara, und als Verwalter der Gesellschaft Transmaritima Boliviana erwarb er in diesen Jahren ein beträchtliches Vermögen.

Zahlreiche NS-Kriegsverbrecher, unter ihnen Josef Mengele, Erich Priebke und Adolf Eichmann, entzogen sich der drohenden Strafverfahren durch Flucht nach Südamerika. Als Fluchthelfer dienten vor allem internationale Organisationen wie das Rote Kreuz, und eine entscheidende Rolle spielten kirchliche Kreise mit starker Unterstützung des Vatikans. Die wichtigste Fluchthilfeorganisation der Kirche war die Vatikanische Hilfsstelle für Flüchtlinge, die „Pontifica Commissione Assistenza Profughi". Diese Institution wurde von Papst Pius XII., der eine besondere Einstellung zum Nationalsozialismus hatte, im Jahr 1944 gegründet.

Über dieses Hilfskomitee der katholischen Kirche wurden den betreffenden Personen neue Pässe ausgestellt, es wurde nicht nach vorhandenen Unterlagen oder belastende Biografien gefragt und geforscht, und so bekamen diese Leute anstandslos makellose neue Identitäten ausgehändigt. SS-Sturmbannführer Erich Priebke wurde so mittels eines neuen Reisepasses des Roten Kreuzes zum staatenlosen Volksdeutschen Otto Pape aus Lettland; Klaus Barbie zum Volksdeutschen Klaus Altmann aus Rumänien; Josef Mengele wurde zum Südtiroler Helmut Gregor aus Tramin und Adolf Eichmann zum staatenlosen Südtiroler Richard Klement. Zu den Beweggründen der katholischen Würdenträger gehörten der noch damals verbreitete Antisemitismus und besonders die Angst vor stärker werdenden kommunistischen Parteien in den westlichen Ländern. SS-Angehörige galten somit bei den Kirchenmännern als „aufrechte antikommunistische Kämpfer" und standen im Schutz des damaligen Papstes Pius XII.[18]

Gerald Steinacher schreibt in seinem Buch „Nazis auf der Flucht": „Die Rolle der US-Regierung und der US-Geheimdienste bei der NS-Flucht untersucht seit 1999 die Historikerkommission „Nazi War Crimes Interagency Working Group" (IWG). Die Kommission erforscht vor allem die Rolle der US-Nachrichtendienste beim Anwerben von antikommunistischen Fachleuten aus dem Umfeld von Himmlers SS. Die IWG hat seit 1999 acht Millionen Seiten Akten freigegeben und bearbeitet, darunter 1,2 Millionen Akten des US-Kriegsgeheimdienstes OSS. Diese Unterlagen sind für die Erforschung von Holocaust, von Widerstand, Kriegsverbrechen und dem frühen Kalten Krieg sehr nützlich – für das Verstehen der NS-Flucht aber sind sie zentral." [19]

So entwickelte sich Italien zur Drehscheibe, italienische Häfen waren Durchgangsstationen zu den begehrten Auswanderungsländern in Nord- und Südamerika und auch in den Nahen Osten. [20]

Diese nach 1945 neu gebildete Oligarchie Boliviens baute auch mit der Hilfe der katholischen Kirche sehr enge Beziehungen zu den westlichen Erdöl- und Gasgroßunternehmen auf. Bolivien hatte auch die zweifelhafte Ehre, behaupten zu können, den ersten Erzbischof des Kontinents zu besitzen, der sich offen zu seiner Mitgliedschaft zum erzkonservativen Opus Dei bekannte.

Es war nur mehr eine Frage der Zeit, bis sich die Mehrheit des Volkes der Unterdrückung der Machtelite widersetzte und so wurde am 18. Dezember 2005 der indigene Evo Morales mit 54 Prozent der Stimmen zum Präsidenten Boliviens gewählt. Um die Ausbeutung der Machtelite zu beenden, verstaatlichte Morales am 1. Mai 2006 die Erdgasindustrie, Ölfirmen, Fluglinien und teilweise auch die Wasserwirtschaft des Landes. Morales erfüllte mit diesem international heftig umstrittenen Schritt seine Wahlversprechen gegenüber der indigenen Bevölkerung.

Die Erlöse bolivianischer Rohstoffe und Arbeitskraft sollten Bolivien zugute kommen und nicht nur der Machtelite ausländischer Konzerne dienen. Experten prophezeiten die Flucht aller Investoren und damit größere Armut. Doch Morales hatte bis jetzt Erfolg. Die Wirtschaft wuchs, die Staatseinnahmen stiegen, die Staatsschulden sanken, am Ende lobte sogar der zutiefst unsozialistische Internationale Währungsfonds den bolivianischen Regierungschef für seine Wirtschaftspolitik.

Trotz seines Reichtums ist Bolivien noch immer – aufgrund der lang anhaltenden kolonialen Ausbeutung Lateinamerikas durch die westlichen Großkonzerne – eines der ärmsten Länder Südamerikas. Morales verweist darauf, dass die Boden- und Naturschätze das Eigentum aller Bolivianer seien und dem Wohl des gesamten Landes dienen sollten. Nach der Dependenztheorie führender lateinamerikanischer Wissenschaftler wäre die Verarmung immer weiter fortgeschritten, wenn die Unternehmen, die die Ressourcen ohne angemessenen Gegenwert gegenüber der Bevölkerung hemmungslos ausbeuteten, nicht verstaatlicht worden wären.

Da die herrschende Oberschicht jedoch nicht mit den Programmen der Regierung übereinstimmt, entstehen erhebliche Bedenken gegenüber dem Wirtschaftsliberalismus und verschiedenen Autonomiebestrebungen, da man befürchtet, dass der der Allgemeinheit zustehende Reichtum des Landes einseitig von privaten Investoren und einzelnen Interessensgruppen ausgebeutet wird, anstatt allen Bürgern zu nutzen. Hieraus folgt eine Ablehnung regionaler Autonomie und der Forderung nach mehr Verstaatlichung der Bodenschätze und einer Landreform zugunsten der armen Bevölkerung. Obwohl Morales erklärt: „Die Vergangenheit wird nicht mehr zurückkehren", ist die Gefahr eines Umsturzes von Seiten westlich gelenkter Mächte und Interessensgemeinschaften sehr groß.

Die amerikanische Regierung konterte gegen diese für die Vereinigten Staaten nicht vorteilhafte Entwicklung und so wurde im September 2008 der US-Botschafter des Landes verwiesen, da dieser die Opposition der Regierung unterstützte und somit eine Spaltung des Landes vorantreibe.

Venezuelas Staatspräsident Hugo Chavez zeigte sich solidarisch mit der bolivianischen Regierung und wies seinerseits auch den Botschafter der USA in Venezuela aus. Auch die Regierungschefs von Honduras, Ecuador, Nicaragua und Brasilien zeigten Verständnis für die Ausweisung des US-Botschafters aus Bolivien.

Zwei Tage später setzte US-Präsident George W. Bush das Andenland erstmals auf die schwarze Liste jener Länder, die sich nicht ausreichend gegen den Drogenhandel engagierten. Als Konsequenz drohten die USA auch damit, bestehende Zollerleichterungen für bolivianische Exporte in die USA aufzuheben und Bolivien beendete danach die Zusammenarbeit mit der US-Anti-

Drogenbehörde DEA. Präsident Morales beschuldigte die amerikanische Behörde, durch Finanzierung krimineller Gruppen in die gewaltsamen Ausschreitungen gegen seine Regierung verwickelt zu sein und wies darauf hin, dass, entgegen den Anschuldigungen aus den USA, die UNO Bolivien für die erfolgte Vernichtung illegaler Kokapflanzungen ein gutes Zeugnis ausgestellt hat.[21]

Unterstützung für die soziale Einstellung für die breite Bevölkerung Boliviens bekommt Evo Morales nicht nur von einigen südamerikanischen Staaten, sondern auch von China, das in diesen Ländern immer mehr an wirtschaftlichem und politischem Einfluss gewinnt. Das schmälert wiederum stark den Einflussbereich der USA und seiner Verbündeten und führt zu gewaltigen Spannungen auf dem amerikanischen Kontinent. Da weltweit immer mehr Länder gegen eine Bevormundung und wirtschaftliche Ausbeutung der Fehlpolitik der Vereinigten Staaten rebellieren, entstehen nach und nach weitere Krisenherde.

Jean Ziegler bemerkt dazu mit mahnenden Worten: „Nur selten in der Geschichte haben die Verantwortlichen der westlichen Welt so viel Blindheit, so viel Gleichgültigkeit, so viel Zynismus bewiesen wie heute. Ihre Realitätsleugnung ist beeindruckend. In der vor allem südlichen Hemisphäre vernichten – durch die Fehlpolitik des Westens – Epidemien, Hunger, verschmutztes Wasser und durch Elend ausgelöste Bürgerkriege jedes Jahr fast so viele Menschen wie der Zweite Weltkrieg in sechs Jahren.

Wenn der Westen nicht endlich das Leid der südlichen Völker wahrnimmt, nicht hört, wie ihr Zorn wächst, seine Vorgangsweise nicht radikal verändert, die Wünsche und Entschlossenheit der Unterdrückten nicht berücksichtigt, wird der krankhafte Hass die Oberhand gewinnen. Und entsprechend wächst auch der Hass auf den Westen.“ [22]

Kapitel 9

Saat der Macht

Obwohl die Vereinigten Staaten nur 6,3 Prozent der Weltbevölkerung ausmachen, sind sie bestrebt, die Menschheit mit ihrer Profitgier und ihren Machtgelüsten zu beeinflussen und zu kontrollieren. In den 1970er Jahren erklärte der frühere US-Außenminister Henry Kissinger, der Jahrzehnte die amerikanische Innen- und auch Außenpolitik geprägt hat: „Wer das Öl kontrolliert, der kontrolliert ein Land; wer die Lebensmittel kontrolliert, kontrolliert das Volk."

Ähnliche Worte verwendete der spätere US-Präsident George W. Bush: „Beherrsche die Energie, und du beherrscht die Nationen. Beherrsche die Nahrung und du beherrscht die Menschen."

So wurden viele Länder der Welt durch die moralische Überheblichkeit, gepaart mit Arroganz, machthungrigen Interessen und mit gezielter Profitgier von einer Machtelite der USA beeinflusst und zum Teil auch beherrscht. Sie haben sich nie bemüht die Mentalität und die Eigenständigkeit eines Volkes zu verstehen oder zu respektieren, sondern haben mit einer überheblichen Arroganz ihre Interessen den Ländern aufdiktiert. So entstand auch im Laufe der Jahrzehnte ein Hass auf den Westen der zu einer Vorgeschichte der Katastrophe vom 11. September 2001 in New York wurde. Diese westliche Weltordnung der Vereinigten Staaten mit einer eigenen Moral, einer besonderen Kultur und Normen beruht auf teils struktureller Gewalt. Dieser Hass nährt heute eine ethische, radikale, definitive Revolte, die auf Grund von Lügen, machtgieriger Profitgier und einseitiger Medienmacht politische sowie auch ökonomische Auswirkungen zeigt.

Einige amerikanische Konzerne wie Dow AgriSciences, Syngenta oder DuPont und vor allem Monsanto, sind seit Jahren bestrebt, mit gentechnisch verändertem Saatgut den Weltmarkt für Lebensmittel zu beeinflussen. Diese privaten Unternehmungen weisen eine unheilvolle jahrzehntelange Verbindung zur US-Kriegsmaschinerie in verschiedenen Ländern auf. Sie erzeugten auch das vernichtende Umweltgift „Agent Orange", das Zehntausende Menschen in Vietnam tötete und die Landwirtschaft bis heute mit Folgeschäden verseucht.

Der Riese Monsanto

Der Monsanto-Konzern blickt auf eine lange Skandalchronik zurück, von „Agent Orange" über PCB bis zum Dioxin. John F. Queeny gründete die Firma Monsanto 1901 als Chemikalienhersteller. Zu Beginn produzierte dieser Betrieb hauptsächlich das Süßmittel Saccharin und den anregenden Stoff Koffein. 1960 wurde der landwirtschaftliche Bereich aufgebaut und Monsanto entwickelte sich zum Spezialisten für Agrarchemie und gentechnisch verändertes Saatgut. So produzierte der Konzern auch Kulturpflanzen mit Resistenzen gegen die eigenen Herbizide und Schädlinge.

Bis 1997 bestand Monsanto aus drei Bereichen: Landwirtschaftliche Produkte, Pharmazie und Ernährung sowie Chemie. In den folgenden Jahren kam es zu einem Firmenzusammenschluss mit Pharmacia & Upjohn und der Name wurde in Pharmacia geändert. Der landwirtschaftliche Bereich wurde abgespalten und 2002 als eigenständige Firma wieder unter dem Namen Monsanto fortgeführt. Die Firma Pharmacia ist seit 2003 ein Tochterunternehmen der bekannten Firma Pfizer.[1]

Seit den 1940er Jahren produziert Monsanto unter anderem polychlorierte Biphenyle (PCB), die inzwischen zu den zwölf als „dreckiges Dutzend" bekannten organischen Giftstoffen zählen und die durch die Stockholmer Konvention vom 22. Mai 2001 weltweit verboten wurden.

Derzeit stammen 90 Prozent aller weltweit angebauten Gen-Pflanzen von Monsanto. Dieses global agierende Unternehmen verfolgt ein atemberaubendes Ziel, nämlich die weltweite Landwirtschaft unter ihre Kontrolle zu bringen. Mit ihrer Strategie erwerben sie Patente, kaufen konkurrierende Unternehmen auf und üben mit der Unterstützung der amerikanischen Regierung einen starken Druck auf diverse Staaten aus.

Bei dem Welternährungsgipfel der UNO im November 1996 erklärte Catherine Bertini, Vorstandsmitglied des Welternährungsprogramms der Vereinten Nationen: „Nahrung ist Macht! Wir setzen sie ein, um Verhalten zu ändern. Manche mögen dies Bestechung nennen. Wir entschuldigen uns nicht.“ [2]

Die indische Bürgerrechtlerin, Gallionsfigur im Kampf gegen Gentechnik, Vandana Shiva, erklärte: „Die Diktatur über Saatgut und die Sklaverei der Bauern, die Monsanto errichten wollte, haben wir verhindert. Die Amerikaner glauben an Freiheit und Demokratie. Sie haben keine Ahnung, was sie essen. 1992 schaffte George Bush senior jegliche Regulierung ab. Aktivisten wurden behindert. Die Weltorganisation (WTO) hat ihre Glaubwürdigkeit verloren. Bei Gates ist es eine Mischung aus fehlgeleiteter Humanität und kommerziellen Interessen. Und das Welternährungsprogramm (FAO) hat viele Gesichter.“ [3]

Viele Kritiker behaupten, Monsanto bemühe sich um den Ausbau seiner Marktposition bei der Produktion von genverändertem Saatgut und baut eine gewaltige Monopolstellung auf. 2005 lag der Marktanteil von Monsanto laut Greenpeace bei über 90 Prozent aller weltweit angebauten transgenen Pflanzen. Greenpeace behauptet sogar, Monsanto wolle die globale Landwirtschaft vollständig unter seine Kontrolle bringen.[4]

Der Anfang der Biotechnik und der gentechnischen Modifikation von Pflanzen kam in den späten 1970er Jahren zuerst in den Forschungslaboratorien der USA auf.

Die Rockefeller-Stiftung hatte mit der Unterstützung der Regierung Ronald Reagans genauestens die Medienpropaganda für die Verbreitung von gentechnisch veränderten Nahrungsmitteln vorbereitet. Eines ihrer Hauptargumente war die Behauptung, das weltweite Bevölkerungswachstum der nächsten Jahrzehnte verlange angesichts allmählicher Erschöpfung der besten Böden der Welt durch Überkultivierung eine neue Vorgangsweise, um die Menschen der Erde zu nähren.

Der deutsch-amerikanische Publizist Frederick William Engdahl befasste sich eingehend mit der Macht gentechnischer Produkte. Er wurde als Wirtschaftsjournalist tätig, mit dem Schwerpunkt Öl-, Energie- und Wirtschaftspolitik. Seine Beiträge erschienen in einer Reihe von Tageszeitungen und Wirtschaftspublikationen, wie in Asia Times, FinancialSense.com, Asia Inc., GlobalResearch und vielen anderen Magazinen. In seinem ausführlich recherchiertem Buch „Saat der Zerstörung" schreibt er: „Ob GMO-Pflanzen (Genetisch modifizierter Organismus, engl. Genetically Modified Organism oder auch GVO bezeichnet – Gentechnisch veränderte Organismen) die versprochenen großen Verbesserungen der Flächenerträge pro Hektar bringen, ist höchst umstritten. Trotz der sehr eng untereinander abgesprochenen Bemühungen der GMO-Agrarunternehmen und der finanziell von ihnen abhängigen Forscher an Universitäten begannen Beweise an die Presse durchzusickern, wonach die größeren Ernteerträge mit gentechnisch veränderten Samen auch nicht das wären, was sie nach all den Übertreibungen hätten sein sollen." [5]

Der Konzern Monsanto und die anderen Saatgutfirmen verlangen vom Landwirt einen Vertrag über die Verwendung von GMO-

Technologie, der ihn verpflichtet, jedes Jahr an Monsanto für deren Patente, für das gentechnisch veränderte Saatgut, Gebühren zu entrichten. Außerdem mussten die Bauern, um die versprochenen Erträge zu erreichen, die vorgeschriebene Roundup-Ready-Technologie verwenden. Roundup ist ein Breitbandherbizid mit abgesicherten Patentrechten aus der Produktion Monsantos. So wurden durch diese Verträge der Agrarkonzerne die Farmer zunehmend um ihre Unabhängigkeit gebracht. Die amerikanischen Farmer waren die Ersten, die diese neue Form einer Abhängigkeit erfuhren. „Nach der Entscheidung des Obersten Gerichts der USA von 2001 konnten GMO-Firmen wie Monsanto die US-Farmer zu „Saatgut-Leibeigenen“ erniedrigen. Die Firma hatte in ihren Mustervertrag die Klausel aufgenommen, dass der Gerichtsstand für alle Streitigkeiten mit der Firma nur in St. Louis sein sollte. Dort wissen die Geschworenen, dass Monsanto ein sehr wichtiger Arbeitsgeber vor Ort ist.“ [6]

„Monsanto und die anderen GMO-Saatgutfirmen verlangen vom Farmer, jedes Jahr für neues Saatgut zu zahlen. Sie verbieten ihm, Saatgut aus der Vorjahresernte wieder zu verwenden. Monsanto ging sogar so weit, private Pinkerton-Detektive einzustellen. Sie sollten den Bauern nachspionieren, ob sie altes Saatgut wieder verwendeten, statt für Neues zu bezahlen. In einigen Gebieten der USA warb die Gesellschaft mit kostenlosen Lederjacken für jeden, der einen Farmer verpfiff, wenn dieser Saatgut aus früheren Monsanto-Aussaaten wieder verwendete.“ So beschreibt F. W. Engdahl die kriminellen Machenschaften dieser von der US-Regierung unterstützten Konzerne. [7]

In den Verträgen Monsantos befindet sich außerdem eine Klausel, die es dem Landwirt untersagt, Monsanto zu verklagen, sollte das Gentech-Saatgut im Anbau versagen. Ignoriert ein Landwirt diese Vereinbarung, so kann er laut Vertrag für die von ihm begangene Patentrechtsverletzung haftbar gemacht werden. Er muss die Anwaltskosten sowie die gesamten Kosten der Durchsetzung des Vertrags bezahlen.

Eines der bekanntesten Opfer Monsantos ist der kanadische Raps-Farmer Percy Schmeiser. Er war nicht einmal ein Kunde Monsantos. Laut Schmeiser wurden seine Felder durch die Gen-Saaten des Konzerns kontaminiert. Weil sich danach in Schmeisers Pflanzen die von Monsanto patentierten Gene fanden, verklagte der Konzern den Farmer 1998 wegen Patentrechtsverletzung. Am 6. August 2004 entschied der Oberste Gerichtshof Kanadas in letzter Instanz gegen Percy Schmeiser. Der Monsanto-Gegner ließ aber nicht locker und erreichte einen Sieg gegen den Chemie-Riesen Monsanto. Wie Schmeiser mitteilte, hat das Unternehmen in einer außergerichtlichen Einigung die Verantwortung für die Kontamination seiner Felder mit gentechnisch verändertem Raps übernommen und den entstandenen Schaden ersetzt.

Auch bekamen diese Saatgut-Konzerne Rückenwind von der WTO (Welthandels-Organisation) mit voller Unterstützung durch das Weiße Haus, um die Nahrungsmittelversorgung der Welt in den Griff zu bekommen. Die Saatgutunternehmen nannten diese Neuerung GURT, das ist die Abkürzung von „Genetische Technologien zur Beschränkung der Weiterverwendung" (Genetic Use Restriction Technologies). Der damalige Vizepräsident Bush empfing 1986 eine Delegation von Monsanto im Weißen Haus. Es wurde über die Deregulierung für die aufkommende biotechnische Industrie gesprochen. Monsanto hatte eine lange gemeinsame Zusammenarbeit mit der US-Regierung und der CIA vorzuweisen. Man hatte ja das tödliche Herbizid „Agent Orange" zur Entlaubung der Dschungelgebiete im Vietnam-Krieg entwickelt. Sie hatte auch ebenso eine lange Liste von Betrugs-, Verdunkelungs- und Bestechungsfällen vorzuweisen.[8]

Ehemalige US-Soldaten, die im Vietnamkrieg mit dem Entlaubungsmittel „Agent Orange“ in Berührung gekommen waren, hatten Sammelklagen gegen den Hersteller eingereicht. 1985 wurde nach einem außergerichtlichen Vergleich von sieben Firmen, darunter Monsanto, ein Entschädigungsfonds über 180 Millionen US-Dollar eingerichtet. Eine Klage der vietnamesischen Vereinigung der Opfer gegen Monsanto und weitere Chemiekonzerne wurde im März 2005 von einem US-amerikanischen Bundesgericht abgelehnt.[9]

Versuchskaninchen Argentinien

Im Jahr 1991 begann Monsanto auch im Ausland mit gentechnischen Produkten Feldversuche zu machen. So wurde Argentinien heimlich zum Versuchslabor für die Anwendung GMO-Feldfrüchte in der Landwirtschaft. Argentiniens Ackerland wurde in eine riesige Industriefabrik zur Herstellung von manipuliertem Saatgut umgewandelt.

In den 1980er Jahren geriet Argentinien in Folge des starken Anstiegs der internationalen Ölpreise in die Schuldenfalle der größten New Yorker und internationalen Banken wie Citibank, Chemical Bank, Bank of Boston, Barclays und der Hausbank der Familie Rockefeller. Und so spielte die Rockefeller-Familie eine entscheidende Rolle beim nächsten Regimewechsel in Argentinien. 1989 wurde nach einem Jahrzehnt drückender Militärregierung mit dem Präsidenten Carlos Menem unter Verlust der nationalen Souveränität eine neue Phase eingeleitet. Carlos Menem war ein Lebemann und geriet immer mehr in die Hände der amerikanischen Regierung unter George W. Bush. Argentinien kam damals mit über 130 Milliarden Dollar Staatsschulden in Zahlungsverzug und wurde somit zu einem Befangenen der amerikanischen Machtelite. Menem, der sich als millionenschwerer Playboy ausgab, vergab im Geheimen der Firma Monsanto die Lizenz zum Anbau von GMO-Sojabohnen und zerstörte somit die traditionelle, erfolgreiche Landwirtschaft Argentiniens.

Das argentinische Ackerland mit seinen riesigen Mais- und Weizenfeldern und die legendären Pampas wurden zum Teil in Sojafelder umgewandelt. Die Sojabohnen laugen jedoch wichtige Nährstoffe aus dem Erdreich und daher verlangte der Boden immer mehr Kunstdünger, das Monsanto anbot. Die großen Rinderherden, die frei im Grasland der Pampas grasten und Argentinien zum führenden Fleischlieferanten der Welt machten, wurden jetzt im Stil der USA in enge Boxen einer Massentierhaltung gezwungen, um Flächen für die Sojaproduktion freizuhalten. Einige Jahre später wurde auf nahezu der Hälfte der landwirtschaftlichen Nutzfläche Argentiniens Soja angebaut, der Rindfleischexport ging zurück. Die argentinische Milchwirtschaft wurde halbiert und so musste das Land Milch aus Uruguay zu weit höheren Preisen importieren und exportierte nun Sojaprodukte zu Billigstpreisen ins Ausland.

F. W. Engdahl beschreibt diese Entwicklung so: „In den ruhigeren 1970er Jahren, bevor Rockefeller und die New Yorker Banken in das Land eingefallen waren, genoss Argentinien einen der höchsten Lebensstandards in der Welt. Der Anteil der Bevölkerung, der unterhalb der Armutsgrenze lag, betrug 1970 etwa 5 Prozent. Im Jahr 1998 war der Anteil der Menschen unterhalb der Armutsgrenze auf 30 Prozent und 2002 gar auf 51 Prozent gestiegen." [10]

Die Propaganda der argentinischen Regierung tönte von den großen gesundheitlichen Vorteilen der Sojaproduktion und Sojadiät anstelle von Milch oder fleischlichem Eiweiß. Das war eine Lüge. Sie vergaßen der Bequemlichkeit halber den Menschen zu sagen, dass die Sojadiät langfristig für den menschlichen Konsum untauglich ist oder dass Studien festgestellt haben, dass Kleinkinder, die mit Sojamilch aufgezogen wurden, in dramatisch höherer

Zahl unter allergischen Reaktionen zu leiden haben als solche, die mit Mutter- oder Kuhmilch aufwuchsen. Man machte nicht bekannt, dass rohe und verarbeitete Sojabohnen eine Reihe giftiger Substanzen enthielten, die, wenn sie als Hauptnahrung genossen wurden, in großer Konzentration die Gesundheit schädigten und Krebs auslösen konnten. Sie verweigerten den Hinweis darauf, dass Sojabohnen ein pflanzeneigenes Schutzmittel, nämlich Trypsin, enthielten, das in Untersuchungen in den Vereinigten Staaten mit Magenkrebs in Verbindung gebracht wurde. [11]

In einigen Gebieten mussten argentinische Landwirte, die gemischten Gemüseanbau betrieben, feststellen, dass ihre gesamte Ernte dadurch vernichtet wurde, weil in der Nachbarschaft das Herbizid „Roundup" der Firma Monsanto versprüht wurde, ein Unkrautmittel, das alle Pflanzen, außer die speziell genmanipulierten resistenten Sojabohnen, absterben lässt. Auch unter den Tieren, besonders bei Pferden, wurde festgestellt, dass sie geschädigt wurden, oft sogar verendeten. Es gibt Berichte, wonach Tiere in der Nähe der Sojafelder mit ernsthaften Organmissbildungen geboren wurden, und auch Fische in den Flüssen verendeten.

Dieses Herbizid „Roundup", das für den Anbau von Soja als notwendig bezeichnet wird, vernichtet mit der einzigen Ausnahme der Monsanto-Sojabohne praktisch alles, was wächst. Engdahl bemerkt dazu: „Großartige Versprechen wurden auch hinsichtlich höherer Ernteerträge und niedrigerer Kosten gemacht. Das nährte bei den Bauern Träume, sich dadurch wirtschaftlich besser stellen zu können. Die Reaktion war, wenig überraschend, gewaltig.

Die Versprechungen erwiesen sich jedoch als völlig falsch. Im Durchschnitt brachte der „Roundup"-resistente GMO-Sojaanbau zwischen 5 und 15 Prozent niedrigere Ernteerträge als traditionelle Sojasorten. Die Landwirte stellten fest, dass sich bösartige neue Unkräuter eingestellt hatten, gegen die bis zu dreimal mehr Pflanzenschutzmittel versprüht werden mussten als zuvor. Der höhere Bedarf an Chemikalien führte zu höheren Kosten als beim Nicht-GMO-Saatgut. Doch da war es bereits zu spät." [12]

Entgegen den Versprechungen verschlechtert sich die wirtschaftliche Lage der Bauern nach einigen Anfangserfolgen regelmäßig, weil die Produktqualität schlechter ist, wegen Resistenzen mehr Pestizide eingesetzt werden müssen und die Lizenzgebühren für das weitere Saatgut erheblich höher sind, welches die Bauern außerdem nicht selbst vermehren dürfen. So brechen in Ländern wie in Indien und in den südamerikanischen Staaten ganze Agrarkulturen zusammen und es kommt zu Massenverarmung und zu Hungerkatastrophen. Auch in anderen süd- und mittelamerikanischen Ländern war Monsanto aktiv. Mittlerweile sind zahlreiche Felder auch in Brasilien, Kolumbien und Mexiko mit Monsanto-Genen kontaminiert. Ökologisch besonders gravierend ist dies in Mexiko, dem Ursprungsland von Mais mit zahlreichen lokalen Varietäten.

Auf Grund der Widerstände droht das Unternehmen Monsanto Argentinien zu verlassen, falls die Landwirte keine Abgaben mehr zahlen. Damit wäre die Landwirtschaft in Gefahr, denn die meisten nationalen Saatgutfirmen haben mittlerweile bankrott gemacht. Angesichts dieser Situation nimmt die argentinische Regierung sogar das Wort „Gangstermethoden" in den Mund.[13]

Genkritiker

Mahner über die Gefährlichkeit gentechnischer Produkte gab und gibt es viele. Einer der bekanntesten Biologen ist der Wissenschaftler Dr. Arpad Pusztai. Der in Ungarn geborene britische Biochemiker war am Rowett Research Institute der Universität Aberdeen in Schottland tätig. Pusztai gilt als einer der international führenden Experten für Pflanzenlektine und ist Autor von 270 wissenschaftlichen Arbeiten und drei Büchern zu diesem Themenkreis.

1998 machte der Wissenschaftler seine Ergebnisse im Fernsehen und in der Fachzeitschrift The Lancet bekannt. Er erklärte: „Uns wird versichert, dass diese Dinge vollkommen sicher seien, dass wir sie jederzeit essen könnten, sie für immer essen sollen. Es sei undenkbar, dass wir uns dabei Schaden zuzögen. Aber als Wissenschaftler, der sich damit befasst hat und aktiv auf diesem Gebiet arbeitet, halte ich es für sehr, sehr unfair, unsere Mitbürger als Versuchskaninchen zu benutzen."

Dies führte zu seiner Entbindung von seinem Beratervertrag mit dem Institut; zudem wurde er von der Mitwirkung an weiteren Untersuchungen ausgeschlossen. Außerdem wurde Pusztai unter der Androhung, gegebenenfalls seine Pension zu verlieren, verboten, jemals wieder mit der Presse über seine Forschungen zu sprechen. Seine Unterlagen wurden ihm entzogen und unter Verschluss genommen. Die darauf folgende Auseinandersetzung über die Gültigkeit seiner Forschungsergebnisse wurde als Pusztai-Affäre bekannt. Ausgelöst hatte diese Entbindung des Wissenschaftlers eine Intervention von Monsanto mit Präsident Clinton, der wiederum eiligst das „Pusztai-Problem" mit dem britischen Premier Toni Blair besprochen hat und so wurde Pusztai innerhalb von 24 Stunden auf die Straße gesetzt. Auch wurde der Herausgeber von The Lancet, Dr. Richard Horton, von der Royal Society bedroht, da er die Ergebnisse veröffentlicht hatte.

Nach seiner Entlassung schickte Pusztai jedoch seine Forschungsprotokolle an vierundzwanzig unabhängige Wissenschaftler in verschiedenen Ländern. Sie konnten nicht entdecken, dass Pusztai irgendwelche Ergebnisse verwechselt hatte. Ihr Bericht wurde aber in den Medien und in verantwortlichen Regierungskreisen total ignoriert. Im Jahr 2005 erhielt Dr. Arpad Pusztai den Whistleblower-Preis der Vereinigung Deutscher Wissenschaftler (VDW). [14]

In den letzten Jahren bekam Arpad Pusztai von 30 führenden Wissenschaftlern aus 13 Ländern enorme Unterstützung für seine wissenschaftliche Arbeit. Die Veröffentlichung seiner Ergebnisse im Londoner Guardian um die Sicherheit von GMO-Feldfrüchten löste ein Umdenken aus.

Die französische Investigativjournalistin Marie-Monique Robin hat über 200 Fernsehreportagen und Dokumentationen gedreht, die mit 25 internationalen Preisen ausgezeichnet wurden. Einer breiten Öffentlichkeit bekannt wurde sie, als der Fernsehkanal Arte 2008 ihren Dokumentarfilm „Monsanto – mit Gift und Genen" ausstrahlte. Dieser Beitrag wird derzeit in verschiedenen Städten im Rahmen der Festivalreihe „Über Macht" gezeigt. Auf die Frage, ob Monsanto kriminell sei, antwortete sie: „Monsanto hat eine sehr aktive Rechtsabteilung, also muss ich etwas vorsichtig sein. Aber doch, Leute die ich interviewt habe, sagen ohne weiteres, dass Monsanto kriminell sei, weil es nicht nur gefährliche Produkte herstellt und dabei immer wieder gegen Gesetze verstößt, sondern diese Gefahr aus wirtschaftlichen Interessen systematisch leugnet …"

Weiters argumentierte Robin: „Monsanto ist der Hersteller von PCBs, die sich heute in jedem Organismus auf der Erde nachweisen lassen. Sie gelten als stark krebserregend und erbgutschädigend und reichern sich in der Nahrungskette an. Monsanto wusste um die Gefährlichkeit der PCBs seit 1937. Deswegen wurde das Unternehmen 2002 verurteilt, an die verseuchte Bevölkerung der amerikanischen Stadt Anniston Schadensersatz zu bezahlen, wo Monsanto weitgehend ohne Schutzmaßnahmen PCBs produziert hat. Immer wieder wurde die Firma wegen Fälschung und Unterdrückung von Daten verurteilt. Wegen Bestechung von 140 Beamten in Indonesien, nur um die Zulassungen für gentechnisch verändertes Saatgut zu bekommen und die Regulierung des Anbaus zu verhindern."

Wegen irreführender Werbung für gentechnische Produkte und über die Zusammenarbeit mit der US-Regierung erklärte sie: „Die Kontakte des Unternehmens zur amerikanischen Regierung sind von je her sehr gut. Top-Manager von Monsanto wechseln in Regierungsposten und in die kontrollierenden Behörden und umgekehrt. Ronald Reagan und Bill Clinton haben Monsanto unterstützt und auch im Team von Barack Obama finden sich Monsanto-Leute."

In ihren Dokumentationen erläutert sie weiter: „Monsanto schleust seine patentierten Gene in die wichtigsten Nahrungspflanzen ein und erwirbt damit das Recht, Lizenzgebühren auf diese Pflanzen zu erheben. Dieses Recht klagt das Unternehmen unerbittlich ein, überall auf der Welt. Andere Anbieter von Saatgut werden aufgekauft, in vielen Fällen können Bauern nur noch bei Monsanto kaufen. Das Ziel ist, die Menschen weltweit über die ganze Kette der Nahrungsmittelerzeugung zu beherrschen und auszubeuten. Monsanto hat geschickt dafür gesorgt, dass entsprechende Gesetze in immer mehr Ländern gelten – mit Hilfe der amerikanischen Regierung und ihrer Dominanz in der WTO."

Auf die Frage: „Dient Monsanto denn tatsächlich den Interessen der USA?", antwortete Marie-Monique Robin: „Das Unternehmen richtet in den USA teilweise erheblichen Schaden an. Es gibt massenweise Gesundheitsschäden durch Roundup und PCBs. Amerikanischer Mais ist auf dem Weltmarkt kaum noch verkäuflich wegen der durchgehenden Kontamination mit gentechnisch veränderten Pflanzen. Viele Bauern geraten in ernste wirtschaftliche Schwierigkeiten, weil die versprochenen Erträge ausbleiben. Ich bin durchaus dafür, auf diesem Gebiet weiterzuforschen, aber bitte nicht im Freiland, sondern unter strengen Sicherheitsauflagen. Vielleicht gelingt es wirklich eines Tages, lebenswichtige Medikamente mit gentechnisch veränderten Pflanzen zu produzieren." [15]

Bei der Betrachtung der rigorosen Aktivitäten der Firma Monsanto mit Unterstützung der amerikanischen Regierung ist leicht zu erkennen, dass das Hauptinteresse der USA nicht das Ernährungsprogramm für die Welt ist, sondern dass es allgemein um einen weiteren Ausbau der Macht geht. Welche Vorwände die Vereinigten Staaten hatten, um den Irak zu überfallen, sind bereits bekannt. Auch in den Gesetzen, welche man diesem Land aufdiktiert hat, ist zu erkennen, dass es auch in diesem Fall nur um die Machtinteressen der USA gegangen ist.

„Die neuen Gesetze wurden einem unterworfenen und verwüsteten Land aufgezwungen, einem Land, das keine andere Widerspruchsmöglichkeit besaß als militärische Sabotage und den Guerillakrieg gegen die Besatzungsmacht. Die Gesetze wurden von der Besatzungsbehörde der US-Regierung, der CPA, erlassen und waren so ausgelegt, dass sie den Weg für die radikalste Umstellung der Lebensmittelproduktion einer Nation, die jemals versucht worden ist, freimachten. Der Irak sollte unter dem Verwalter Paul Bremer zum Modellfall für das Agribusiness mit Genetisch Veränderten Organismen (GMO) werden.“ [16]

Diese 100 Verordnungen, die die CPA den Irakern auferlegt hat, beschreibt F. W. Engdahl so: „Mit anderen Worten sagte man den Irakern: „Befolgen oder Sterben!“ Immer dann, wenn früher gültige irakische Gesetze mit Paul Bremer's neuen 100 Verordnungen in Konflikt gerieten, wurden die irakischen Gesetze für null und nichtig erklärt. Besatzungsrecht hatte Vorrang.“

Diese Verordnung wurde eingeführt, um den riesigen internationalen Unternehmen wie Monsanto das volle Recht zu sichern, ihr Saatgut und ihre Pflanzenschutzmittel auf den irakischen Markt zu werfen, und das mit voller Unterstützung der US-Regierung als auch der unter Druck gesetzten irakischen Politiker.

Der Irak, das einstmalige Mesopotamien, besteht hauptsächlich aus dem fruchtbaren Zweistromland zwischen Euphrat und Tigris und war bereits vor 8000 Jahren bekannt für den Getreideanbau. Den Bauern wurde die Einführung des patentgeschützten GMO-Saatguts erleichtert und das irakische Landwirtschaftsministerium verteilte das GMO-Saatgut zu subventionierten Preisen. Sobald die Bauern einmal dieses Saatgut eingesetzt hatten, wurden sie nach den neuen Regeln des Patentschutzes für Pflanzen in der vorgeschriebenen Verordnung 81 gezwungen, den amerikanischen Unternehmen jedes Jahr neues Saatgut abzukaufen. Unter dieser Doktrin des so genannten „freien Marktes" wurden die irakischen Bauern somit an ausländische Saatgutkonzerne verkauft und versklavt.

Der in den USA ausgebildete irakische Landwirtschaftsminister erklärte 2004 in einem Interview: „Es ist notwendig, dass die irakischen Bauern konkurrenzfähig werden, daher entschieden wir, den Einsatz von Pestiziden, Düngemitteln, verbesserten Saatguts und dergleichen zu subventionieren. Wir haben dafür andere Subventionen abgebaut, aber wir müssen konkurrenzfähig werden."

F. W. Engdahl schreibt dazu: „Mit anderen Worten, das Geld zum Kauf neuen Saatguts für Iraks verarmten Bauern ist dazu vorbestimmt, ausländischen Großkonzernen wie Monsanto das GMO-verbesserte Saatgut abzukaufen. Der Irak ist somit dazu bestimmt, ein riesiger Lebendversuch zur Überprüfung von GMO-Weizen zu werden, und die Iraker sind dabei die menschlichen Versuchskaninchen." [17]

Goldener Reis

Immer wieder wird von Gentechnik-Befürwortern eine neue Reissorte als fortschrittliche Beseitigung der Hungerproblematik ins Feld geführt. Unter der Bezeichnung „Goldener Reis" versteht man eine genetisch veränderte Reissorte mit zwei artfremden Genen. Das Phytoensynthase-Gen stammt von der Osterglocke und das Carotin-Desaturase-Gen von einem Bakterium namens „Erwinia uredovora". Dank dieser zwei Gene kommt es zur Bildung von Beta-Carotin (Provitamin A) im Endosperm der Reiskörner, die deshalb goldgelb-orange gefärbt sind. Das Provitamin wird dann im Körper zu Vitamin A (Retinol) umgewandelt. Im Gegensatz zu den kommerziell zugelassenen veränderten Pflanzen, wurde diese Reistype von einer unabhängigen Forschergruppe entwickelt, die aber auf finanzielle Einnahmen verzichtete. Diese Reissorte kann daher nach dem Einkreuzen in lokale Sorten von den Landwirten selbst vermehrt werden. [18]

Die Forscher hatten sich das Ziel gesetzt, dass das Vitamin A dieser Reissorte ein Erblinden vieler Menschen in den Reisanbaugebieten der Welt verhindern soll, aber einige Genkritiker sehen diese Entwicklung mit anderen Augen. Nach über 10 Jahren Forschung kommen sie zu dem Ergebnis, dass der Gehalt an Vitamin A so gering sei, dass ein Erwachsener mehrere Kilo davon essen müsste, um die notwendige Tagesdosis zu erhalten. Traditionelle indische Gemüsearten, früher in jedem Hausgarten vorhanden, besitzen u.a. ein Vielfaches der angestrebten Beta-Karotingehalte des so genannten „Golden Rice". Ein Löffel Korianderblätter enthält zum Beispiel den Tagesbedarf an Vitamin A. Das Projekt „Golden Rice" nach dem Agro-Konzern Syngenta wird inzwischen von Gerald Barry koordiniert; er war vormals Forschungsdirektor bei Monsanto und wirbt nun enorm für die Einsetzung dieser Reissorte.

Das Problem der Ernährung sieht anders aus. In Indien verrotteten im Jahr 2002 viele Millionen Tonnen Reis während zur gleichen Zeit 50 Millionen Menschen in diesem Land hungerten.

Groteskerweise trommeln gerade diejenigen Firmen für die Gentechnik als Lösung des Welthungers, die durch die aktive und aggressive Einführung der Industrie-Landwirtschaft in der Dritten

Welt, mit Hochertragssorten, Pestiziden und Kunstdünger wesentlich zu Hunger, zerstörten Böden und kaputten Ökosystemen beigetragen haben.

Die EU-Kommissarin Margot Walström erklärte: „Die einzige Form von Hunger, den die Konzerne, die fast zu 100 Prozent den Markt für genmanipulierte Pflanzen beherrschen, stillen, ist eben nicht der Hunger in der Dritten Welt, sondern der Hunger der Aktionäre.“ [19]

Im Sinne amerikanischer Politiker

Die Staatsmänner der amerikanischen Regierung erklärten immer wieder die Vorzüge ihrer Auslandspolitik in Sachen Menschenrechte, Humanität und Demokratie, aber im Geheimen hatten sie andere Pläne. Am 24. April 1974, auf dem Höhepunkt der Ölkrise, unterschrieb der damalige Sicherheitsberater und Außenminister Nixons, Henry A. Kissinger, ein Memorandum, das die Grundlinien der US-Politik für die nächsten Jahre festsetzte. Dieses geheime Projekt erhielt die Abkürzung „NSSM 200“ oder „Studie zur Nationalen Sicherheit Memorandum 200“ (National Security Study Memorandum 200) und trug den weiteren Titel „Auswirkungen des weltweiten Bevölkerungswachstums auf die Sicherheit der Vereinigten Staaten und ihre Interessen in Übersee“.

Dieses Papier galt, sollte es je veröffentlicht werden oder an die Medien dringen, als so explosiv, dass es fast 15 Jahre lang geheim gehalten wurde, ehe 1989 ein privater Rechtsfall von einigen Organisationen schließlich seine Freigabe erzwang. Es richtete sich an alle Kabinettsmitglieder, an den Generalstab und die verantwortlichen Leiter der CIA und anderer Dienststellen der USA.

Unter Präsident Gerald Ford wurde noch ein weiteres Memorandum erstellt mit dem Titel „Amerikanische Führung in Sachen Weltbevölkerung“.

Diese beiden „streng geheimen" US-Papiere argumentieren, dass das Bevölkerungswachstum in den Entwicklungsländern, die an die Schwelle zur Industrialisierung heranrücken und in denen wichtige Rohstoffquellen liegen, eine „potentielle Bedrohung der nationalen Sicherheit der USA" darstellen. Das Schreiben NSSM 200 warnt davor, dass diese Länder unter dem Druck ihrer wachsenden Bevölkerung von den USA für ihre Rohstoffe höhere Preise und für sie günstigere Handelsbedingungen durchsetzen könnten. Es listet dreizehn Länder auf, die sich als „strategische Ziele" für amerikanische Initiativen zur Bevölkerungskontrolle anböten.

Zitat aus dem Memorandum: „Um wie viel wirksamer sind Ausgaben für Maßnahmen zur Bevölkerungskontrolle als Investitionen, die die Produktion anheben, zum Beispiel Investitionen in Bewässerungsanlagen, Kraftwerke und Fabriken." Damit hatte sich die US-Regierung einem politischen Programm verschrieben, das den Abbau der eigenen gewerblichen Wirtschaft in Kauf nahm und dem Rest der Welt Hunger, Elend und gezielte Geburtenkontrolle verordnete. Als wichtigste Opfer der Maßnahmen zur Bevölkerungskontrolle nennt die Studie die Länder in der Reihenfolge: Brasilien, Pakistan, Indien, Bangladesch, Ägypten, Nigeria, Mexiko, Indonesien, die Philippinen, Thailand, Türkei, Äthiopien und Kolumbien. Über die überwiegend nicht „aufstrebende" Entwicklung dieser Länder seit 1974 kann man sodann ins Grübeln geraten.[20]

Der Friedensnobelpreisträger Henry Kissinger hatte in seinem NSSM-Bericht in Bezug auf die ärmeren Entwicklungsländer den Begriff gewählt: „Least Developing Countries – LDC" (am wenigsten entwickelte Länder).

Engdahl berichtet zu diesem vorerst geheimen Bericht: „Kissinger wusste, worauf er sich bezog, als er über „einfachere empfängnisverhütende Methoden durch biomedizinische Forschung" sprach.

Er hatte engen Kontakt zur Familie Rockefeller und zu dem Flügel im US-Establishment, der die biomedizinische Forschung als neue Form der Bevölkerungskontrolle anpries. Bevor der Zweite Weltkrieg und Auschwitz den Begriff unappetitlich gemacht hatten, hieß das „Eugenik". Sie wurde nach dem Krieg wohlklingender in „Bevölkerungskontrolle" umbenannt. Die Bedeutung blieb unverändert: Reduktion „minderwertiger" Rassen und Bevölkerungen zum Schutz der „überlegeneren". Die Politik des NSSM 200 behauptet, dass nur eine drastische Reduktion der Bevölkerung der 13 Entwicklungsländer den USA erlauben würde, ihre Rohstoffe weiterhin auszubeuten." [21]

F. William Engdahl, der sich intensiv mit dem NSSM-200-Bericht befasst hat, schreibt in seinem Buch: „Zwangsprogramme zur Bevölkerungsreduktion und andere Maßnahmen sollten bei Bedarf angewandt werden, um den USA den Zugang zu den strategisch wichtigen Rohstoffen zu sichern.
Während Kissinger dafür eintritt, das Wachstum der Weltbevölkerung zu reduzieren, berichtete er seltsamerweise an einer anderen Stelle seines Berichts, dass das Bevölkerungsproblem jetzt schon zehn Millionen Todesopfer pro Jahr fordere. Kurz gesagt empfahl er, die Sterberate auf mindestens 20 Millionen pro Jahr zu verdoppeln, um dem Sterblichkeitsproblem wegen mangelnder Ernährung zu begegnen. Der Öffentlichkeit wurde eingeredet, dass die neue Politik eine positive sei. Nach der strikten Definition der UNO-Konvention von 1948 handelte es sich bei einem solchen Vorgehen um Genozid.
Weiters schlug Kissinger die Zwangsmaßnahme vor, welche die politische Elite der USA ab jetzt ins Auge fasste. Er stellte unverfroren fest, Nahrungsmittelhilfe sollte als „nationales Machtmittel" (der USA) betrachtet werden. Dann schlug er mit einer überzogenen Bemerkung vor, die USA sollten ihre Nahrungsmittelhilfe kürzen, um „Völkern zu helfen, die ihr Bevölkerungswachstum

nicht drosseln können oder wollen". Sterilisation oder Hungertod – kein Wunder, dass das Dokument als „streng geheim" eingestuft wurde. NSSM 200 war in vieler Hinsicht bemerkenswert. Es erhob zum ersten Mal ausdrücklich, wenn auch geheim, die Entvölkerung ausländischer Entwicklungsländer zur strategischen Priorität der nationalen Sicherheit. Es umriss unter der Überschrift „Familienplanung" das, was künftig die Strategie der Fruchtbarkeitskontrolle werden sollte, und verknüpfte das Problem des Bevölkerungswachstums mit der Zugriffsmöglichkeit auf strategische Rohstoffe. Doch der vielleicht wichtigste Aspekt des NSSM 200 war, dass sich in ihm die Einigung der wohlhabendsten Familien Amerikas, seines einflussreichsten Establishments ankündigte." [22]

Präsident Ford zeichnete den NSSM-200-Bericht ab, Kissinger blieb weiterhin Außenminister und natürlich auch Nelson Rockefeller als Vizepräsident. Die USA stieg groß in das Entvölkerungsgeschäft ein; die Nahrungsmittelkontrolle sollte dabei eine zentrale Rolle spielen.[23]

Auch in Europa, vor allem in Deutschland, möchte Monsanto seine Gen-Saaten nun auf den Markt drücken. Wie immer zunächst auf dem Weg des Erprobungsanbaus, der laut eigenen Angaben des Konzerns im Jahr 2004 bereits an 28 Standorten stattfand. Bekannt ist, wie Präsident George W. Bush im Juni 2003 die Aufhebung des Verbots der Europäischen Union für genetisch veränderte Pflanzen zu einer Angelegenheit von strategischer Priorität für die USA erklärt hat. Das zeigt, dass Präsident Bush auf eine Kontrolle der globalen menschlichen und tierischen Nahrungsmittelkette zielt, wie sie nie zuvor einer Nation allein möglich war.

Die Machtpolitik der USA zielt auch heute weiterhin auf die Entwicklung strategischer Schlüsselpositionen, die vom Pentagon „full spectrum dominance" genannt werden. Dies bezieht sich auf ein globales militärisches Übergewicht, die Vorherrschaft über die rapid abnehmenden Ölvorräte oder die Steuerung des Dollars als Weltleitwährung – im Gegendruck eines aufsteigenden Euro – und auch auf die Kontrolle der weltweiten Agrarwirtschaft, indem über Patente für genetisch veränderte Pflanzen, vor allem bei Getreide, entschieden wird.

Einige europäischen Politiker versuchen dem Konzern Monsanto die Türen zu öffnen. Die EU-Kommissarin für Landwirtschaft und ländliche Entwicklung, Mariann Fischer Boel, argumentierte zugunsten des Anbaus von Genmais auf Basis der schwachen Theorie, dass die wissenschaftliche Gemeinschaft keinen Beweis für die schädlichen Auswirkungen des Anbaus finden konnte! Gleichzeitig trat sie jedoch für die nötigen Maßnahmen ein, um nur wirklich sichere Genmais-Sorten auf dem Markt zuzulassen. Anfang des Jahres 2010 entschied jedoch die EU, das Anbauverbot des Genmais MON 810 des amerikanischen Multis Monsanto in Österreich und Ungarn aufrecht zu erhalten. Eine Entscheidung gegen Durao Barroso und die EU-Kommissarin Fischer Boel. [24]

Zweimal sind Anträge der EU-Kommission schon gescheitert. Auch Griechenland und Frankreich sind gegen den Anbau. Die EU will unter dem Druck der Welthandelsorganisation, die wiederum unter dem der USA-Regierung steht, die Schranken öffnen und die Gegner stückchenweise zermürben.

„Die Welternährungsorganisation FAO, die Weltbank, die Bill Gates-Stiftung, die Rockefeller-Foundation: Sie rühren alle für GMO-Pflanzen die Werbetrommel, weil sie glauben, damit den Hunger zu besiegen und die Chancen der Bauern in der Dritten Welt zu verbessern. Aber das Gegenteil ist der Fall: Die Agrarindustrie Südamerikas liefert Soja und Mais für die Viehmast in Europa. Heimischen Kleinbauern werden Böden und Wasser verseucht, sie müssen in die Städte flüchten und leiden Hunger. Es geht ausschließlich darum, den Profit von Monsanto zu steigern." So bezeichnet die Alternativ-Nobelpreisträgerin Vandana Shiva die Situation. So gibt es keine Lizenzgebühren an Monsanto, denn diese Firma geht soweit, dass sie auch Lizenzgebühren einheben möchte, von Produkten, die andere Organisationen erarbeitet haben. Daher heißt es für die Bauern in Europa, die Weizen mit den genetischen Eigenschaften der Weizensorte „Nap Hal" anbauen, keine Gebühren zu zahlen. Denn diese Weizensorte haben indische Bauern in Jahrhunderte langer Arbeit und Kooperation herangezüchtet. Das Umweltinstitut München e.V. hat gegen das im Mai 2003 erteilte Patent Einspruch beim Europäischen Patentamt eingelegt und erklärt, dass Monsanto keinen Anspruch auf dieses Patent habe. Dem Einspruch von Organisationen aus Deutschland hatten sich die große indische Bauernorganisation Bharat Krishak Samaj und der Dachverband der europäischen Landwirte angeschlossen.

In den USA, Kanada, Australien und Japan gilt das Patent. Europa aber hat dieser Biopiraterie nun einen Riegel vorgeschoben, denn es war erst ein Widerspruch aus der Zivilgesellschaft notwendig, die die Profitgier des Konzerns Monsanto nicht hinnehmen will. Immer mehr und immer unverschämter eignen sich die Agro-Multis mit Hilfe neuer Techniken gesellschaftliche Leistungen an, die in Jahrhunderten kooperativer Zuchtarbeit entstanden sind – um sie als Erfindung patentieren zu lassen und die Bauern um die Früchte der eigenen Arbeit zu bringen.[25]

Die Gentechnik-Kritikerin Marie-Monique Robin erklärt in einem Interview der Süddeutschen Zeitung: „Für die Zukunft ist Monsanto in Europa praktisch tot. Auch wenn es auf den ersten Blick anders scheint – sehr wichtig." Auf die Frage: „Neben Deutschland haben auch Frankreich, Ungarn, Österreich, Griechenland und Luxemburg den Anbau von Moin 810 verboten; wie stark ist Monsanto in Europa jetzt überhaupt noch?", antwortet Robin: „Monsanto ist in Europa praktisch tot. Jetzt eine neue Gen-Pflanze zu etablieren, das wird sehr schwer. Noch schlimmer für den Konzern ist jedoch, dass ein ganzes System in Frage gestellt wird." – Süddeutsche Zeitung: „Wie wird Monsanto reagieren?" – Robin: „Ich wüsste nicht, was sie dagegen machen können. Schlimmer als die juristische Niederlage und die daraus resultierenden Verluste ist jedoch ein wichtiger Punkt: Monsanto hat den Meinungskrieg in Europa verloren." [26]

Monsanto hat aber einen weiteren Gegner bekommen. Die Natur schlägt gegen das Imperium zurück. Auf von jahrelang mit Herbiziden vergewaltigten Böden wächst nun ein Superunkraut, welches immun gegen das von Monsanto hergestellte Unkrautvernichtungsmittel „Roundup" ist. Es verbreitet sich immer mehr in den Baumwoll- und Sojafeldern Amerikas. Ganze Landstriche bestehen nur noch aus diesem Unkraut. Viele Bauern reißen es mit den Händen aus, oder aber sie geben den Kampf auf und weigern sich, die gen-modifizierten Samen von Monsanto weiter zu verwenden und wechseln, wenn möglich, zum herkömmlichen Anbau zurück.

Das viel gepriesene Wundermittel „Roundup" hat seine Wirkung verloren. Ende 2004 tauchte dieses Superunkraut in den Feldern mit den genmodifizierten Anpflanzungen auf. Diese neue Pflanze wird „Pigweed" genannt, verbreitet sich in raschem Tempo über die südlichen amerikanischen Bundesstaaten und bedroht die Felder. Das Superunkraut hat sich auf alarmierende Weise in Teilen von Georgia, South Carolina, North Carolina, Arkansas, Tennessee, Kentucky und Missouri verbreitet. „Pigweed ist wie eine Pest, die man nicht will – es ist so dominierend", sagt der Farmer Culpepper. Dieses Unkraut kann 10000 Samen auf einmal produzieren, verträgt Trockenheit und ist sehr diversifiziert in seiner

Genetik. Es kann drei Meter hoch wachsen und die jungen Baumwollpflanzen ersticken. Die Bauern suchen krampfhaft nach einer Alternative und nach einem Unkrautmittel, welches die Baumwolle nicht gleichzeitig vernichtet.

Im Angesicht der Unkrautexplosion im Bereich von Baumwolle und Soja, überlegen einige Farmer, zurück zu herkömmlichen, nicht genmanipulierten Samen zu wechseln. „Es ist gut für uns, wenn wir zurückgehen, die Leute haben es mit „Roundup"-Samen übertrieben", sagt Alan Rowland, ein Samenproduzent aus Dudley, Missouri. [27]

Gernot Hoffmann erklärt in seinem Bericht „Das Blaue vom Himmel": „Gentech-Pflanzen erfüllen die Erwartungen nicht."

Entgegen allen Versprechungen führt auch der Anbau von Gen-Pflanzen nicht zu einer Verminderung des Einsatzes umweltschädlicher Pestizide. Im Gegenteil, denn von Jahr zu Jahr müssen, um einen Ernteerfolg zu erzielen, immer mehr Pestizide eingesetzt werden, und dass der zunehmende Einsatz dieser Mittel nicht zu einer Entlastung der Umwelt beiträgt, liegt auf der Hand. Diese Herbizide haben ein sehr breites Wirkungsspektrum: Sie vernichten alles pflanzliche Leben, nur die Gen-Pflanzen überleben. Doch viele Ackerkräuter bieten auch Nahrung für Insekten, u. a. für Bienen, die für die Bestäubung der Blüten notwendig sind, und diese wiederum für Vögel und andere Säugetiere als Nahrung dienen.

Das als umweltschonend angepriesene Totalherbizid „Roundup" der Firma Monsanto ist zudem krebserregend und hoch giftig und führt zu Leber- und Nierenschäden bei Fischen, Säugetieren, Insekten und auch bei Menschen. Eine der größten Langzeitstudien warnt vor massiven negativen Folgen für die biologische Vielfalt auf Fauna und Flora durch den vermehrten Einsatz von diversen Herbiziden.

Prof. E. Ann Clark erklärt: „Auch die Behauptung, der Einsatz von GVO-Pflanzen würde zu höheren Gewinnen verhelfen, gehört ins Reich der Legenden."

Und Charles Benbrook, ehemaliger Präsident des Landwirtschaftsausschusses der US-Akademie der Wissenschaften, errechnete für fünf Jahre einen Gesamtverlust von über 100 Millionen US-Dollar durch den Anbau von „Bt-Mais", trotz leicht gestiegener Erträge. Einer Studie der britischen Soil Association zufolge summieren sich die durch GVO verursachten Kosten für die US-Landwirtschaft aus Rückrufaktionen, Verkaufsausfällen, Kontaminationen, zusätzlichen Subventionen etc. in den letzten Jahren auf inzwischen zwölf Milliarden Euro. [28]

Kapitel 10

Der wiedererwachte Drache

Der Aufstieg Chinas, verbunden mit dem zunehmenden Selbstbewusstsein dieses größten und bevölkerungsreichsten Mitspielers in der Geschichte der Menschheit, zeigt bereits zu Beginn des 21. Jahrhunderts eine enorme Belastung und eine bemerkenswerte Veränderung in der gesamten westlichen Welt.

Dieser Aufschwung zum bedeutendsten Markt in Asien wird vor allem den amerikanischen Interessen, egal wie sie auch gesehen werden, diametral zuwiderlaufen. Die westlichen Länder, vor allem die USA, unterscheiden sich von anderen Kulturen nicht nur durch die Art ihrer Entwicklung, sondern auch durch die Eigenart ihrer Lebensweise, ihrer Vorstellung von Demokratie und Rechtsstaatlichkeit, ohne die anderen Kulturen zu verstehen und versucht dennoch den anderen Kulturen ihre Art aufzuzwingen. Die richtige Aufgabe für westliche Politiker wäre daher, andere Kulturen besser verstehen zu lernen und nicht Kulturen wie China nach den Vorstellungen des Westens umzuformen.

In seinem sehr bekannten Buch „Kampf der Kulturen" schreibt Samuel P. Huntington: „Der Glaube, dass nichtwestliche Völker westliche Werte, Institutionen und westliche Kultur übernehmen sollten, ist unmoralisch aufgrund der Mittel, die notwendig wären, um ihn in die Tat umzusetzen.
Die fast weltweite Ausbreitung europäischer Macht zu Ende des 19. Jahrhunderts und die globale Dominanz der USA Ende des 20. Jahrhunderts verbreiteten große Teile der westlichen Zivilisation über die Welt. Doch der europäische Globalismus existiert nicht mehr. Die amerikanische Hegemonie geht zurück, und sei es nur

darum, weil sie nicht mehr benötigt wird, um wie im Kalten Krieg die USA vor einer militärischen Bedrohung durch die Sowjetunion zu schützen. Kultur, haben wir behauptet, folgt der Macht. Wenn nichtwestliche Gesellschaften neuerlich durch westliche Kultur geprägt werden sollen, dann kann das nur als Resultat einer gewaltsamen Expansion, Etablierung und Einflussnahme westlicher Macht geschehen. Die notwendige logische Konsequenz des Universalismus ist Imperialismus. Abgesehen davon verfügt der Westen als eine ausgereifte Kultur nicht mehr über die wirtschaftliche oder demographische Dynamik, die er benötigte, um anderen Gesellschaften seinen Willen aufzuzwingen. Außerdem widerspricht jede diesbezügliche Bemühung den westlichen Werten der Selbstbestimmung und Demokratie." [1]

Chinas konfuzianisches Erbe mit seiner Ausprägung von Autorität, asiatischen Ordnung und geschichtlichen Hierarchie legt der Demokratie westlicher Auslegung Hindernisse in den Weg. Trotzdem erzeugt das wirtschaftliche Wachstum bereits einen steigenden Wohlstand und ein dynamisches Bürgertum.

Der Aufstieg Chinas wird auch für Japan eine große Herausforderung darstellen, und die Japaner überlegen, ob sie mit China eventuell eine neue politische und wirtschaftliche Allianz bilden sollen, oder im Zusammenhang mit dem japanisch-amerikanischen Militärbündnis ein Gegengewicht gegen China aufbauen sollen. So spekulieren bereits einige zukunftsorientierte Strategen.

Der chinesische Sozialismus ist nur zu verstehen, wenn man versucht, die Geschichte und die Wurzeln in der chinesischen Vergangenheit zu verstehen. Als Lenin zur Oktoberrevolution antrat, revoltierte er nicht nur gegen den Zaren, er revoltierte auch gegen die Geschichte seines Landes, gegen die Natur des russischen Menschen, zumindest gegen die des russischen Bauern. Mao Tsetung und die Seinen aber haben den chinesischen Nationalismus mobilisiert. Als sie zur Revolution riefen, haben sie sogar an die chinesische Tradition appelliert und das Land in bestimmten Bereichen auf einen chinesischen Weg zurückgeführt.

Der bekannte Journalist und Autor Hugo Portisch schrieb in seinem Buch „So sah ich China“: „China ist nicht nur ein großes, ein sehr altes Land, das über eine sehr hohe, ausgeprägte Kultur verfügt, in dem die Sitten verfeinert waren, in dem Philosophen ausgeprägte und höchste Rangordnung lehrten, Wissenschaftler lange vor den europäischen die Geheimnisse der Natur aufspürten und bereits epochale Erfindungen machten.
Man schätzt, dass die chinesische Kultur etwa vor 4000 Jahren, also 2000 Jahre vor Christi Geburt, ihren Anfang nahm. Damals wurden die ersten Gedanken mit Schriftzeichen festgehalten, entwickelte sich das chinesische Staatswesen, wurden Anweisungen erlassen, die Gesetzeskraft hatten und die Ordnung im Land herstellten. 1500 Jahre vor Christi Geburt war das chinesische Staatswesen bereits hoch entwickelt. Es gab dem Land eine umfassende Verwaltung, Besitz und Arbeit waren geregelt, der Handel in geordnete Bahnen gelenkt. Kunst und Wissenschaft wurden gepflegt, vor allem die Philosophie.“

Ein chinesischer Historiker erklärte: „Die chinesische Kultur hat sich zum Unterschied von der europäischen weitgehend isoliert entwickelt. China hatte keine Berührung mit anderen hochkultivierten Völkerschaften. Das heißt, wir hatten keine Ägypter, keine Assyrer, keine Juden, keine Perser in unserer Nähe, die unsere Kultur befruchtet hätten. Vor 3500 Jahren hatten die Chinesen ihre weltliche Ordnung in großen Teilen des Landes schon hergestellt und versuchten bereits, in Harmonie mit den Göttern und dem Universum zu leben. Europa, wenn ich das in aller Bescheidenheit sagen darf, lag damals noch im Nebel der Geschichte.“ [2]

„Die Kultur Chinas ist im Allgemeinen bis zum heutigen Tag erhalten geblieben und fortgeführt worden. China ist, von Perioden

der Zerrissenheit abgesehen, im Gegensatz zu Europa ein Reich gewesen und ein Reich geblieben. Dieses Reich ist größtenteils von einer Nation, dem Volk der Han, besiedelt worden, denn die nicht-chinesischen Minderheiten fallen in Chinas Geschichte kaum ins Gewicht. Auch gehörte diese Nation einer einzigen Rasse an, der chinesischen, die sich auch von anderen Rassen stark unterscheidet.
Seit 3500 Jahren bezeichnen die Chinesen ihr Land als das Reich der Mitte, denn eine andere Bezeichnung kannten sie nicht. Im Gegensatz zu Europa kannte der Chinese viele Jahrhunderte lang keine andere Welt als China, über Jahrhunderte hinweg keine andere Kultur als die chinesische. Selbst die größten Denker ihres Landes nahmen an, dass es außerhalb von China nichts Wissenswertes, nichts Erstrebenswertes oder Ähnliches geben könnte. Das Reich der Han war der Mittelpunkt der Zivilisation, also der Mittelpunkt der Erde.“ [3]

Die chinesische Kultur war von jeher gezeichnet von einer eigenen Art von Richtlinien und Geboten, aber nicht von einer Religion wie wir sie kennen. Sie war geprägt von den Lehren des Konfutse, auch Konfuzius genannt und Lao-tse, die als die Begründer eines eigenen chinesischen Glaubens angesehen werden. Diese Lehren reichen bis ins 6. Jahrhundert vor Christi zurück. Konfuzius (551-479 v. Chr.) der einflussreichste Denker der chinesischen Geschichte, regte eine Bewegung an, die traditionelle Werte betonte, wie richtiges Verhalten, Bescheidenheit, Beherrschung und Achtung vor Menschen und Natur und vor Ritualen. Seine Lehrsätze und Aussprüche wurden durch Aufzeichnungen seiner Schüler überliefert, vor allem die Sammlung „Lun-yü“ (Gespräche). Aus der in altchinesischer Überlieferung wurzelnden Lehre des Konfuzius entwickelte sich die von seinen Nachfolgern fortgebildete Staats- und Sittenlehre des Konfuzianismus, die für China und im weitesten Sinn auch in Ostasien maßgebend wurde.

Im Zentrum des Konfuzianismus steht der Begriff der Rite (li) als Ordnungsprinzip, nach der jeder seinen festen Platz in Gesellschaft und Familie hat und auf der die Menschlichkeit als gnadenvolle Einstellung der Oberen zu den Untergebenen beruht.

Der Taoismus, geprägt von Lao-tse, begann als eine Art mystische Philosophie, die betonte, dass es wichtig sei, natürlich und spontan zu sein und in Einheit mit dem Tao, dem grundlegenden Prinzip der Wirklichkeit, zu leben. Lao-tse versuchte lediglich die überirdischen Kräfte zu erklären und sie in ein System zu bringen. Er führte sie auf eine Art Urgeist, auf das Tao, zurück und das Tao umfasste das ganze Universum. Er forderte die Menschen auf, nach der inneren und äußeren Harmonie zu streben, zu erfassen, dass das gesamte Universum einschließlich der Welt und der Menschen, der guten und der bösen Götter, eine einzige Einheit bildet und nur wer sich als Bestandteil dieser großen Einheit fühle, könne Frieden und Weisheit erlangen. Diese Weisheiten prägen noch heute die Menschen im Land der Mitte.

Das Tao ist also das Universum, die Einheit, die Harmonie, der Weg, den die Menschen zu suchen hatten, der Urgeist, die Ureinheit der Natur und des gesamten Kosmos. Ein Lehrer bezeichnete diese Philosophie so: „Bevor Himmel und Erde existierten, war schon etwas Nebelhaftes da; schweigend, ganz für sich allein, in sich unverändert. Ewig kreisend, würdig, die Mutter aller Dinge zu sein …" Und weiter: „Lass allen Dingen ihren natürlichen Lauf und misch dich nicht ein, denn was dem Tao entgegensteht, geht bald zugrunde. Der Himmel kämpft zwar nicht, aber er siegt immer." [4]

Diese zwei Lehren beinhalten somit die grundlegenden Motive der chinesischen Urreligion und sind die Kontinuität der Entwicklung Chinas. Einerseits verehren die Chinesen ihre Verbindung mit der Vergangenheit und ihren Ahnen. Andererseits betonen ihre Religionen und ihre Philosophie die Rolle des Lebensflusses und die Notwendigkeit, ihn durch Vorhersagen oder durch verschiedene Systeme und Konzepte, wie Yin und Yang oder die fünf Elemente, zu interpretieren. Die Chinesen haben daher auch die Kontinuität der Familie und ihre Dankesschuld für Leben und Wohlstand gegenüber den Ahnen immer geachtet und gewürdigt.

So werden auch in der heutigen Zeit von einigen Religionswissenschaftlern diese zwei Urreligionen als Grundbasis für die später entstandenen und sich entwickelten Religionen gesehen.

„Bis in die späteren Jahrhunderte und sogar bis zum heutigen Tag haben sich Chinesen an all ihren Grundlehren eines Konfuzius und Lao-tse und an alle vorgegebenen Richtlinien und auch vorgegebenen Lebensweisheiten gehalten, an all diese Götter, Geister und Dämonen geglaubt, haben ihr tägliches Leben nach diesen Grundsätzen ausgerichtet und unabhängig von der übrigen Welt gewaltige Kulturepochen und Expeditionen bestritten.

In der chinesischen Schriftsprache gibt es kein einheitliches Wort für Religion. Dogmatismus ist den Chinesen fremd. Es gibt und gab nie eine bestimmende Staatskirche, wie wir sie kennen, auch nicht den Begriff Klerus. Das wichtigste Ziel des Chinesen ist es, zu Lebzeiten auf Erden glücklich, reich und zufrieden zu sein. Groß ist die Angst, die Seelen der Toten zu verärgern. Die Ahnen müssen zufrieden ruhen, damit sie die Lebenden nicht unglücklich machen. Daher rührt die Sorge um die Seelen der Toten, von denen der Mensch nach chinesischen Vorstellungen zwei hat: Po und Hun. Po ist die Seele, die bei der Empfängnis geschaffen wird. Sie gibt Lebenskraft und lebt nach dem Tod im Grab und nährt sich von Opfergaben. Wenn der Körper zerfällt, verlässt sie die Kraft und sie führt ein Schattenleben. Hun entsteht bei der Geburt, ist die höhere geistige Seele und ist von Opfern und Gebeten der Lebenden abhängig.

Vielfältig wie Landschaft und Geschichte ist auch die chinesische Kultur, die verschiedene Variationen aufweist. Man denke an die zahlreichen religiösen Denkschulen, welche die lebenswichtigen Grundregeln eines Konfuzianismus, Daoismus, Mohismus oder Legalismus lehrten und schon im 6. und 5. Jahrhundert v. Chr. das Leben der Menschen prägte.“ [5]

China ist überdies bekannt als das Land, das als erstes die großen Erfindungen des Papiers, des Buchdrucks, des Kompasses, des Schießpulver, des Porzellans und des Rechenbretts hervorgebracht hat.

Der Seefahrer Zhen He

Eine der bemerkenswertesten Expeditionen der Welt waren die Endeckungsreisen eines chinesischen Seefahrers lange vor Christoph Kolumbus.

Im Jahr 1421 begann der hünenhafte, islamische Eunuch Admiral Zhen He (Cheng Ho) seine Expeditionen in die verschiedenen Meere der Welt. Er war der Oberbefehlshaber einer Armada mit über 300 Schiffen mit 37000 Mann Besatzung und wurde von den Einwohnern der Küstenstädte in Indonesien, Indien und auch Afrika beschrieben. Der Anblick dieser Armada muss Furcht erregend gewesen sein. Niemals zuvor hatte man so viele Schiffe mit ihren bemalten Segeln gesehen.

Umso erstaunter und erleichtert waren die Menschen, als sie hörten, was der Admiral dieser chinesischen Flotte, Zhen He, tat und verlangte. Sein Verhalten war einmalig, denn Zhen He ging mit großem Gefolge an Land. Mit einer Körpergröße von zwei Metern war er eine imposante Erscheinung, berichtete ein Chronist, er hatte Augenbrauen wie Schwerter und sein Gesicht war rau wie eine Orange. Sein Weg führte ihn zu den Königen, Sultanen, Fürsten oder Häuptlingen, denen er die besten Grüße des „Himmlischen Sohnes" Yung Lo, des Kaisers von China, übermittelte. Danach überreichte er eine Fülle von Kostbarkeiten und verlangte dafür ein kleines Gegengeschenk, als Tributzahlung und Zeichen der Unterwerfung unter die Macht des „Himmlischen Sohnes". Was nun stärker war, die Verblüffung über die Art der so genannten Eroberung oder die Angst vor der mächtigen Flotte, lässt sich nicht mehr feststellen. Die Tatsache jedoch ist, die Herrscher unterwarfen sich.

Diese ungewöhnliche Eroberungstechnik war aus der Sicht des chinesischen Kaisers absolut vernünftig. China sah sich als den Mittelpunkt der Welt, als das reichste und mächtigste Land und außerdem allen anderen Völkern kulturell, intellektuell und technisch überlegen. So war es für die Völker nur sinnvoll, sich zu unterwerfen, um von China zu lernen und Nutzen daraus zu ziehen. Die Haltung mag arrogant gewesen sein, aber sie hat weniger Schaden angerichtet als die europäische Eroberungsstrategie, deren erste Pläne und Anfänge sich zu dieser Zeit in Portugal und Spanien zeigten.

Der Chinaforscher und Historiker Gavin Menzies beschreibt die Eroberung so: „Mehrere hundert Schiffe mit ihren zum Teil roten Segeln bilden die größte Armada aller Zeiten. Ihre Riesenschiffe sind bis zu 142 Meter lang und bis zu 55 Meter breit. Am Bug tragen sie Schlangenaugen, die Furcht einflößen und vor bösen Geistern schützen sollen. Um die Kolosse herum befinden sich unzählige kleinere Schlachtschiffe und Frachter. Letztere führen Tausende Tonnen Nahrung und Wasser mit sich."

Zur Navigation nahm man die Sterne zur Hilfe und benutzte zum Anpeilen sogenannte Kamals – rechteckige Holztafeln mit Knotenschnüren. Flüssig gelagerte Kompassnadeln waren den Chinesen schon lange bekannt. Zhen He's Kapitäne trugen ihre Beobachtungen in Seekarten ein, die mit Gitternetzen versehen waren, jedoch noch keine Breiten- und Längengrade aufwiesen. Bei der Herstellung ihrer Karten berücksichtigten sie auch Berichte von arabischen Seefahrern. So zeigt eine chinesische Karte von Afrika aus dem Jahr 1402 sogar den Nil, den Sudan und Sansibar; der dreieckige Umriss des Kontinents Afrika ist annähernd richtig erfasst. Die untere Spitze zeigt nach Süden zum Unterschied der damaligen europäischen Karten.

Möglicherweise stammten die chinesischen Kenntnisse nicht allein aus zweiter Hand; archäologische Funde in Ostafrika deuten darauf hin, dass die Chinesen dort schon früh Handel trieben. Von Somalia bis Sansibar entdeckte man entlang der Küsten große Mengen chinesischer Porzellanscherben und Münzen, die aus der Sung- und Ming-Ära stammen. Und bereits 1154 berichtete der arabische Geograph Al-Iddrisi über chinesische Händler auf afrikanischen Märkten. Für Zhen He hatten Geschäfte nur eine zweitrangige Bedeutung, wichtig war die Verbreitung des kaiserlichen Ruhmes. Da viele seiner Aufzeichnungen verschwanden, sind Zhen He's Seereisen nur lückenhaft überliefert. Das Jahr seines Besuchs in Sansibar lässt sich nicht genau ermitteln. Dass er selbst oder einer seiner Kapitäne bis nach Ostafrika segelte, ist jedoch historisch belegt.

Die heutigen Marinefachleute sind sich einig, dass die Chinesen es damals hätten schaffen können, ihre Expeditionen nach Südafrika fortzusetzen, dort das Kap der Guten Hoffnung in westlicher Richtung zu umrunden und bis nach Europa zu segeln. Die Chinesen hätten wahrscheinlich den Seeweg nach Europa entdeckt. Sie waren keine Kreuzfahrer, im Gegenteil: Ein Zeugnis der religiösen Toleranz ist noch heute in Gallus auf Sri Lanka zu besichtigen. Eine Steintafel von 1409 mit chinesischer, persischer und tamilischer Beschriftung dokumentiert Zhen He's Besuch und erweist drei Religionen Respekt. Die Tafel preist im chinesischen Text

Buddha, im persischen Allah und in der tamilischen Version den Hindugott Vischnu. Jeder Gott erhält die gleichen Opfergaben. [6]

Als 1425 der chinesische Kaiser Yung Lo starb wurden die Seereisen nicht mehr gefördert, und als Zhen He 1433 von seiner letzten Fahrt zurückkam, wurde die pionierende Seefahrt eingestellt. Das Reich der Mitte baute seine Große Mauer, das Land brach die Kontakte zum Ausland radikal ab und schottete sich ab. Der nachfolgende Kaiser verhängte ein striktes Reiseverbot und ab 1500 bestrafte man den Bau seetüchtiger Dschunken sogar als Kapitalverbrechen, denn ab sofort galt die Seefahrt als Hochverrat.

Zhen He starb 1433 mit 62 Jahren und seine seemännischen Leistungen gerieten in Vergessenheit.

Auf Grund der historischen Aufzeichnungen ist zu erkennen, dass Staatsstruktur, Religionsauffassung und der Kontakt mit den Menschen anderer Länder wesentlich anders aufgebaut waren als in den Ländern der europäischen Staaten. Die Entdeckungsreisen portugiesischer, italienischer und spanischer Seefahrer waren dagegen reine Eroberungsunternehmen und geprägt von der Gier nach Gold und anderen Reichtümern.

Von den Kaiserdynastien zu Mao

Nach der so genannten Mongolen-Dynastie (Yuan-Dynastie) begann ab dem Jahr 1368 die klassische Ming-Dynastie, in der auch die Stadt Peking (heute: Beijing) gebaut wurde.

In der Zeit von 1644 bis 1911 herrschte die Qing-Dynastie und unter den Kaisern Kang Xi und Qianlong erreichte China seine größte Ausdehnung. Wie weit die überlegene Einstellung gegenüber anderen Mächten war, zeigt eine Aufzeichnung der britischen Gesandtschaft unter Lord Macartney in der Sommerhauptstadt Chengde im Jahre 1793. Kaiser Qianlong erklärte der Gesellschaft, die ihm einen Handel vorgeschlagen hatten: „Wir haben nicht den geringsten Bedarf an den Waren deines Landes ... Du, König, solltest einfach in Übereinstimmung mit unseren Wünschen handeln, deine Loyalität stärken und ewigen Gehorsam schwören, um so sicherzustellen, dass dein Land an den Segnungen des Friedens teil hat."

Ab dem Jahr 1820 begann in China jedoch das Zeitalter von Demütigungen und inneren Unruhen, das im so genannten Opium-Krieg gegen England gipfelte. Ein zweiter Opium-Krieg brach in den Jahren 1856 bis 1860 aus, in dem die französischen und britischen Militäreinheiten auf barbarische Art den alten Sommerpalast bei Beijing niederbrannten. Diese zwei Kriege nannte man Opium-Kriege, weil England Opium als Kriegswaffe gegen die Chinesen einsetzte.

In den darauf folgenden Jahren begannen die Europäer, Russen und Japaner einige Küstenstädte, Gebiete und Inseln zu besetzen und unter ihren Einfluss zu bringen. Nach dem Boxeraufstand 1900 proklamierte im Jahre 1911 Sun Yat-sen die erste Republik. 1921 wird die Kommunistische Partei gegründet und 1928 übernimmt General Chiang Kai-schek die Macht in China. 1937 erobert Japan auf besonders blutige Weise die Mandschurei, und die Unruhen steigerten sich bis zum Bürgerkrieg in den Jahren 1946-1949.

Am 1. Oktober 1949 proklamierte Mao Tse-tung auf dem Platz des Himmlischen Friedens in Beijing die Gründung der Volksrepublik China. Er wurde zum Führer eines Achthundert-Millionen-Reiches, zum „Großen Vorsitzenden", „Großen Lehrer", „Großen Oberbefehlshaber" und zum „Großen Steuermann", um nur einige Titel zu nennen. Er, der Sohn eines reichen Bauern aus der Provinz Hunan, bekannte sich seit 1920 zur Lehre Karl Marx' und war Mitbegründer der Kommunistischen Partei China im Jahr 1921.

1927 gründete Mao Tse-tung einen sozialistischen Staat, ähnlich der UdSSR, auf chinesischem Boden. Etwa zur gleichen Zeit griff sein Gegenspieler Chiang Kai-schek in die Geschichte Chinas ein und befürwortete zunächst ein Bündnis mit den Kommunisten. Nach dem Bruch zwischen den beiden Führern, folgten pogromartige Verfolgungen und Tausende Chinesen wurden ermordet und hingerichtet. Mao entkam in den Untergrund und überwarf sich mit der damaligen Parteiführung, weil er Moskau für die Zerschlagung der chinesischen KP verantwortlich machte.

Mao Tse-tung setzte sich mit seiner aus dem Partisanenkrieg entstandenen Roten Armee durch und proklamierte 1949 die Volksrepublik China. Bei dem „Großen Sprung vorwärts" wurden auch Dörfer zu Volkskommunen umgewandelt, jedoch eine verfehlte Agrarreform gipfelte in einer gigantischen Hungersnot mit über 30 Millionen Toten.

1966 bis 1969 verkündete Mao eine gewaltige Kulturrevolution an und stürzte das Land weiter in ein Chaos. Um das Volk mit der neuen Lehre Maos vertraut zu machen, erschien 1964 das so genannte „Rote Buch" mit 118 Zitaten Maos. Dieses Büchlein wurde 6,5 Milliarden Mal in 500 Auflagen gedruckt und auch in 50 Sprachen übersetzt. Da der bereits greise Vorsitzende um seine Vormachtstellung bangte, wollte er mit dieser Lektüre einen großen Sprung nach vorne ankündigen, der die rückständige Industrie und die marode Landwirtschaft auf Vordermann bringen sollte. Doch dieser große Sprung endete mit einer Bauchlandung und politische Mitstreiter wie Liu Shaochi und Deng Xiaoping begannen an den Fähigkeiten des greisen Revolutionärs zu zweifeln.

Mit der Unterstützung der Armee organisierte Mao seine Anhänger und Studenten, Bauern und Arbeiter begannen das ganze Land zu verändern. Sie zerstörten kostbare Kulturdenkmäler und bekämpften die wenigen Privatunternehmer des Landes. Das „Rote Buch" entwickelte sich zur Lieblingslektüre, wurde vor Arbeitsbeginn oder in der Schule zitiert und teilweise auswendig gelernt. Das Ziel dieses Aufstandes war eine Weltrevolution, die aber in einem totalen Chaos endete und die Wirtschaft in eine verheerende Situation brachte.

Nach dem Tod Maos ergriff Deng Xiaoping, der unter Mao lange Zeit inhaftiert war, die Macht und begann mit einer neuen Reform- und Öffnungspolitik. Dieser neue, kleine Mann war völlig anders als Mao. Er predigte die Parole: „Die Wahrheit in den Tatsachen zu suchen und vom kapitalistischen Klassenfeind zu lernen. Es kommt nicht darauf an, ob eine Katze schwarz oder weiß ist, solange sie Mäuse fängt."

Jean-Francois Susbielle schreibt: „Deng Xiaopings geniale Leistung bestand darin, dass er ohne ideologisches und rhetorisches Getöse eine Revolution zustande brachte. Eine Kehrtwendung, durch die sich China Schritt für Schritt von einem übersteigerten totalitären Kollektivismus befreite und den Weg zu einer kapitalistischen, auf den Export gestützten Wirtschaft fand." [7]

So begann die radikale Öffnung der chinesischen Wirtschaft, aber leider ohne demokratische Veränderungen. Wie die neu erstandene Opposition unterdrückt wurde, zeigte die blutige Niederschlagung von Studentenunruhen auf dem Tiananmenplatz im Jahr 1989.

Das neue China

Nach den Aufzeichnungen seines Leibarztes O'Meara auf der Insel Helena, soll Napoleon schon damals gesagt haben: „China ist ein schlafender Riese. Lasst ihn schlafen, denn wenn er aufwacht, wird er die Welt in Staunen versetzen." [8]

In den letzten Jahrzehnten hat die Welt beobachtet, dass dieser schlafende Riese tatsächlich erwacht und nun dabei ist, die gesamte Welt zu verändern. Das riesige Land der Mitte mit seiner tausendjährigen Geschichte kehrt zurück. Das Riesenreich ist auf dem besten Weg, wieder zu einer Weltmacht zu werden. China hat sich in kurzer Zeit die Globalisierung wie kein anderes Land zunutze gemacht und ist dabei, den Wirtschaftsmächten der westlichen Welt den Kampf anzusagen. Dieses neue China wird das Leben auf den verschiedenen Kontinenten gravierend verändern.

Die wirtschaftliche Entwicklung Ostasiens gehört zu den bedeutendsten Veränderungen in der zweiten Hälfte des 20. Jahrhundert. Diese Entwicklung begann in den fünfziger Jahren in Japan, das sich erfolgreich modernisiert und wirtschaftlich entwickelt hatte. Der Prozess dieser wirtschaftlichen Entwicklung sprang auch auf die Länder Singapur, Südkorea, Taiwan und Hongkong, die man als die Tigerstaaten bezeichnete, über und später erfasste diese Entwicklung auch China, Malaysia, Thailand, die Philippinen und Indonesien. Diese Länder haben durchschnittliche jährliche Wachstumsraten von zehn Prozent und mehr verzeichnet.

Auch der Handel zwischen Indien und China wurde stärker ausgebaut und es wurden bereits Gespräche über eine Einrichtung einer Freihandelszone beider Länder aufgenommen. Der chinesische Premierminister Wen Jiabao hat seinem indischen Amtskollegen Manmohan Singh zugesichert, den Wunsch Indiens nach einem ständigen Sitz im UN-Sicherheitsrat zu unterstützen. Die stärkere Zusammenarbeit beider Länder würde nach Aussage von Hu Jintao eine Welt mit einen wahrhaft asiatischen Zeitalter bescheren. [9]

Samuel P. Huntington schreibt dazu: „Das asiatische Wirtschaftswachstum steht in scharfem Kontrast zu den bescheidenen Daten der Europäer und Amerikaner und zu den stagnierenden Zahlen des Restes der Welt. Das Tempo dieses Wandels ist atemberaubend gewesen. Wie Kishore Mahbubani bemerkt hat, brauchten England und die USA 58 bzw. 47 Jahre, um ihren Pro-Kopf-Output zu verdoppeln, Japan hingegen schaffte es in 33 Jahren, Indonesien in 17, Südkorea in 11 und China sogar in 10 Jahren." [10]

Durch die im Jahr 1979 von Deng Xiaoping eingeleiteten Wirtschaftsmaßnahmen zur Modernisierung stieg das Bruttosozialprodukt des Landes innerhalb von zwanzig Jahren auf das Vierfache. In den nächsten Jahren bis 2020 wird eine gleiche Steigerung erwartet.

Einerseits bekennt sich dieses Land zum totalen Sozialismus und Kommunismus, andererseits ist ihre wirtschaftliche Einstellung von gigantischen kapitalistischen Grundsätzen geprägt. So entwickelte die größte Diktatur der Welt ein komplett neues politisches Gefüge, auf das sich die Welt erst einmal einstellen muss. Diese Einstellung kann sich in einer weiteren Entwicklung zu einem sozialen, finanziellen und politischen Sprengstoff entwickeln.

China weist heute ein jährliches Wirtschaftswachstum von 9 bis 10 Prozent auf und ist seit 2005 hinter den USA bereits die zweitstärkste Wirtschaftsmacht. Die entstandene Kehrseite dieser erfolgreichen wirtschaftlichen Entwicklung ist eine nicht mehr unter Kontrolle zu haltende, in Ballungsgebieten lebensgefährliche Umweltverschmutzung. Nach einem im Juni 2006 von China veröffentlichten Bericht verursacht die Umweltverschmutzung bereits einen Schaden in Höhe von 200 Milliarden US-Dollar, das sind 10 Prozent des Bruttoinlandsproduktes.

Eine allgemein bekannte internationale Kritik bezieht sich auf die immer stärker werdende Korruption im Land der Mitte, Vergehen gegen die Menschenrechte sowie die eingeschränkte Pressefreiheit und die starke Zensur in Bereich des Internets. Einem Bericht der Menschenrechtsorganisation Amnesty International zufolge ist China in geheime Waffenlieferungen verwickelt, mit denen es repressive Regime wie Sudan, Nepal und Myanmar unterstützt und somit auch deren Menschenrechtsverletzungen akzeptiert.[11]

China ist bemüht, internationale Ängste gegenüber seiner militärischen Aufrüstung zu zerstreuen. „Man muss aber davon ausgehen, dass Peking im Verteidigungssektor mehr Geld ausgibt, als es öffentlich zuzugeben bereit ist", sagte ein europäischer Militärattache in Peking. Der Kongresssprecher und Ex-Außenminister Li Zhaoxing erklärte: „China ist dem Frieden verpflichtet. Der einzige Grund für Chinas militärische Stärke ist die Souveränität und territoriale Einheit." – Der österreichische Journalist und China-Kenner Bernhard Bartsch bestätigte: „Obwohl die Parteispitze seit Jahren beteuert, nur friedliche Absichten zu haben, nähren derartige Kraftbeweise bei Chinas Nachbarn – aber auch in den USA – die Sorge, dass Peking eine gravierende Machtverschiebung in der Asien-Pazifikregion anstreben könne.

In Washington wird China seit Jahren als die größte Herausforderung für die amerikanische Vormachtstellung in dieser Region gesehen. Anfang Februar 2010 veröffentlichte das Pentagon eine Reihe von Maßnahmen, die ergriffen werden müssten, um Chinas militärischer Expansion im kommenden Jahrzehnt zu begegnen. In Peking löste der Bericht wütende Reaktionen aus. Dass Washington kürzlich ankündigte, Taipeh für 4,6 Milliarden Euro neue Waffen zur Selbstverteidigung liefern zu wollen, sorgte deshalb in Peking für ernsthafte Verstimmungen. China drohte damit, einen Teil seiner amerikanischen Staatsanleihen abzustoßen, um die USA zu destabilisieren. Tatsächlich zirkulieren in den USA bereits Szenarien für einen „chinesischen Währungsangriff." [12]

„Die Chance auf eine neue, ausgewogene Weltordnung wurde in den 1990er Jahren vertan. Mangelnde politische Kontrolle kapitalistischen Wirtschaftens, aber auch Amerikas Arroganz der Macht legten die Keime für künftige Krisen." [13]

Auf Grund der dominierenden Wirtschaftsentwicklung wachsen auch die Währungsreserven gigantisch und der Chef der chinesischen Zentralbank Zhou Xianochuan, dokumentiert: „Kein Land der Erde verfügt über einen ähnlich hohen Währungsschatz wie China. Ende März 2007 waren es 1,2 Billionen US-Dollar."

Der russische Finanzminister erklärte: „Es kann möglich sein, dass in zehn Jahren der chinesische Yuan den US-Dollar als globale Leitwährung ablösen könnte."

Kurt Seinitz, Leiter der Abteilung für internationale Politik der österr. „Kronen Zeitung" und profilierter Chinakenner, schreibt in seinem Buch „Vorsicht China": „Aus Wissen erwächst (Wirtschafts-)Macht. Wenn die chinesische Zentralbank mit ihren bald größten Devisenreserven der Welt hustet, bekommt der US-Dollar eine Lungenentzündung, denn die USA können sich ihr horrendes Handelsbilanz- und Budgetdefizit nur solange leisten, solange China US-Schuldscheine kauft. Die Zentralbank hält schon 260 Milliarden Dollar US-Anleihen. Falls China nur ein Zehntel davon zum Verkauf auf den Börsenmarkt würfe, würde ein finanzielles Erdbeben die USA und die Weltwirtschaft erschüttern." [14]

Für enormen Zündstoff dürfte Chinas Währungspolitik sorgen. Die Vereinigten Staaten werfen der chinesischen Regierung vor, dass sie den Kurs des Yuan künstlich und unrealistisch niedrig hält, um den Export anzufeuern. Wenn China keine amerikanischen Schatzanweisungen mehr erwerben würde, so könnte dies zu einer neuen Wirtschaftskrise führen, die mit der von 1929 durchaus vergleichbar wäre. Noch schlimmer wäre es, wenn China seine Schatzanweisungen verkaufen würde. „Ein totales Einbrechen des Dollarkurses würde in den USA eine Depression und in der übrigen Welt eine Wirtschaftskrise mit unabsehbaren Folgen auslösen."

Denn in Wahrheit ist das Währungsgleichgewicht zwischen China und den USA in Wirklichkeit sehr viel komplexer als allgemein angenommen wird.[15]

China und Afrika

Die westliche Welt konzentriert sich zunehmend auf die Interessen und Probleme der amerikanischen Wirtschaft und nimmt nicht zur Kenntnis, wie China in Afrika und Südamerika an Macht gewinnt. China geht es nicht nur um die Sicherung von Rohstoffen, sondern auch um neue Absatzmärkte. Chinesische Ingenieure, Techniker und Händler sind dabei, den afrikanischen Kontinent zu erobern. Zu den bestimmten Regionen Afrikas gehören der Sudan, Angola, Gabun, Nigeria, Zimbabwe, Senegal und Algerien. China hat Afrika und Südamerika entdeckt, und der Rest der Welt merkt es fast nicht. Das Land der Mitte sieht – wie Europa und die USA – in Afrika nicht zuallererst den Hungerkontinent, sondern einen mit allen wichtigen Rohstoffen gesegneten Teil der Erde.

Der chinesische Erdölkonzern National Petroleum sicherte sich, im Zuge einer Reise des Ministerpräsidenten, für mehr als zwei Milliarden Dollar 45 Prozent eines als äußerst ergiebig geltenden nigerianischen Erdölfeldes und es wurde chinesischen Firmen die Erschließung weiterer Ölfelder zugesprochen. Im Gegenzug will China 4 Milliarden Dollar in die Wiederherstellung der maroden nigerianischen Infrastruktur investieren, will Straßen, Kraftwerke und ein Eisenbahnnetz bauen. Im Süden des Landes ist eine Freihandelszone geplant, um von dort aus West- und Zentralafrika leichter beliefern zu können. Das Investitionsvolumen wird auf 7 Milliarden geschätzt.

Im Sudan ist China mittlerweile der größte Erdölförderer. In Angola, dem nach Nigeria zweitgrößten Erdölproduzenten Afrikas, lehren die Chinesen der etablierten Konkurrenz aus Europa und Amerika bereits das Fürchten. Im Kongo fördern Chinesen Kupfer und Kobalt in rauen Mengen, in Zimbabwe das Edelmetall Platin und in den südafrikanischen Bergwerken wird Steinkohle, Platin und Eisenerz für China gefördert. Allein in den 90er Jahren stieg das Handelsvolumen zwischen China und dem afrikanischen Kontinent um 700 Prozent. China stellt keine Forderungen nach menschenwürdigeren Regierungen. Demokratischer Wandel ist nicht im Sinne der Chinesen und sei eine interne Angelegenheit, in die man sich nicht einmische, betonen die chinesischen Verhandlungsführer.

Die Regierung in Peking gewährte Angola anstandslos einen Kredit von mehr als 2 Milliarden Dollar, nachdem die Weltbank und der Internationale Währungsfond dem Land wegen der galoppierenden Korruption keine Kredite mehr einräumen wollten.

China hat auch den afrikanischen Staaten bilaterale Schulden in Höhe von 10 Milliarden Dollar erlassen, schickt Mediziner in die Länder und lädt jedes Jahr Tausende afrikanische Studenten und Arbeiter zum Studium oder zu verschiedenen Weiterbildungsseminaren nach China ein. Doch China geht es in Afrika nicht nur um die Sicherung von Rohstoffen allein, sondern auch um das Schaffen von Absatzmärkten. Chinesische Produkte sind billig und damit der Kaufkraft der Afrikaner angepasst. [16]

China und Südamerika

Mit enormen Investitionen in Milliardenhöhe weiten chinesische Unternehmen ihren Einfluss auch in Südamerika rasant aus. Als neuer Handelspartner hat China eine so große Bedeutung erlangt, dass einige Kritiker schon vor einer neuen Abhängigkeit warnen.

Der chinesische Ölkonzern CNOOC hat sich 2009 in den südamerikanischen Ländern auf Einkaufstour begeben. So zahlte er 3,2 Milliarden Dollar für die Hälfte der Anteile an der argentinischen Ölholding Bridas Energy. Im Januar hatte CNOOC bereits ein Förderabkommen für ein Projekt im Schwerölgürtel Venezuelas abgeschlossen. Zudem zahlt Peking als Gegenleistung für täglich gelieferte 400000 Barrel Öl in einen Entwicklungsfonds ein, aus dem Venezuelas Präsident Hugo Chavez die diversen Infrastrukturprojekte bezahlt. Auf Grund der Spannungen zwischen Hugo Chavez und dem damaligen US-Präsidenten George W. Bush nützte China die Lage aus und unterstützte stärker den venezolanischen Präsidenten. Hugo Chavez und sein Verbündeter Fidel Castro wollen mit der Unterstützung Chinas den Sozialismus des 21. Jahrhunderts in alle anderen Länder tragen und die Erdölförderung in den karibischen Gewässern fördern.

Nach den USA ist China heute der größte Erdölverbraucher der Welt. Die Rohstoffpreise dürften daher weiter ansteigen, und zwar in dem Tempo, in dem der Verbrauch der neuen Wirtschaftsriesen China und Indien wächst. Schon heute importiert das Reich der Mitte Tag für Tag vier Millionen Barrel Erdöl, und es verbraucht ein Drittel der Weltproduktion an Stahl, Zement, Eisen und Kohle sowie ein Fünftel der weltweiten Aluminiumproduktion. Somit diktiert China die Rohstoffpreise, genauso wie es die Preise der im eigenen Land produzierten Produkte festlegt.

China ist angewiesen auf einen funktionierenden Import-Export-Strom. Jean-Francois Susbielle schreibt über die Verwundbarkeit der chinesischen Handelswege: „Besorgt beobachtet Peking die Lage an den strategisch wichtigen Meerengen, etwa an der Straße von Hormuz und der Straße von Malakka, die 80 Prozent seiner Ölimporte passieren müssen, am Suez- und am Panamakanal, durch die ein großer Teil seiner Fertigwarenexporte verschifft wird. An solchen Engstellen besteht immer die Gefahr, dass Terroristen oder Piraten die Schiffe überfallen. China genießt allerdings nicht den Schutz der Amerikaner. Erstens, weil es sich nie von den USA abhängig machen würde, und zweitens, weil es bald der größte wirtschaftliche und strategische Rivale der Vereinigten Staaten sein könnte.

Peking hat keine andere Wahl, als sich selbst um seine Sicherheit und den Schutz seiner Versorgungswege zu kümmern. Da China davon ausgeht, dass Amerika über kurz oder lang versuchen wird, seine Weiterentwicklung und seinen Aufstieg zur Weltmacht zu bremsen, muss es unbedingt ein eigenes globales Sicherheitssystem aufbauen. Ein Mittel dazu ist die Errichtung eines Netzes verlässlicher Bündnisse mit rohstoffeigenen oder an strategisch wichtigen Punkten gelegenen Ländern. Nötig erscheint weiterhin der Aufbau einer stärkeren Marine, die auch auf hoher See die politischen und wirtschaftlichen Interessen des „Drachen" vertreten kann." [17]

In Brasilien finanziert China mit 10 Milliarden Dollar das Offshore-Programm des Ölriesen Petrobras und sichert sich dafür zehn Jahre lang 200000 Barrel Öl pro Tag. Beim Eisenerzriesen Vale erwerben die Chinesen Anteile und in Peru, Bolivien und Chile investieren sie in Kupfer- und anderen Erzbergwerken. „Die Chinesen haben Afrika erobert, jetzt wollen sie stärker in der Rohstoffregion Südamerika Fuß fassen", schreibt Jose Augusto de Castro vom brasilianischen Außenhandelsverband. Während viele bisherige Abnehmer weltweit infolge der Wirtschaftskrise ausfielen, wuchs China in den vergangenen Jahren zum bedeutendsten Exportmarkt heran. Und von Chinas steigendem Bedarf an Eisenerz, Soja oder Kupfer profitieren die Rohstoff-Multis gleich doppelt. Sie verkaufen mehr nach Asien – aber gleichzeitig steigen die Welthandelspreise für ihre Produkte wegen der enormen Nachfrage in anderen Weltregionen. Der britische Ökonom Rhys Jenkins kritisiert zudem eine ungleiche Rollenverteilung in den Wirtschaftsbeziehungen: „Im Handel mit China wird Südamerika wieder auf die Rolle des Rohstofflieferanten beschränkt – wie vor 200 Jahren." [18]

Bei einer Reise durch Südamerika, mit einer Delegation aus 500 Unternehmern und Partiefunktionären im Schlepptau, versprach der chinesische Staatspräsident Hu Jintao: „Insgesamt 100 Milliarden Dollar werde Peking innerhalb der nächsten zehn Jahre in Lateinamerika investieren."

Tatsächlich muss sich das Reich der Mitte seine Rohstoff- und Energiequellen bewahren, um den steigenden Wachstumsmotor seiner 1,3 Milliarden Menschen starken Wirtschaft zu sichern. Schon jetzt steht die Volksrepublik China für sieben Prozent des weltweiten Ölkonsums, ein Drittel des Kohleverbrauchs, ein Viertel des weltweiten Aluminiums beziehungsweise Stahlkonsums und etwa 40 Prozent des Zementverbrauchs.

„China ist zwar keine zentralistische Wirtschaft mehr, aber die Regierung fördert bewusst Investitionen im Ausland", sagt Wang Qingyuan, Wirtschaft- und Handelsattache der chinesischen Botschaft in Mexiko.

„Große Interessen haben die Chinesen auch in der notwendigen Agrarindustrie. China ist einer der wichtigsten Abnehmer für Soja und andere landwirtschaftliche Produkte aus den südamerikanischen Ländern. Bisher werden die Exporte über große multinationale Handelshäuser wie Bunge abgewickelt. Die Chinatext Cereal & Oil Impex Corp beschritt dieses Jahr erstmals neue Wege, als es 500000 Tonnen Soja direkt von den brasilianischen Kooperativen in Rio Grande do Sul kaufte. Das Ziel ist, künftig einen großen Teil des Getreides direkt in Brasilien zu kaufen und möglichst auch gleich weiterzuverarbeiten. Auch in Argentinien zieht die Agrarindustrie Investoren aus China an. Die Gruppe Noble aus Hongkong will 25 Millionen Dollar in den Bau eines Getreidehafens in Santa Fe investieren, das chinesische Unternehmen Zhejiang Xin Chemicals eine Glyphosat-Fabrik bauen", war im Wirtschaftteil der ZEIT-Online zu lesen.[19]

Die meisten Länder, einschließlich der USA und der europäischen Mitgliedsstaaten, lehnen bisher die Anerkennung Chinas als

Marktwirtschaft ab. Doch Brasilien gab dem Drängen nach. Vermutlich sind auch Argentinien und Chile kaum in der Position, den mit Kapitalspritze und einem riesigen Absatzmarkt winkenden Chinesen einen Wunsch abzuschlagen, obwohl die lokale Industrie bereits Alarm schlägt und davor warnt, in Zukunft hilflos den Dumping-Importen aus China gegenüber zu stehen. [20]

Somit ist China dabei, ein wichtiger Partner für den gesamten südamerikanischen Kontinent zu werden – von Kolumbien über Brasilien, Venezuela, Bolivien, Argentinien, Ecuador und die karibischen Staaten.

Das heikle Thema

Der Begriff Demokratie ist für den wiedererwachten Drachen ein sehr heikles Thema. Erst nach einer langen Periode der Feudalgesellschaft verwandelte sich China nach 1840 infolge einer Reihe von Invasionen westlicher kapitalistischer Großmächte und aufgrund des dekadenten Verfalls der feudalen herrschenden Klasse Schritt für Schritt in eine halbkoloniale und halbfeudale Gesellschaft. In den darauf folgenden 110 Jahren war China Beute fast aller imperialistischen Länder der Welt. Die chinesische Nation geriet in eine schwere Notsituation, in der das chinesische Volk von außen der Aggression durch den Imperialismus und von innen der Unterdrückung durch den Feudalismus ausgesetzt war.

Von demokratischen Rechten war keine Rede. Eine westliche Auffassung von Demokratie hat in China bisher nie existiert und war auch nie ein Bestandteil seiner Tradition. Das heißt nicht, dass eine Demokratie nicht doch eines Tages Fuß fassen wird, aber es wird ein sehr langer Weg zu einer Demokratie europäischer Vorstellung sein.

Für Hu Jintao könnte es eine gewisse Demokratie in der Zukunft geben. Schließlich erkannte die kommunistische Partei Chinas, dass es unmöglich war, das kapitalistische politische System des Westens kritiklos zu übernehmen. Um die historische Aufgabe zu erfüllen, der Nation das Überleben zu sichern und gegen den Imperialismus und den Feudalismus zu kämpfen, musste man mit neuen Ideen und Theorien einen neuen Weg bahnen und ein völlig anderes System etablieren. Was Peking unter „chinesischer Demokratie“ versteht, gleicht aber nicht unbedingt einem westlichen Verständnis. Zuerst entwickelten die chinesischen Politiker einen „Sozialismus mit chinesischen Besonderheiten“, dann die „sozialistische Marktwirtschaft“. Nun erscheint eine neue Vorstellung im politischen Diskurs einer eigenen „chinesischen Demokratie“.

„Bei dem großen Parteikongress im Herbst 2009, der für die nächsten fünf Jahre die Richtung vorgeben und über die Ideologie dieser nächsten Jahre entscheiden soll, wurden auch erstaunlich offenen Debatten über eine Demokratisierung geführt. „Demokratie ist eine gute Sache“, mit diesem für China provokanten Titel leitete ZK-Archivar Yu Keping, einer der einflussreichsten Intellektuellen, die Diskussion ein. Yu kam dabei zu dem Schluss, dass die Demokratie das Beste aller politischen Systeme sei. Unter anderem wurde auch diskutiert, dass das Gefälle zwischen Arm und Reich bereits die Grenzen des Vertretbaren erreicht hätte, und so setzte die Regierung sich das Ziel, mehr soziale Gerechtigkeit und Harmonie zu schaffen, um das Los der Bauern zu verbessern, die mittlerweile zu den großen Verlierern des Wachstums geworden sind.

China brauche Wahlen heißt es: Wahlen in der Partei, in der Provinz, Wahlen zu den Volkskongressen und Wahlen zu den Kreisvertretungen. Ein Parteitheoretiker fordert für China ein System wie das der schwedischen Sozialdemokratie. Auch in weniger radikalen Beiträgen werden größere Mitwirkungsmöglichkeiten für den Einzelnen in gesellschaftlichen Belangen und ein Ausbau der

Konsultationsmechanismen vorgeschlagen. Andere stellen unverfroren fest, dass nur ein demokratisches System einen wirklichen Schutz gegen die in China grassierende Korruption gewährleisten könne. Doch was sich der Regierungschef unter einer „chinesischen Demokratie" vorstellt, entspricht nicht unbedingt westlichem Verständnis. Was die aufgeklärten Parteikräfte wünschen, dürfte mehr unter die „chinesische Eigenform einer Demokratie" fallen." [21]

Der Aufstieg Chinas zur Supermacht wird notwendigerweise demokratische Veränderungen bringen müssen, denn ein Nichtakzeptieren demokratischer Regeln und humaner Bewegungen würde zu einem Mangel an Effizienz führen.

Militärische Bedrohung?

Die USA haben bekanntlich immer Angst vor rivalisierenden Schurkenstaaten und aufstrebenden Wirtschaftsnationen. So machen sie sich auch ernsthafte Sorgen um die zukünftige Entwicklung des erwachenden Riesen und Indien hinsichtlich ihrer militärischen Macht.

China wird auch den Wunsch der USA, die einzige Supermacht der Welt zu bleiben und mit ihrer Atomstreitmacht sowie mit den unzähligen Militärstützpunkten allen übrigen Ländern überlegen zu sein, einen Strich durch die Rechnung machen.

Damit die Vereinigten Staaten ihre Vorherrschaft für die ganze Welt beibehalten beziehungsweise ausbauen können, benötigen sie eine starke militärische Überlegenheit und eine glaubwürdigere, durchsetzungsfähige Diplomatie. Außerdem müssten sie den moralischen Grundsätzen, für die sie werben, mehr Geltung verschaffen. Die USA vertreten die Meinung, überall in der Welt müssten Recht und Ordnung nach den Idealen und Interessen ihrer Vorstellung herrschen. Der Ausbau amerikanischer Machtbereiche unter dem Deckmantel „Krieg gegen den Terror" wird weitergehen. Er kann vorübergehend ruhen, aber durch etwaige Drohungen oder einen Anschlag wiederbelebt werden. Einerseits ist China durch den Wandel seiner wirtschaftlichen Richtung ein Partner der Kapitalisten geworden, andererseits ist China der Antipode, also ein Gegenspieler des christlichen Westens, ein Rivale, der die amerikanische Vorherrschaft in der Welt bedroht. Der damalige chinesische Führer Deng Xiaoping sagte: „Zwei Tiger können nicht auf demselben Berg zusammen leben."

In einem vom US-Kongress angeforderten 92-seitigen Dokument nennen die Politiker Amerikas neben China auch Indien und Russland als eine grundlegende Gefahr für die internationale Sicherheit im 21. Jahrhundert. „Unter den wichtigen und aufstrebenden Mächten hat China das größte Potenzial, um militärisch mit den Vereinigten Staaten zu konkurrieren und zerstörerische Militärtechnologien zu entwickeln, die mit der Zeit die herkömmlichen Vorteile des US-Militärs bei Ausbleiben von Gegenstrategien der USA ausgleichen könnten", heißt es in diesem Dokument. China werde weiterhin kräftig in Waffen, wie Raketen und Marschflugkörper, Luftabwehrsysteme und Unterseeboote investieren, um ein militärisches Gegengewicht in der Region Asiens zu bekommen. [22]

Militärisch kann sich China derzeit noch nicht mit den USA messen. Beim Golfkrieg und dem Irakkrieg bemerkte das Land der Mitte, über welches Waffenarsenal amerikanische Truppen verfügen. Die Schlussfolgerung ließ sich nicht lange verdrängen und China begann seine Waffensysteme zu modernisieren. China war mit der eigenen Rüstungsindustrie nicht in der Lage, hochwertige Waffensysteme zu produzieren und die Einfuhr erwies sich andererseits als problematisch, denn die USA weigern sich, entsprechende Waffen zu liefern. Auch die Europäische Union war aufgrund eines seit 1989 bestehenden Embargos nicht bereit, Rüstungsgüter an China zu liefern. Zwar stehen europäische Rüstungskonzerne wie BAE, Thales, Saab oder EADS schon lange in den Startlöchern, um lukrative Aufträge zu bekommen, aber noch verhindert das Brüsseler Exportverbot den Abschluss entsprechender Geschäfte. So war China gezwungen, Kontakte zu anderen Staaten zu suchen. Vor allem Russland sowie das amerikatreue Israel springen schon seit Jahren in die Bresche. Allein aus Russland kommen 80 Prozent aller Waffeneinkäufe: Kampfflugzeuge vom Typ SU-27 und SU-30, Frühwarnsysteme, U-Boote, Zerstörer der Sovremeny-Klasse sowie SAM-Raketen. Israel liefert bevorzugt Elektronik- und Kommunikationstechnologie.[23]

Schon seit Jahren sind die Zuwachsraten für die Militärausgaben zweistellig. Für das Jahr 2008 hat die chinesische Regierung bereits 34 Milliarden Euro ausgegeben, das waren erneut 18 Prozent mehr als 2007. Internationale Experten gehen davon aus, dass die wahren militärischen Ausgaben jedoch dreimal so hoch sein dürften wie offiziell angegeben. Mittlerweile befinden sich im südchinesischen Pazifik fünfmal so viele Unterseeboote von dem Reich der Mitte als von der Marine der Vereinigten Staaten.

„China ist einem Weg der friedlichen Entwicklung verpflichtet und verfolgt einen defensiven militärischen Ansatz“, heißt es offiziell aus Peking. Doch Chinas Nachbarländer verfolgen diese Entwicklung mit wachsender Sorge. Experten sprechen bereits von einem neuen asiatischen, pazifischen Rüstungswettlauf. Besonders Japan, das mit China um die Inselgruppe Senkaku im Ostchinesischen Meer streitet, spricht längst von einer Provokation. Peking beansprucht auch Inselgruppen wie die Spratly-Inseln, die von mehreren Ländern kontrolliert werden, oder die Paracel-Inseln, die etwa 2000 Kilometer von der Südküste Chinas entfernt liegen.

Jean-Francois Susbielle stellt in seinem Buch „China-USA – Der programmierte Krieg“ auch die Fragen: „Warum braucht das Reich der Mitte so ständig wachsende Verteidigungshaushalte? Wozu der Ankauf hoch komplizierter Waffensysteme? – Das amerikanische Verteidigungsministerium sieht das so: China strebt nach der Vormachtstellung im südostasiatischen Raum. Deshalb baut es eine Hochseemarine auf und unterhält eine Armee, deren Größe in keinem Verhältnis zum tatsächlich erforderlichen Verteidigungsaufwand steht. Der ehemalige US-Verteidigungsminister Donald Rumsfeld nannte daher die Aufrüstung Chinas einen „Angriff auf die Weltordnung.“ [24]

Der Vizepräsident des International Center for Assessment and Strategy, Richard Fischer, erklärte: „Wir sollten aufwachen. Inzwischen befinden wir uns in einem Rüstungswettlauf mit einer neuen Supermacht, deren Ziel es ist, die Vereinigten Staaten zuerst einzudämmen und dann zu überholen.“ [25]

Kapitel 11

Die Zukunft

Die Ära der zwei Regierungen von George W. Bush ist zu Ende gegangen und die Welt konnte aufatmen über die Wahl des ersten schwarzen amerikanischen Präsidenten.

Erst wenn sich ein imperialistisches System mit einer ganzen Reihe von Krisen konfrontiert sieht, versucht sie, als hinter der Weltpolitik lancierende, aber herrschende Klasse, für das Überleben eines Imperialismus neue Maßnahmen zu setzen.

Die Regierung Bush und seine Hintermänner aus der Gruppe der Skull & Bones und ihre Neokonservativen sind am Ende ihres Weges angekommen. Ihre Argumente, Prognosen und dubiosen Tricks waren abgenutzt und nicht mehr glaubwürdig. Die Wirtschaft in den Vereinigten Staaten kollabierte und die angloamerikanischen Armeen waren in einer gewissen Weise besiegt und demoralisiert. Der Hass auf den Westen, vor allem auf die USA, erreichte besorgniserregende Ausmaße und das Misstrauen gegenüber den Verbündeten war im Schwinden. Die Vasallen und aufgebauten Marionetten waren mit der Politik unzufrieden und rebellierten auf unterschiedlichste Weise.

„Die dringendste Frage für die Wall Street und für die Londoner City bestand darin, die Weltherrschaft der Anglo-Amerikaner angesichts zahlreicher Herausforderungen aufrecht zu halten. Sie müssen ihre Hegemonie im Währungs- und Finanzsektor beibehalten, ihre diplomatische Glaubwürdigkeit wiedergewinnen, ihre Streitkräfte neu aufstellen bzw. wieder aufbauen, ihre Allianzen erneuern, ihre Vasallen und Marionetten wieder zur Ordnung rufen und sich auf eine Konfrontation mit widerspenstigen Supermächten wie Russland und China vorbereiten. Mit Bush und Cheney oder McCain würde das wohl kaum gelingen", so bezeichnete der amerikanische Schriftsteller Webster Griffin Tarpley die damalige Situation der USA.

Zbigniew Brzezinski, der Mann im Hintergrund

In Europa stellte man sich die Frage, wie schnell und überraschend ein Politiker wie Barack Obama ins Zentrum der US-Macht gekommen ist. Es ist unbestritten, dass in den USA nur ein Politiker als Wahlkandidat in die engere Auswahl kommt, der von einer Vereinigung wie die Bilderberger oder CFR als geeignet bewertet wird. Der amerikanische Historiker und Geheimdienstexperte Webster Griffin Tarpley recherchierte und enthüllte verdeckte Geheimdienstoperationen, die für so manche Überraschungen sorgten.

So entwickelte sich in den Jahren vor der Wahl in der anglo-amerikanischen geheimen Finanzoligarchie um David Rockefeller der Plan, den bereits im Hintergrund gehaltenen und von Zbigniew Brzezinski aufgebauten Barack Obama ins Spiel zu bringen. Barack Obama war bereits seit vielen Jahren von den Mächtigen der Trilateralen Kommission, des CFR und der Bilderberger systematisch als künftiger Kandidat ausgebildet, sowie entsprechend indoktriniert und ideologisch ausgerichtet worden.

Obama studierte an der Columbia University in New York Politische Wissenschaften, hatte sich auf den Bereich Internationale Beziehungen konzentriert und eine Arbeit über die atomare Abrüstung der Sowjets verfasst, das Brzezinski besonders interessiert hatte. Zur selben Zeit, als Obama an der Columbia University studiert hatte, war Russlandhasser Zbigniew Brzezinski Direktor des Instituts für Fragen des Kommunismus an dieser Universität.[1]

In der Öffentlichkeit galt Obama als ein kaum bekannter Senator aus Illinois, der in den vergangenen Jahren politisch wenig erreicht hatte und keine klare Loyalitäten erkennen ließ, der sich aber in den weiteren Jahren langsam als Massenredner einen Namen gemacht hatte. So wurde Obama mit der enormen Unterstützung der gesteuerten Medien für den Wahlkampf 2008 aufgebaut. Allgemein sprach man von einem der größten Propagandaschlachten des Jahrzehnts mit einer mächtigen Mobilisierung der Öffentlichkeit durch die US-Nachrichtendienste. Was in diesen Wochen in den amerikanischen Medien ausgestrahlt wurde, war nicht mehr eine normale politische Berichterstattung, sondern vielmehr ein Propagandamanöver im Rahmen einer versteckten CIA-Organisation.

Wie und von wem diese Kampagne gesteuert wurde, beschreibt Webster Griffin Tarpley in seinem Buch „Barack Obama" über den neuen Präsidenten: „Die Amerikaner hatten einen George W. Bush erlebt, der im Jahr 2000 auf der politischen Bühne erschienen war und ständig seine Mantras herunterleierte, er sei ein Versöhner und kein Spalter, ein mitfühlender Konservativer und der Vertreter einer auf Demut beruhenden Außenpolitik. Die Menschen, die von George W. Bush so grausam getäuscht worden waren, sollten doch genug Verstand haben, um Obamas messianisches und utopisches Geschwätz zu durchschauen und die Realität zu erkennen. Nämlich dass hinter Obama ein sehr altes Gespenst steht, genauer gesagt: 80 Jahre alt. Es handelt sich um den Falken, Russlandhasser und früheren Sicherheitsberater von Präsident Jimmy Carter, Zbigniew Brzezinsky. Von der Öffentlichkeit kaum beachtet, brachte er es zum außenpolitischen Berater von Barack Obama. Oder brachte es in Wirklichkeit Barack Obama zum „Kandidaten von Zbigniew Brzezinsky"? Ist Barack Obama nur die Maronette dieses gefürchteten alten Kriegstreibers, und was heißt das für die Zukunft Amerikas und der Welt, wenn Obama Präsident ist?" [2]

Im Economist-Blog war auch zu lesen: „Ein neues Gehirn für Barack Obama! Es ist schon 80 Jahre alt und funktioniert noch immer einwandfrei. Es gehört Zbigniew Brzezinski, dem quirligen ehemaligen Sicherheitsberater von Jimmy Carter.“ [3]

Wer ist dieser Zbigniew Brzezinki? Wie in einem vorherigen Kapitel bereits beschrieben, war diese Persönlichkeit Jahrzehnte lang ein Mitstreiter der Ideologie eines David Rockefeller für eine neue Weltordnung durch die USA. Brzezinski war seit den 1950er Jahren als extrem anti-sowjetischer Kriegsfalke bekannt und befasste sich als Präsident der Nationalen Sicherheit für Militär, mit den Geheimdiensten und auch mit der Außen- und Sicherheitspolitik der Regierung Jimmy Carters. Er war besessen nach Rache am russischen Volk, für das, was seinem Heimatland Polen im Zweiten Weltkrieg und im Kalten Krieg angetan wurde. Im Sinne dieser anti-russischen Manie entschloss er, im Jahr 1976, den Aufstieg eines islamischen Fundamentalismus zu fördern, den er als starkes Bollwerk gegen die damalige Sowjetunion anpries. Er war auch die Haupttriebkraft hinter dem Sturz des Schah von Persien und der anschießenden Machtübernahme an Ajatollah Khomeini in Teheran. Brzenzinski ging es hauptsächlich darum, ein Zentrum zu haben, von dem aus sich der islamische Fundamentalismus entlang der gesamt schwachen Südflanke der damaligen UdSSR ausbreiten konnte und somit diese Weltmacht zu schwächen.

Zbigniew Brzezinski wird auch mit Recht als der Vater des heutigen islamischen Fundamentalismus bezeichnet. Sein Plan war in seiner Vorstellung kein Fehler, sondern vielmehr das Ergebnis einer sorgfältigen geopolitischen Kalkulation.

Webster G. Tarpley, amerikanischer Geheimdienstexperte und Historiker schreibt: „Brzezinski behauptete sogar, der islamische Fundamentalismus sei das Hauptbollwerk gegen den Sowjetkommunismus – damit qualifiziert sich Brzezinski als der Urahn von

Al Qaida. Er produzierte die sowjetische Invasion nach Afghanistan, unterstützte auch das Völker mordende Regime Pol Pot in Kambodscha und ruinierte die amerikanischen Beziehungen zu den damaligen Regierungen in Deutschland und Frankreich. Ihn treibt sein leidenschaftlicher Hass gegen Russland an und es war ihm gleichgültig, welchen Schaden seine geopolitischen Schachzüge den Vereinigten Staaten oder seinem nominellen Chef Jimmy Carter zufügten." [4]

Vor ungefähr zehn Jahren erklärte Brzezinski stolz im „Nouvel Observateur": „... er habe im Sommer 1979, also sechs Monate vor dem Einmarsch der Sowjetunion, amerikanische Subversionstrupps nach Afghanistan geschickt mit dem klaren Ziel, Moskau zum Einmarsch zu provozieren. Und er sei bis heute stolz darauf, den ein Jahrzehnt währenden Afghanistankrieg losgetreten zu haben, den er als Vietnam-Debakel für die Sowjetunion bezeichnet. denn dieser Krieg habe in den 1980er Jahren das Gleichgewicht auf der Welt wiederhergestellt." [5]

Der russische Außenminister Lawrow kommentierte im Sommer 2007 dazu: „Wenn Ideologie mit praktischer Politik verwechselt wird, vernebelt sie den Blick und verwirrt die Vernunft. Das lässt sich an der Behauptung Zbigniew Brzezinskis beweisen, die USA hatten den sowjetischen Einmarsch nach Afghanistan provoziert. Das deutet darauf hin, dass die USA eine größere Rolle bei der Geburt von Al Qaida gespielt haben als allgemein angenommen. Das Gesetz der „unbeabsichtigten Konsequenzen" funktioniert sehr häufig in den Situationen, in denen ideologisch inspirierte Begeisterung ins Spiel kommt." [6]

Auch zum Pol-Pot-Regime in Kambodscha, das zwei bis drei Millionen Menschen der eigenen Bevölkerung abschlachtete, erklärte der damalige Sicherheitsberater des amerikanischen Präsidenten: „Ich habe die Chinesen ermuntert, Pol Pot zu unterstützen. Die

USA sahen absichtlich weg, als China über Thailand Waffen an die brutale Guerillatruppe der Roten Khmer lieferte. Selbst als das Pol-Pot-Regime auf dem Schlachtfeld durch die Streitkräfte Hanois besiegt war, blieb sein Vertreter bei den Vereinten Nationen weiter auf dem Platz Kambodschas sitzen, vor allem dank der Unterstützung der Regierung Carter. Er, Brzezinski, habe das als eine Maßnahme im Kalten Krieg als Teil seiner anti-russischen Politik angeordnet. Zu diesem Zeitpunkt war bereits klar, dass das Pol-Pot-Regime in der Tat einen Völkermord verübt hatte." [7]

Somit überrascht es auch nicht, dass der Außenminister der derzeit schlimmsten Terrororganisation der Welt, der tschetschenischen Rebellenorganisation, Ilias Achmadow, ein Mann, dessen Auslieferung vom UN-Sicherheitsrat gefordert wird, unbehelligt im Schutz von Brzezinski in der Hauptstadt Washington lebt und sein Leben vom US-Steuerzahler finanziert wird. Eine Terrororganisation, die das Massaker von Beslan in Nordossetien mit über 300 Toten, hauptsächlich Schulkinder und Frauen, und einige Terroranschläge in Moskau zu verantworten hat. Diesen Schutz gewährt ihm ein Mann, der ausgerechnet der wichtigste Image-Berater und außenpolitische Experte von Barack Obama ist und sein Gönner und Unterstützer für die Wahl zum Präsidenten war. [8]

Barack Obama macht nach außen hin mit seinen Ideen und strahlenden Auftritten eine gute, vernünftige Figur, und viele Menschen des Westens hoffen, dass er seine im Wahlkampf versprochenen Vorschläge in die Tat umsetzen kann. Aber seit Jahrzehnten wird in den Vereinigten Staaten nur einer zum Präsidenten gewählt, der von den diversen, sehr aktiven Institutionen wie die Bilderberger, der Council on Foreign Relations (CFR), der Geheimorganisation Skull & Bones und der Trilateralen Kommission, also von den ganzen Koordinationszentren der anglo-amerikanischen Finanzoligarchie abgesegnet oder nominiert wird. Obama verdankt somit seinen gigantischen Aufstieg seinen trilateralen Förderern, und sie kontrollieren den neuen Präsidenten von Kopf bis Fuß, denn diese Gruppen fordern eine Politik extremer imperialistischer Aggression und Finanzpolitik.

„Dieser Strahlemann-Präsident betritt die politische Bühne zu einem Zeitpunkt, an dem die Kriege im Irak und in Afghanistan bereits unwiderruflich verloren sind und die USA strategisch schwach und isoliert sind; an dem die Wirtschafts- und Finanzkrise mit einer Bankenpanik und Hyperinflation voll durchgeschlagen hat und wo der US-Dollar als Weltreservewährung in seinen letzten Zügen liegt. All dies sind Anzeichen eines Imperialismus, der unvergleichlich viel schlechter dasteht als vor dem Jahr 2001. Obama muss also etwas fordern, das weit über die zynische und passive Zusammenarbeit hinausgeht, die Bush noch gereicht hatte." [9]

So sehen viele Amerikaner, dass die zukünftige Politik Obamas durch die Beeinflussung dieser Organisationen eine neue Geopolitik betreiben wird, die vielleicht viel gefährlicher sein kann, als die Kriegspolitik von Bush und Cheney. Brzezinski reist trotz seines hohen Alters noch immer sehr viel und begleitet Präsident Obama auf seinen Reisen. Bei einem der letzten Europa-Besuche bekräftigte Obama eine verstärkte Zusammenarbeit Europas mit den Vereinigten Staaten und motivierte die Europäer, mehr amerikanische Produkte zu kaufen. Auf der anderen Seite betonte er, dass für ein neues geplantes US-Stahl-Groß-Projekt nur amerikanischer Stahl verwendet werden soll. Solche Argumente verärgern die Europäer, denn sie sehen darin, dass die Politiker der USA Europa noch immer als wirtschaftlichen Vasallen einstufen.[10]

Das neue Russland

Europa sieht in Russland kein solches Feindbild, wie es die USA in den Medien bringt. In den Augen einiger amerikanischer Politiker ist der Nachfolgestaat der UdSSR ein Rivale gegen die geplante Weltherrschaft der USA. Der Erfolg der russischen Oligarchie entwickelte sich hauptsächlich durch den Export von Erdgas und Erdöl in die europäischen Staaten. So entstanden Vereinbarungen deutscher und russischer Regierungschefs über eine Ostsee-Erdgaspipeline, einer North European Gas Pipeline, die vom russischen Ostseehafen Wyborg, bei St. Petersburg bis zur deutschen Ostseeküste über eine Strecke von 1200 km durch die Ostsee verlaufen soll.

Diese Entwicklung exportierender Rohstoffe brachte einigen Russen enormen Reichtum, was von Reformkritikern kritisiert wurde. Dass eine angekündigte Demokratiebewegung, die für dieses Land von großer Notwendigkeit wäre, basiert auch auf Grund der politische Entwicklung der letzten Jahrzehnte. Das russische Volk hat im letzten Jahrhundert weder im zaristischen Machtbereich noch in der Zeit der kommunistischen UdSSR eine Spur von Demokratie gespürt. So ist es schwer, jetzt eine Demokratie europäischer Prägung zu fordern. Von einigen Politologen wird Russlands politisches System auch noch als „defekte Demokratie" bezeichnet, aber obwohl Putin als ein diktatorischer Herrscher gilt, bemüht er sich eine Demokratie mit kleinen Schritten durchzusetzen.

„Für viele Russen ist Putin der Mann, der Russland politische Stabilität, anhaltendes Wirtschaftswachstum und Wohlstand sowie Ansehen im Ausland gegeben hat. Seine Amtzeit hat der Anarchie der Jelzin-Jahre, der zügellosen Inflation sowie dem wirtschaftlichen Zusammenbruch ein Ende gesetzt. Putin hat die Oligarchen zurechtgestutzt und das Land von der Familie Jelzin erlöst. Er hat den Zusammenbruch Russlands abgewendet und die Macht der regionalen Barone eingeschränkt. Er hat groß angelegte Reformen eingeleitet, in deren Verlauf das Bruttoinlandsprodukt bis 2010 verdoppelt und der Anteil der armen Bevölkerung halbiert worden ist." [11]

Putin und sein Nachfolger Dimitri Medwedjew sind bestrebt, den Status Russlands als Großmacht zu erhalten, sogar auszubauen. So beabsichtigen sie, den russischen Einfluss in den ehemaligen Sowjetrepubliken zu stabilisieren und auch zu verstärken. Gleichzeitig sind sie auch bestrebt, den westlichen, besonders den US-amerikanischen Einfluss durch die Bestrebungen der NATO in diesen Ländern einzudämmen oder auch zurückzudrängen.

Präsident Putin baute den Weltmachtanspruch Russlands weiter aus und nutzte dabei die Energie-Nachfrage in Europa. Am 21. Oktober 2006 versicherte er den EU-Staats- und Regierungschefs beim Gipfel im finnischen Lahti, Russland sei auch offen für eine stärkere Energie-Partnerschaft mit der Europäischen Union Die aggressive Politik der USA sieht Putin mit anderen Augen. Bei der Sicherheitskonferenz im Februar 2007 in München warnte Putin massiv vor einer amerikanischen Weltherrschaft und drohte: „Die USA haben politische Grenzen überschritten und es gebe heute nicht weniger Konflikte als zu den Zeiten des Kalten Krieges. Wir sind Zeugen einer übermäßigen Militäranwendung in internationalen Dingen durch das Bestreben zu monopolarer Weltherrschaft der USA."

Karsten Voigt sagte: „Die Offenheit der Rede des Präsidenten Russlands war beeindruckend, war keine Propagandarede und es ist allen klar geworden, dass diese Worte ernst zu nehmen seien." [12]

Dass die neue Politik Russlands bei Kritikern einige Bedenken hervorruft, zeigt die noch ungleiche Verteilung des neuen Reichtums. Es ist natürlich schwer, die Fehler der vergangenen kommunistischen Jahrzehnte zu reparieren und die für das Volk so notwendigen demokratischen Maßnahmen durchzusetzen. In diesem großen Land kann das noch Generationen dauern bis ein breiterer Wohlstand sich bemerkbar machen kann. Die Medien sind voll von Berichten, wie die Oligarchen im Westen einkaufen und kritisieren die für manche Russen zu langsame Demokratisierung. Putins Chefideologe Wladislaw Surkow nennt diese Entwicklung gar eine „souveräne Demokratie". Das Parlament, die Duma, ist zu einer Ein-Parteien-Schau geworden und die Opposition wurde stark eingeengt. So führte die finanzielle Umverteilung seit den wilden Neunzigerjahren zu einer Gewalt mit probaten Mitteln, die Firmen okkupierten und Gegner mundtot machten.

„In Russland handelt es sich um eine Fassadendemokratie, hinter der eine Elite herrscht, die sich selbst genug ist, denn es ist ein kollektives Politbüro, das den Kurs vorgibt," schreibt der Journalist J. Hartmann in einer Kolumne in der „Welt" vom 9. Oktober 2006.

Der Vorsitzende des Oppositionsbündnisses „Das andere Russland", Garri Kasparow, der beste Schachspieler aller Zeiten, kritisiert: „Für jeden, der die Lage in Russland nicht nur vom Hörensagen kennt, ist die Antwort offensichtlich: Hier gibt es weder Demokratie noch eine entwickelte Wirtschaft. Im putinschen Russland haben wir heute ein Marionetten-Parlament, das die Entscheidungen des Kreml mechanisch billigt, Marionetten-Gerichte, die Urteile verlesen, die im Kreml geschrieben wurden, und Marionetten auf den Bildschirmen, deren Rollen ebenfalls in den Mauern des Kreml festgelegt werden.[13]
„Dieser Kampf für Russland ist eine Frage der Ehre für mich. Alles steht auf dem Spiel. Ich kann mich anpassen. Für unsere Bewegung habe ich sowohl mit nationalistischen Hardlinern als auch mit Erzkommunisten verhandelt. Ich versuche, mit jedem einen gemeinsamen Nenner zu finden. Ich bin der festen Überzeugung, dass die besten Entschlüsse durch eine offene Diskussion erreicht werden. Das ist Demokratie", dokumentiert Kasparow. [14]
Weiters kritisiert Kasparow: „Wir haben keinen Zugang zu den Medien, vor allem nicht zum Fernsehen. Jeden Tag werden unsere Aktivisten belästigt, manchmal böse zusammengeschlagen.

Immer häufiger nutzt Putins Regime große Schlägertrupps, um unsere Leute anzugreifen. Die Täter werden freigelassen und die Opfer landen im Gefängnis. Auch soll die Regierung beginnen, etwa die neuen Milliardäre über ihre Vermögensverhältnisse zu untersuchen. Die Leute des Regimes schaffen Milliarden von Dollars außer Landes. Ihr Geld liegt im Westen, dort könnte man ihnen wirklich wehtun, indem man ihr Interesse – die Bereicherung durch Machtmissbrauch – bedroht. Das wäre der Anfang von einer Realpolitik. Putin tritt so arrogant gegen uns und den Westen auf, weil er denkt, es gäbe für ihn keine Limits. Die russischen Bürger merken, dass sie betrogen werden. Ihr Lebensstandard ist katastrophal und ihre Freiheitsrechte werden beschnitten. Gleichzeitig bereichert sich die Führungsclique am nationalen Öl- und Gasvorkommen und baut von den Gewinnen Villen in South Kensington und an der Cote d'Azur." [15]

An aktiven Persönlichkeiten, die sich für eine weitere Demokratisierung einsetzen, mangelt es in Russland nicht, aber wir sollten dieses riesige Land mit seinen enormen Rohstoffreserven nicht mehr so als Feindbild sehen, wie es uns von den Amerikanern vorgespielt wird, sondern als eine partnerschaftswillige Nation betrachten. Dieses Land braucht die europäischen Staaten als Absatzmarkt für Energie, diversen anderen Rohstoffen und wird als Wirtschaftspartner so eine andere, den westlichen Ländern zugestimmte Zukunft gestalten können.

Ein Spielball der Mächtigen?

Europa muss angesichts der Krise, die ja hauptsächlich von den USA ausgegangen war, versuchen eigenständiger zu werden, um nicht zum Spielball oder Helfer der USA zu werden.

„Europa braucht den Vergleich mit den großen Wirtschaftsräumen der Welt nicht zu scheuen – schon gar nicht mit den USA. Die Achillesferse Europas ist und bleibt seine derzeitige Wachstumsschwäche. Denn genauer betrachtet steht die Europäische Union im Vergleich zu den USA oder zu Japan nicht schlecht da. Europa ist für die Finanzmärkte ein lohnendes Ziel, weil hier – im Gegensatz zu den USA – noch funktionierende Einzelstaaten budgetieren und deren Probleme in den Vordergrund gerückt werden…", schreiben die OÖ. Nachrichten in dem Beitrag „Besser als ihr Ruf".[16]

Europa wird auch schneller den Aufschwung nach der Wirtschaftskrise meistern. Dieses Europa, das viele Jahrhunderte vor allem die Entwicklung der westlichen Welt geprägt hatte, wird und kann auch weiterhin – ohne die Bevormundung seitens anderer Mächte – eine dominierende Rolle im Weltgeschehen spielen. Die Finanzkrise der letzten Jahre wirkte sich in Europa bei jenen Industriekonzernen und Banken besonders effizient aus, die stärker mit den USA verbunden waren.

Durch diese Finanzkrise kam der Riese USA ins Wanken und mit seiner Verschuldung von 12,9 Billionen Dollar (10,32 Billionen Euro) ist die Finanzoligarchie gezwungen, die FED-Notenbank stärker zu beanspruchen und die Dollarpresse aktiver zu fordern. Der renommierte Finanzhistoriker und Harvard-Professor Niall Ferguson erklärte in einem Interview mit dem deutschen Handelsblatt: „Wenn diese Schuldenkrise in nächster Zeit nicht verändert werden kann, kann sie der Auslöser für den Zusammenbruch der Supermacht Amerika sein. Denn eines ist sicher, dass die derzeitige finanzielle Situation der USA unhaltbar geworden ist." [17]

Der Journalist Hermann Neumüller schreibt in den OÖ. Nachrichten zu diesem Thema: „Die Frage ist nur, wie autonom die USA ihre Finanz- und Wirtschaftspolitik angesichts ihrer Verschuldung noch gestalten können. Schließlich halten die Chinesen einen Großteil ihrer Devisenreserven von geschätzten zwei Billionen Dollar in der US-Währung. Längerfristig würden die USA ohnehin ihre wirtschaftliche Vormachtstellung einbüßen. Asien könnte diese Rolle schneller übernehmen als bisher gedacht." [18]

Finanzexperten der USA machten sich vor Monaten auf Grund ihrer stärkeren US-Dollarschein-Produktion Sorgen, dass dadurch der Dollar schwächer werden und der Euro gewinnen würde. Um den Euro zu schwächen diskutierten die Wall-Street-Hyänen bei einem Abendessen in New York darüber nach, mit welchem europäischen Land der Euro bekämpft werden könne.

Kurt Seinitz, österreichische Kronenzeitung, schreibt: „Ursprünglich sollte es ein Routinetreffen sein, bei welchem die „Taliban im Nadelstreif" die Weltwirtschaftslage abklopfen und ihre Chancen ausrechnen wollten. Man kam bald auf das Thema Griechenland, rechnete die Albtraum-Krise durch, und kam zur Überzeugung, dass der Euro es niemals schaffen würde, den hoch verschuldeten Staat zu retten. – Das Essen endete mit dem Spekulations-Halali auf den Euro. Drei Tage später begann der Euro zu fallen." [19]

Europa ist in den letzten Jahrzehnten zu stark amerikaabhängig und daher in manchen Bereichen reformunfähig geworden, was zu bedenklichen Erscheinungen führte. Der alte Kontinent Europa wird heute zu stark fremdbestimmt, wird in verschiedenen US-Mächtespiele eingebunden und muss daher für so manche amerikanische Fehlmanipulation als Sündenbock herhalten.

Den Europäern rät der Soziologe und Bestsellerautor Richard Sennett: „... ihren eigenen Weg zu gehen, denn Europa täte gut daran, sich abseits der USA verstärkt um Handelspartner umzusehen, die sich ähnlich um kooperatives Handeln bemühen, sonst wird es wieder nur das Opfer der nächsten Finanzkrise ..." [20]

Die Europäische Union darf nicht die USA kopieren, sondern muss einen kontinentaleuropäischen Weg gehen, der sozialpolitisch und wirtschaftlich zielführend und erfolgreich ist.

„Die sozialen Unterschiede sind bei allen Problemen weitaus geringer ausgeprägt als in den USA, auch weil der soziale Ausgleich besser funktioniert als in vielen anderen Regionen der Welt." [21]

Durch das aufkommende rivalisierende Mächtespiel der USA mit China muss Europa sich in acht nehmen, nicht zwischen diesen Wirtschaftsgiganten zermahlen zu werden, sondern Brüssel soll und muss eine Politik beschließen, in dem von Jahr zu Jahr steigenden Duell zwischen diesen Staaten, als lachender Dritte hervorzugehen. Dieser Machtkampf zwischen den Vereinigten Staaten und Rotchina könnte sonst zu einer stärkeren Gefahr für Europa werden, denn diese beiden Wirtschaftsgiganten drücken künstlich ihre Währungen, was für Europa ein Desaster bedeuten würde. Denn ein billiger Dollar und ein billiger Yuan erzwängen im Verhältnis eine automatische Aufwertung des Euro – und wären daher eine Gefahr für den Export.

Europa aber hat viele hervorragende Vorteile und könnte so zu einem zukünftigen Gewinner avancieren. Die derzeitigen Beziehungen zwischen China und der Europäischen Union sind viel entkrampfter und sorgloser als zwischen China und den USA. Es müssen nur die richtigen Schritte gesetzt werden, um das Finanzsystem zu stabilisieren und damit der Wirtschaft die Basis für einen Aufschwung zu legen. Die EU ist auch mit fast 500 Millionen Menschen der bedeutendste und potenteste Kunde Chinas, und der Riese Asiens wird sich bemühen und darauf achten, die Kaufkraft seines größten Kunden nicht zu schwächen. Da aber auch Europa keine territorialen Machtansprüche wie die USA stellt, ist es für China leichter, partnerschaftsfördernde Vereinbarungen zu treffen. Die Europäische Union ist mit fast 17 Billionen US-Dollar BIP (Bruttoinlandsprodukt) auch die größte Volkswirtschaft der Welt. Somit hat Europa ein starkes Plus in diesem Mächtespiel der Weltgeschichte in der Hand. Die EU ist nach der Einschätzung Pekings zwar wirtschaftlich stark, aber politisch noch schwach, weil sie nach wie vor keine funktionierende, einheitliche europäische Außenpolitik verfolge.

Wen Jiabao betonte: „Eine politisch und wirtschaftliche EU wird weiterhin ein wichtiger Pol in der Welt werden, denn die Gemeinschaft hat, im Gegensatz zu den USA, keine globalen Machtambitionen und auch keinerlei strategische Interessen in Asien.“ [22]

Der österreichische Journalist Josef Lehner schreibt in einem Leitartikel: „Europa muss die Interessen von 500 Millionen Menschen in der schnellstlebigen Epoche der Weltgeschichte vertreten und das nach innen und außen deutlich machen. Das Match lautet USA gegen China um die Führungsrolle in der Weltwirtschaft. Da muss Europa mitspielen, sonst wird es bald von einem wiedererstarkten, rohstoffreichen Russland und einem stärker werdenden, volks- und einfallsreichen Indien überflügelt. Es muss seine Versorgung mit Rohstoffen sichern, wo China wichtige Positionen okkupiert, im Bewusstsein um die Schlüsselfragen der Zukunft. Europa braucht eine starke Führung, die seinen Völkern erklärt, dass es um eine Neuorientierung der Welt geht und dass der alte Kontinent dabei ein paar Worte mitreden sollte.“ [23]

In den letzten Jahrzehnten hat Europa über seine Verhältnisse gelebt und der Lebensstandard war zu sehr auf Schulden aufgebaut, die somit auf die nächsten Generationen abgewälzt wurden. Das bewirkte, dass in der europäischen Wirtschaft einige Ermüdungserscheinungen zu beobachten waren. Die nur mit Wahlerfolgen liebäugelnden Politiker haben engstirnig gehandelt und uns dieses Schuldenmachen vorgespielt, anstatt vor den daraus resultierenden Folgen zu warnen.

Dieses Europa, das außerhalb seiner Grenzen wesentlich besser und angesehener gewertet wird als so mancher verunsicherter Zeitgenosse glauben würde, muss seine positiven Aspekte ständig weiterentwickeln. Europa muss das System einer freien Wirtschaft stärker ausbauen und sich nicht so sehr von den amerikanischen Großkonzernen und Machtblöcken kontrollieren und beeinflussen lassen. Es muss auch einen toleranten Weg der Gerechtigkeit mit seinen Mitarbeitern finden und die ungezügelte Gier der Konzernmanager und Großbanken bremsen. Auch muss sich Europa von einer Beeinflussung der US-Politik immer mehr lösen, denn ehrliche Anzeichen für Frieden, Umweltschutz und auch Demokratie werden in nächster Zeit von dieser Weltmacht nicht zu erwarten sein. Durch die Wahl Barack Obamas entstand in Europa die Hoffnung, die USA werde einen anderen Weg einschlagen. Bei genauer Betrachtung entsteht jedoch der Eindruck, dass die Wahl Obamas eventuell ein genialer Schachzug gewesen ist, um in den nächsten Jahren wieder leichter einen republikanischen Präsidenten ins Weiße Haus zu bekommen.

Die Opposition arbeitet bereits mit unvorstellbaren Aktivitäten um den demokratischen Präsidenten zu diskriminieren. Radikale und extremistische Gruppen sind in den letzten Monaten 2010 von 620 auf 943 gestiegen, darunter 196 Neonazigruppen und 190 rassistische Gruppen des Ku-Klux-Klans. Prediger und TV-Talk-Master, die täglich Millionen Zuschauer pro Abend beeinflussen, wettern mit unmenschlichen, aggressiven Argumenten gegen die Regierung Obamas. Der Extremismusforscher Mark Potok sagt: „Wir erleben derzeit eine beispiellose Vergiftung des gesellschaftlichen Klimas, doch die Aufhetzer sind nicht nur Ku-Klux-Klan oder Neonazis, sondern rechte Medien und Politiker. Sie tragen Sätze in ein Land, für die sie in Europa im Gefängnis landen würden. Ihre Worte klingen wie Aufrufe zur Tat."

Unterstützt werden diese Volksverhetzer von Leuten wie Milliardär Rupert Murdoch, Wirtschaftslobbyist Dick Armey und Unternehmer wie Charles und David Koch sowie Peter Coors.[24]

Hasspredigten von Pastor Steven Anderson aus Tempe in Arizona werden auch in den Medien verbreitet und er verkündet: „Ich hasse Barack Obama. Gott hasst Barack Obama. Ich will Obama tot. Er soll sterben, ich will, dass er wie Ted Kennedy an Gehirnkrebs verendet. Die Bibel ist voller Hass. Ich predige nur, was in der Bibel steht. Gott will seine Feinde wie Obama tot."

Das Aushängeschild der über die Grenzen der USA bereits bekannten Tea-Party-Bewegung, William Temple, verkündet: „Die Regierung ist voller Diebe. Wir werden Washington säubern. Wenn die Regierung zum Tyrannen wird, haben wir die Pflicht, sie zu stürzen."

Jan Christoph Wiechmann von der Zeitschrift „Stern" schreibt: „Die Tea-Party ist keine Partei, sondern eine Bewegung besorgter und wütender Bürger. Sie stellt keine eigenen Kandidaten für Wahlen, unterstützt aber ultrakonservative Republikaner, die sich als Fundamentalopposition zu Obama und seiner Politik verstehen. Sie wurde vom Nachrichtensender Fox News so lange als neue Massenbewegung gefeiert, bis auch alle anderen Medien einstiegen. Ihr rasanter Aufstieg ist so phänomenal wie die Ohnmacht der letzten großen Bewegung „Move On" der Obama-Jünger."

Einer der bekanntesten Favoriten dieser Tea-Party-Bewegung ist Marco Rubio. Er geißelt die Propagandamasche Bushs, die „Achse des Bösen", die von Washington über die Vereinten Nationen in alle Welt getragen wurde und er sagt: „Wir sind das großartigste Land in der Geschichte der Menschheit. Amerika ist kein Land, sondern eine Berufung."

Sie fordern wieder ein Amerika als glanzvolle Supermacht und wünschen sich die Zeiten von George W. Bush zurück, der dieses Land in fürchterliche Kriege, in die Finanzkrise geleitet und eine Politik verfolgt hat, die zu einem enormen Hass auf den Westen führte.

Die ehemalige Kandidatin für das Amt des Vizepräsidenten und Gouverneurin von Alaska der republikanischen Partei, Sarah Palin, ruft mit erhobenen Fäusten die Massen auf: „Amerika ist bereit für eine neue Revolution!“ Und Glenn Beck aus New York, der enorm vom Medienmogul Murdoch unterstützt wird, propagiert: „George W. Bush hasse die Umweltschützer, er hasse die „New York Times“ und er hasse Europa.“ Für ihn gibt es nur ein Amerika von damals, das es nicht mehr gibt, und er greift zurück auf den Leitspruch: „Gott, Land und Gewehre“.[25]

Der charismatische Präsident Barack Obama, der sich für mehr Versöhnung zwischen den Lagern eingesetzt hat und der die gravierenden Fehler der letzten Jahrzehnte ausmerzen wollte, wurde so Gegenstand einer beispiellosen Hetzkampagne.

Ein europäischer Journalist kommentierte diese massive Bewegung mit den Worten: „Gott beschütze uns vor den Vereinigten Staaten!“

Durch diesen Rückfall entsteht eine neue Situation, die vielleicht nicht mehr so leicht zu kontrollieren sein wird, auch zu einer Katastrophe ausufern kann und eventuell Europa mit hineinziehen könnte.

Dieses Europa, das Persönlichkeiten wie Aristoteles, Albert Einstein, Alexander Fleming, Isaac Newton, Sigmund Freud, Charles Darwin, Johann Gutenberg, Nikolaus Kopernikus, Nikola Tesla, Marie Curie, Justus von Liebig, Blaise Pascal, Rene Descartes, Otto Hahn, James Watt hervorgebracht hat, um nur einige zu nennen, wird und muss weiterhin ein selbstständiger und daher auch ein ernst zu nehmender Partner in der so stark sich veränderten Weltpolitik bleiben.

Verwendete Literatur

Allen, John L.: Opus Dei, RM Buch und Medien GmbH 2006

Bauer, Martin: Die Tempelritter, Nikol-Verlag, Hamburg 2002

Bauernfeind, Kurt C.: Die schwarzen Tauben des Vatikans, Denkmayr Verlag, Linz 2008

Baigent, Michael: Die Gottesmacher, Verlagsgruppe Lübbe GmbH und Co, KG, Bergisch Gladbach 2006

Baigent, Michael U. Leigh, Richard: Verschlusssache Jesus, Donauland, Kremayr & Scheriau Wien 1991

Betz, Otto u. Riesner, Rainer: Jesus, Qumran und der Vatikan, Donauland, Kremayr & Scheriau, Wien 1993

Bouchal, Robert u. Lukacs Gabriele: Das geheime Netz der Templer, Pichler Verlag, Styria ,Wien-Graz-Klagenfurt 2010

Carmin, E.R.: Das schwarze Reich, Nikol-Verlag 1994

Ceming, Katharina u. Werlitz, Jürgen: Die verbotenen Evangelien, Marixverlag GmbH, Wiesbaden 2004

Cheney, Margaret: Nikola Tesla, Erfinder, Magier, Prophet, Omega Verlag, Düsseldorf 2005

Goldhagen, Daniel Jonah: Die Katholische Kirche und der Holocaust, Goldmann Verlag, München 2004

Crossan, John Dominic u. Reed, Jonatan L.: Jesus ausgegraben, Patmos-Verlag GmbH & Co.KG, Düsseldorf 2003

Dean, John: Das Ende der Demokratie, Ullstein 2005

Deschner, Karlheinz: Das Kreuz mit der Kirche, Econ Verlag, Wien-Düsseldorf 1974

Eisenman, Robert u. Wise, Michael: Jesus und die Urchristen, Donauland, Kremayr & Scheriau, Wien 1992

Engdahl, F. William: Saat der Zerstörung, Jochen Kopp-Verlag, Rottenburg, 2007
Mit der Ölwaffe zur Weltmacht, Jochen Kopp-Verlag, Rottenburg 2006

Epperson, A. Ralph: Die unsichtbare Hand, Jochen Kopp-Verlag, Rottenburg 2006

Erdmann, Stefan: Banken, Brot und Bomben, Band 1 AMA Deus Verlag, Fichtenau 2005

Erdmann, Stefan: Banken, Brot und Bomben, Band 2 AMA Deus Verlag, Fichtenau 2003

Estulin, Daniel: Die wahre Geschichte der Bilderberger, Jochen Kopp-Verlag, Rottenburg, 2007
Fallaci, Orlanda: Die Wut und der Stolz, List Verlag-Ullstein Heyne List GmbH & Co.KG, München 2002
Farkas, Viktor: Schatten der Macht, Jochen Kopp-Verlag, Rottenburg 2005
Friedmann, George: Die nächsten hundert Jahre, Campus Verlag, Frankfurt am Main 2009
Gabriel, Mark A.: Islam und Terrorismus, Dr. Ingo Resch GmbH 2004
Gardner, Laurence: Das Vermächtnis des Heiligen Gral, Wilhelm Heyne Verlag, München 2002
Gigantes, Philippe: Eine kurze Geschichte der Welt, RM Buch und Medien Vertrieb GmbH, Frankfurt am Main 2002
Goldman, Peter: Die geheime Inquisition, RM Buch und Medien Vertrieb GmbH, Frankfurt am Main 2001
Gore, Al: Eine unbequeme Wahrheit, Riemann-Verlag 2006
Göttermann, Lilo: Denkanstöße, Piper München-Zürich 2008
Heinzerling, Jürgen: Energie aus dem Nichts, Jürgen Kopp-Verlag Rottenburg 2008
Hirn, Wolfgang, Herausforderung China, RM Buch und Medien Vertrieb GmbH, Frankfurt am Main, 2005
Horx, Matthias: Das Buch des Wandels, Deutsche Verlags-Anstalt, München 2009
Huntington, Samuel P.: Kampf der Kulturen, Spiegel Edition 2006/2007
Hutchison, Robert: Die heilige Mafia des Papstes, Knaur Nachf., München 1996
Kepel, Gilles: Die Rache Gottes, Piper Verlag, München-Zürich 1991
Kissinger, Henry: Die Herausforderung Amerikas, Ullstein 2003
Kleber, Claus:Amerikas Kreuzzüge, RM Buch u. Medien GmbH., 2005
Klima, Caroline: Geheimgesellschaften, tosa-Verlag 2007
Koch, Egmont R. u. Schröm, Oliver: Verschwörung im Zeichen des Kreuzes, Orbis Verlag, München 2002
König, Franz Kardinal: Woher komme ich? Wohin gehe ich? Styria Verlag GmbH & Co KG., Wien-Graz-Klagenfurt 2008
Krätzl, Helmut: Im Sprung gehemmt, Donauland, Kreymayr & Scheriau 1998
Kunz, Johannes: Der Brückenbauer – Kardinal Franz König, Molden-Verlag, Wien 2004
Lacanau, Eric u. Luca, Paolo: Die sündigen Päpste, Lübbe Verlag GmbH, Bergisch Gladbach 2003
Lehmann, Johannes: Das Geheimnis des Rabbi J., Knaur Nachf., München 1990

Leyendecker, Hans: Die Lügen des Weißen Hauses, Rowohlt-Verlag, 2004
Die große Gier, Rowohlt Verlag, Berlin 2007
McGowan, Kathleen: Das Magdalena Evangelium, RM Buch und Medien Vertrieb GmbH , Bergisch Gladbach 2007
Marrs, Jim: Heimliche Herrscher, Jochen Kopp-Verlag 2007, Der Aufstieg des Vierten Reiches, Jochen Kopp-Verlag, Rottenburg 2009
Moody, Raymond A: Leben nach dem Tod, Rowohlt, Gütersloh 1977
Moore, Michael: Volle Deckung Mr. Bush, RM Buch und Medien Vertrieb GmbH., München 2003
Nuzzi, Gianluigi: Vatikan A.G., Ecowin-Verlag, 2009
Pagels, Elaine: Das Geheimnis des fünften Evangeliums, Verlag Beck OHG, München 2004
Pilz, Peter: Mit Gott gegen alle, Deutsche Verlags-Anstalt, München 2003
Portisch, Hugo: So sah ich China, Buchgemeinschaft Donauland, Wien 1965
Peuckert, Will-Erich, Geheimkulte, Nikol-Verlag, Hamburg 2003
Reisegger, Gerhoch: Die Bildbeweise, Hohenrain GmbH., 2004
Reitschuster, Boris: Putins Demokratur, Econ – Ullstein Buch Verlage GmbH., Berlin 2006
Reinalter, Helmut, Die Weltverschwörer, Ecowin-Verlag, Salzburg 2010
Retyi, von Andreas: Bilderberger, Jochen Kopp-Verlag, Rottenburg 2006
Die Terror Flüge, Jochen Kopp-Verlag, Rottenburg 2008
Skull & Bones, Amerikas geheime Macht-Elite, Jürgen Kopp-Verlag, Rottenburg 2005
Die Stargate Verschwörung, Jürgen Kopp-Verlag, Rottenburg 2007
Geheimbasis Area 51, Jürgen Kopp-Verlag, Rottenburg 2006
Risen, James: State of War, Hoffmann und Campe Verlag, Hamburg 2004
Rohr, von Wulfing: Geheimbünde, Heinrich Hugendubel Verlag, 2002
Scholl-Latour, Peter: Die Angst des weißen Mannes, Propyläen-Verlag, 2009
Seinitz, Kurt, Vorsicht China, Wie das Reich der Mitte unser Leben verändert, Buchgemeinschaft Donauland Kremayr & Scheriau, Wien 2006
Shahrad, Cyrus: Die Geheimnisse des Vatikans, Premio-Verlag, Münster 2007
Simpson, Colin: Lusitania, Longmann – Verlag, London 1972
Sinha, Sri Prakash: Afghanistan im Aufruhr, Hecht-Verlag, Zürich 1980
Susbielle, Jean-Francois: China-USA – Der programmierte Krieg, Proyläen, Editions Generales First, Paris 2006
Sutton, C. Antony: Wallstreet und der Aufstieg Hitlers, Perseus-Verlag, Basel 2009

Steinacher, Gerald: Nazis auf der Flucht, Studien Verlag, Wien, Innsbruck, Bozen 2008
Tarpley, Webster Griffin: Barack Obama, Jürgen Kopp-Verlag, Rottenburg 2009
Theveßen, Elmar: Terroralarm, Deutschland und die islamische Bedrohung, Rowohlt-Verlag, Berlin 2005
Ulfkotte, Udo: Heiliger Krieg in Europa, Eichborn AG. Frankfurt am Main 2007
Ullrich, Volker und Rudloff Felix: Der Fischer Weltalmanach, Fischer Taschenbuch Verlag, Frankfurt am Main 2005
Verenkotte, Clemens: Die Herren der Welt – Das amerikanische Imperium, Knaur-Verlag, 2003
Verita, Di Discepoli: Ihr habt getötet, Aufbau Taschenbuch Verlag, Berlin 2004
Vogt, Michael: Unzensiert, Jürgen Kopp-Verlag, Rottenburg
Woodward, Bob: Bush at War, Spiegel Buchverlag, Hamburg 2004
Wurm, Alfred: Jesus Christus, Donauland Krenmayr & Scheriau, Wien 1992
Yallop, David A.: Im Namen Gottes, Droemer Knaur-Verlag, München 1984
Ziegler, Herbert und Gruber Elmar: Das Ur-Evangelium, Langen-Müller, München 2006
Ziegler, Jean: Der Hass auf den Westen, C. Bertelsmann 2008

Quellennachweis

Einleitung
Wie dieses Buch entstand

1 Finanzkrise ,http: / / zeitwort.at / index
2 Seinitz, Kurt: Zeitschrift Krone März 2009.
3 Elsässer, Jürgen: Heuschrecken bedrohen Opel, Pleite-Mutter General Motors und Null-Investor Fiat wollen den deutschen Autobauer bis aufs Skelett abnagen, Kopp-Exklusiv vom 20 / 09.
4 Köhler, Wolfgang: OÖ. Nachrichten vom 6. Juni 2009.
5 ZEIT – Zeitschrift Nr. 22 vom 22. Mai 2003.
6 Whalen, J. Richard : The Founding Father (New York: The New Amerikan Library, 1964) Seite 192.
7 Epperson, A. Ralph: Die unsichtbare Hand, Der Einfluss geheimer Mächte auf die Weltpolitik – Eine Definition der Geschichte, Jochen Kopp-Verlag, Rottenburg, Seite 13.
8 Epperson, A. Ralph: Die unsichtbare Hand, Seite 15 Jochen Kopp-Verlag, Rottenburg.

Kapitel 1 – Klimakrise

1 Dr. Erwin Lauch, Geo Juli 1993.
2 Ebenda.
3 Hartmut Grassl, Max-Planck-Institut, Hamburg.
4 Zeitschrift Geo, Klimaveränderung Juli 1993.
5 Zeitschrift Geo, Hans-Joachim Schnellhuber Juli 1993.
6 Henry Stommel The Gulf Stream, University of California Press, Berkeley 1958.
7 Wikipedia – Enzyklopädie.
8 Ebenda.
9 http: de.wikipedia.org / Wik / Golfstrom.
10 Konrad Kleinknecht, Klimafalle, Denkanstöße 2008. Piper Serie.
11 Al Gore im Interview www.faz.net / s
12 Ebenda.
13 Thomas Fischermann, Zeit Nr. 47 v. 13. 11. 2003.
14 Oriana Fallaci, Die Wut und der Stolz, Ullstein Heyne List GmbH., S. 176.

Kapitel 2 – Ein vergessenes Genie

1 ZDF – Ein fast vergessenes Genie.
2 ORF – On Science – Nikola Tesla.
3 Dr. Hans Nieper, Präsident der deutschen Vereinigung für Schwerkraftfeld – Energie e.V., Seite 8.
4 Nikola Tesla, Das Genie unserer Zukunft, Freie Energie.
5 Marco Bischof, Nikola Tesla – der Schamane des 20. Jahrhunderts.
6 Margaret Cheney, Nikola Tesla, Biographie.
7 Hugo Gernsback, Margaret Cheney, Nikola Tesla, Biographie, Seite 291.
8 O`Neil, Nikola Tesla, Biographie.
9 Biotic ® Institute-Seminarzentrum in Österreich u. Teneriffa.
10 www. Biotic-Institute.com / pmwik.php / Seite 2.
11 www. Biotic-Institute.com / pmwik.php / Seite 5.
12 www.xmembers.de / home / gravitatio / revolution / revo,016.html Seite 2.
13 www.xmembers.de / home / gravitatio / revolution / revo,016.html Seite 3-6
14 Franz Wetzl u. L. Gföllner, Raumkraft. Ihre Erschließung und Auswertung durch Karl Schappeller. München, Herold Verlag 1928.
15 PM-Magazine, Nikola Tesla – Das Genie unserer Zeit, Freie Energie. Heft 1 / 1985 S. 72, Heft 6 / 1990 S. 49, Heft 5 / 2005 S. 82.

Kapitel 3 – Die sonderbare Demokratie

1 Mathias Naß, Die Zeit-Zeitschrift Nr. 28 v. 4. 7. 2002.
2 Samuel P. Huntington, Kampf der Kulturen, Spiegel Edition, Seite 331.
3 Wulfing von Rohr, Geheimbünde,Heinrich Hugendubel Verlag, Kreuzlingen-München 2002, Seite 14.
4 Jim Marrs, Heimliche Herrscher, Eine Frage der Verschwörung, Kopp-Verlag, Seite 17.
5 Jim Marrs, Heimliche Herrscher, Die Herrschaft einiger weniger, Kopp-Verlag, Seite 20.
6 Jim Marrs, Heimliche Herrscher, Kopp-Verlag, Seite 21.
7 Webster Griffin Tarpley und Anton Chaitkin, J. Marrs, Heimliche Herrscher, George Bush; The Unauthorized Biography, Kopp-Verlag, Seite 114.
8 www.freimaurer.Org / Loge.Ingolstadt / texte / A.Weishaupt.htm
9 Telepolis, Mathias Bröckers, Skull & Bones – Bush.
10 Andreas v. Retyi, Skull & Bones, Der Schädel von Fort Sill, Kopp-Verlag, Rottenburg 2005.

11 Andreas v. Retyi, Skull & Bones, The Order, Kopp-Verlag, Seite 44.
12 Richard Salant, Daniel Estulin, Die wahre Geschichte der Bilderberger, Kopp-Verlag, Rottenburg, Seite 108.
13 Telepolis, Antony C. Sutton, Skull & Bones.
14 Ebenda.
15 Antony Sutton, Wallstreet und der Aufstieg Hitlers, Perseus Verlag Basel, Seite 15.
16 Jim Marrs, Heimliche Herrscher, Skull and Bones, Kopp-Verlag, Seite 118.
17 Alexander Hast, Los Angeles-Echo. www.
18 Rosa Martin, Fabian Freeway,http: / / .en.wikipedia.org / wiki / Council-on-Foreign-Relations.
19 wikipedia. CFR.
20 wikipedia. CFR.
21 Jim Marrs, Heimliche Herrscher, Der Council on Foreign Relations, Kopp-Verlag, Seite 49.
22 Daniel Estulin, Die wahre Geschichte der Bilderberger, Kopp-Verlag, Rottenburg, Psycho-politische Operationen des CFR, Seite 174.
23 A. Ralph Epperson, Die unsichtbare Hand, Kopp-Verlag, Rottenburg, Die russische Revolution, Seite 111, Frank Capell, „The Kissinger Caper“, The Review of the News (20. März 1974), Seite 31.
24 A. Ralph Epperson, Die unsichtbare Hand, Kopp-Verlag, Rottenburg, Kapitel 10, Seite 111, Documents Show U.S. Bid to Rescue Czar.
25 http: / / de.wikipedia.org / wiki / Henry Kissinger
26 A. Ralph Epperson, Die unsichtbare Hand, Kopp-Verlag, Rottenburg Kapitel 22, Der Eiserne Berg, Seite 256.
27 A. Ralph Epperson, Die unsichtbare Hand, Kopp-Verlag, Rottenburg Kapitel 22, Taylor Caldwell, Ceremony of the Innocent, Seite 260.
28 Jim Marrs, Heimliche Herrscher, Kopp-Verlag, Rottenburg, Der Council on Foreign Relations, Seite 53.
29 A. Ralph Epperson, Die unsichtbare Hand, Kopp-Verlag, Rottenburg, Kapitel 20, Barry Goldwater, With No Apologies, Seite 237.
30 Jim Marrs, Heimliche Herrscher, Kopp-Verlag, Rottenburg, Die Trilaterale Kommission, Seite 34-35.
31 Jim Marrs, Heimliche Herrscher, Kopp-Verlag, Rottenburg, Die Trilaterale Kommission, Seite 41.
32 A.Ralph Epperson, Die unsichtbare Hand, Kopp-Verlag, Rottenburg, Kapitel 20, Seite 238, Ferdinand Lundberg, The Rockefeller Syndrome.
33 Daniel Estulin, Die wahre Geschichte der Bilderberger, Kopp-Verlag, S. 240.

34 Jim Marrs, Heimliche Herrscher, Kopp-Verlag, Rottenburg, Die Trilaterale Kommission, Seite 43.
35 Jim Marrs, Heimliche Herrscher, Kopp-Verlag, Rottenburg. Seite 44.
36 Jim Marrs, Heimliche Herscher, Kopp-Verlag, Rottenburg, Barry Goldwater, With No Apolohiers, Seite 41.
37 A. Ralph Epperson, Die unsichtbare Hand, Kopp-Verlag, Rottenburg, Kapitel 20. The Review of the News (12. Okt. 1977), Seite 245.
38 Jim Marrs, Heimliche Herrscher, Kopp-Verlag, Rottenburg, Die Rockefellers. Seite 59.
39 Ebenda.
40 Antony C. Sutton , Wall Street und der Aufstieg Hitlers, Perseus Verlag, Basel, Der durchdringende Einfluss der internationalen Banker, Seite 165.
41 Gary Allen, The Rockefeller File, 76Pr 1976. Seite 175.
42 A. Ralph Epperson, Die unsichtbare Hand. H. S. Kennan, The Federal Reserve Bank, Seite 142. Kopp-Verlag, Rottenburg 2006.
43 A. Ralph Epperson, Die unsichtbare Hand, G. Edward Griffin, The Capitalist Conspiracy (Thousand Oaks, Kalifornien: American Opinion, 1971) Seite 82.
44 A. Ralph Epperson, Die unsichtbare Hand, Kopp-Verlag, Rottenburg, S. 267.
45 A. Ralph Epperson, Die unsichtbare Hand, Kopp-Verlag, Rottenburg, Der Erste Weltkrieg, Seite 261, Bulletin, The Committee to Restore the Consitution, (Fort Collins, Colorado; November 1978).
46 Antony C. Sutton, Wall Street und der Aufstieg Hitlers, Wer finanzierte Hitler? Perseus Verlag, Basel, Seite 107.
47 Daniel Estulin, Die wahre Geschichte der Bilderberger, Kopp-Verlag, Rottenburg, Kapitel 22, Monopoly-Spiel, Gary Allen, Seite 256.
48 F. William Engdahl, Saat der Zerstörung, Kopp-Verlag, Rottenburg, Das Kind beim Namen nennen, Seite 137.
49 F. William Engdahl, Saat der Zerstörung, Kopp-Verlag, Rottenburg, Seite 140.
50 F. William Engdahl, Saat der Zerstörung, Kopp-Verlag, Rottenburg, Der Bevölkerungsrat des JDR III. und die „Krypto-Eugenik", Seite 141.
51 propagandaschock.blogspot.com/2009/05/bevölkerungskontrolleeugenik-geheim.
52 Antony C. Sutton, Wallstreet und der Aufstieg Hitlers, Perseus Verlag, Basel, Die Finanzierung Hitlers bei den Reichstagswahlen vom März 1933, S. 107.
53 F. William Engdahl, Saat der Zerstörung, Kopp-Verlag, Rottenburg, Leichen in Rockefellers Keller, Seite 160.

54 Antony C. Sutton, Wallstreet und der Aufstieg Hitlers, Perseus Verlag, Basel, Wer finanzierte Hitler, Seite 109.
55 Antony C. Sutton, Wall Street und der Aufstieg Hitlers, Roosevelts New Deal und Hitlers Neue Ordnung, Perseus Verlag Basel, Seite 121.
56 Antony C. Sutton, Wall street und der Aufstieg Hitlers, Perseus Verlag, Basel, Schlussfolgerung, Seite 161.
57 Antony C. Sutton, Wall Street und der Aufstieg Hitlers, Schlussfolgerungen, Perseus Verlag Basel, F. W. Abrams, Vorstandsvorsitzender der I.G.-Farben, Seite 160.
58 Antony C. Sutton, Wall Street und der Aufstieg Hitlers, Die Zusammenarbeit der Wall Street mit den Nazis, Perseus Verlag Basel, Seite 156.
59 Jonatan Leonhard, The Tragedy of Henry Ford, A. C. Sutton Wall Street und der Aufstieg Hitlers, Seite 92.
60 Antony C. Sutton, Wall Street und der Aufstieg Hitlers, Henry Ford und die Nazis, Perseus Verlag Basel, Seite 91.
61 Antony C. Sutton, Wall Street und der Aufstieg Hitlers, Henry Ford und die Nazis, Perseus Verlag Basel, Seite 93.
62 Antony C. Sutton, Wall Street und der Aufstieg Hitlers, Henry Ford und die Nazis, Perseus Verlag Basel, Seite 97.
63 Antony C. Sutton, Wall Street und der Aufstieg Hitlers, Henry Ford und die Nazis, Perseus Verlag Basel, Seite 91.
64 E. R. Carmin, Das schwarze Reich, Nikol-Verlag, Seite 231.
65 H. S. Kennan, The Federal Reserve, A. Ralph Epperson, Die unsichtbare Hand, Kopp-Verlag, Rottenburg, Seite 100.
66 Gary Allen, The Bankers, A. Ralph Epperson, Die unsichtbare Hand, Seite 179, Kopp-Verlag, Rottenburg, "Conspiratorial Origins of the Federal Reserve", Amerikan Opinion (März 1978) Seite 16.
67 Viktor Farkas, Schatten der Macht, Eine erstaunliche Nationalbank, Jürgen Kopp-Verlag, Rottenburg, Seite 168.
68 A. Ralph Epperson, Die unsichtbare Hand, (Arthur Edward Waite) Kopp-Verlag, Rottenburg, Seite 140.
69 Viktor Farkas, Schatten der Macht, Gold als Stabilitätsfaktor beseitigt, Kopp-Verlag, Rottenburg, Seite 224.
70 John Kenneth Galbraith, The Great Crash, 1929, Seite 111 – A. Ralph Ep person, Die unsichbare Hand. Kopp-Verlag, 2006, Rottenb., S. 187.
71 John F. Hylan, New York Times vom 27. 3. 1922.
72 Bill Moyers, Jim Marrs, Heimliche Herrscher, Kopp-Verlag, Rottenburg. Seite 31.

Kapitel 4 – Regierung Bush und Hintermänner

1 Peter Pilz, Mit Gott gegen alle, Deutsche Verlags-Anstalt Stuttgart-München, Seite 40.
2 Jim Marrs, Heimliche Herrscher, Die Sicht einiger weniger, Kopp-Verlag, Rottenburg 2007, Seite 25.
3 Alexander Hast, Los Angeles, Echo-Star.
4 www. Stern.de / Politik / Ausland / 505633
5 www.Welt.de / print-welt / artice 94560
6 www.stern.de / politik / ausland-522943.html
7 Bundeszentrale für politische Bildung: Netzwerk des Terrors.http: / www.de / veranstaltungen / PDNE03.4.0.Netzwerke desTerrors.html
8 David Sirota and Jonatan Baskin: Follow the Money. http: / www.washingtonmonthly.com / 2004 / 0409.sirota.html
9 http: / / de.wikipedia.org. / wiki / central Intelligence Agency, 27.02.2007
10 Ebenda.
11 http: / / www.dradio.de / atuell / 472166
12 Hans Leyendecker, Die Lügen des weißen Hauses, Rowohlt-Verlag Berlin, 2004, Seite 11.
13 http: / / de.wikipedia.org / wiki / Terroranschl%C3%A4ge am 11. 9. 2001 vom 6. 3. 2007.
14 http: / / de.wikipedia.org / wiki / Verschw%C3%B6rungstheorien von 6. 3. 2007.
15 Paul Krugmann, Die Zeit Nr. 46 vom 7. 11. 2002.
16 Ebenda.
17 Ebenda.
18 Ebenda.
19 Ebenda.
20 Tom Schimmek, Die Zeit Nr. 13 vom 18. 3. 2004.
21 Gottfried Kurt, Die Zeit Nr. 13 vom 18. 3. 2004.
22 Kevin Philipps, Die Zeit Nr. 46 vom 7. 11. 2002.

Kapitel 5 – Das geheime Zentrum der Macht

1 Daniel Estulin, Die wahre Geschichte der Bilderberger, Einleitung, Kopp-Verlag, 2007.
2 Thierry de Segonzac, Daniel Estulin, Die wahre Geschichte der Bilderberger, Die Gründung des Bilderberg-Clubs, Kopp-Verlag, Seite 25.

3 Andreas von Retyi, Bilderberger, Die unbekannte Größe, Kopp-Verlag, S. 38.
4 Andreas von Retyi, Bilderberger, Auf dem Weg zur neuen Ordnung, Kopp-Verlag, Seite 57.
5 Andreas von Retyi, Bilderberger, Hinter verschlossenen Türen, Kopp-Verlag, Seite 85.
6 www.heise.de/tp/r4/artikel/4258/1.html
7 The Observer vom 7. April 1963.
8 F. William Engdahl, Mit der Ölwaffe zur Weltmacht, Ein ungewöhnliches Treffen in Saltsjöbaden, Kopp-Verlag, Seite 181.
9 http://de.wikipedia.org/wiki/%C3%961 krise
10 www.heute.de.Olaf Palme
11 Andreas von Retyi, Bilderberger, Mysteriöse Morde, Kopp- Verlag, Seite 216.
12 Andreas Platthaus, Andreas von Retyi, Bilderberger, Mysteriöse Morde, Kopp-Verlag, Rottenburg, Seite 222.
13 http://de.wikipedia.org./wiki/Alfred-Herrhausen
14 Fletcher Prouty, Andreas von Retyi, Bilderberger, Secret Team, Kopp-Verlag, Rottenburg, Seite 224.
15 htpp://de.wikipedia.org./wiki/Alfred-Herrhausen
16 Andreas von Retyi, Bilderberger, Entscheidungen für übermorgen, Kopp-Verlag, Rottenburg Seite 270.
17 Daniel Estulin, Die wahre Geschichte der Bilderberger, Absichten der Bilderberger, Kopp-Verlag, Rottenburg, Seite 51.
18 Michael Thomas, Daniel Estulin, Die wahre Geschichte der Bilderberger, Bilderberg demaskiert, Kopp-Verlag, Seite 77.
19 http://alles-schallundrauch.blogsot.com/2009/05/liste-der-teilnehmer-bilderberger-200…23.06.2009

Kapitel 6 – Geplante Zufälle?

1 Colin Simson, Lusitania, London, Longman 1972, Seite 252
2 http://allesschallundrauch.blogspot.com/2008/12/das-geheimnis-der-lusitania-geliftet....
3 http://de.wikipedia.org/wiki/Verschw%C3%B6rungstheorie
4 Antony C. Sutton, Wall Sreet und der Aufstieg Hitlers, Die langsam ans Licht kommende revisionistische Wahrheit, Perseus Verlag, Basel, Seite 172
5 Jim Marrs, Heimliche Herrscher, Japan mit dem Rücken zur Wand, Jürgen Kopp-Verlag, Rottenburg, Seite 212
6 Focos, Nr. 38/2001, Seite 296

7 http://www.v-22.de/forum11/politische-verschwörungen/kennedy-vs-lincoln-t174.0

Kapitel 7 – Die Macht der Religionen

1 Anton Steinhäusler, PM-Magazin vom Jänner 1993, Warum ist Gott immer noch interessant?
2 Die Welt der Religionen, PM-Perspektive 95/042,C 7382 F
3 Kahlil Gabrin, PM-Magazin v. September 2010.
4 Karsten Flohr, PM-Magazin vom März 2010, Seite 40.
5 Taggart Mc Lynne, wikipedia, „Living The Field" – Verständnis für Nullfeld und Quantenmechanik.
6 Karsten Flohr, PM-Magazin v. März 2010, Können unsere Gedanken Materie verändern?, Seite 40.
7 Yallop A. David, Im Namen Gottes, Vatikan GmbH & Co.KG, Droemer Knaur Verlag, München 1984, Seite 137.
8 Stefanie Schwethen, PM-Magazin vom Juni 2006, Seite 63.
9 Stern-Magazin, vom September 2004, Seite 198.
10 Die Presse vom 10. Jänner 2002, Seite 2.
11 http://www.vachss.de/mission/berichterstattung/ katholiken.htm
12 www.nachrichten.at/nachrichten/chronik/Missbrauch-Kinder-Kirchen
13 Oberösterreichische Nachrichten vom 18. März 2010, „Das Problem liegt tiefer."
14 Haiden, Christine@welt-der-Frau.at
15 www.laieninitiative.at
16 Lehmann Johannes, Das Geheimnis des Rabbi J., Was die Urchristen versteckten, verfälschten und vertuschten, Th. Knaur Nachf. München, S. 9.
17 Nuzzi, Gianluigi, Vatikan A.G. Ein Geheimarchiv enthüllt die Wahrheit über die Finanz- und Politskandale der Kirche, ECOWIN Verlag, Salzburg 2009.
18 Nuzzi, Gianluigi, Vatikan A.G. Die Bombe platzt, ECOWIN Verlag, Salzburg 2009, Seite 138.
19 Nuzzi, Gianluigi, Vatikan A.G. De Bonis, der Hilfsarbeiter Gottes, ECOWIN Verlag, Salzburg 2009, Seite 72.
20 Nuzzi, Gianluigi, Vatikan A.G. Vorwort zur deutschen Ausgabe, ECOWIN Verlag, Salzburg 2009, Seite 21.
21 Nuzzi, Gianluigi, Vatikan A.G. Zeichnungsberechtigt: Andreotti Giulio, Ein unzugänglicher Safe, ECOWIN Verlag Salzburg 2009, Seite 65.

22 Nuzzi, Gianluigi, Vatikan A.G., De Bonis, der Hilsarbeiter Gottes, ECOWIN Verlag Salzburg 2009, Seite 71.
23 Nuzzi, Gianluigi, Vatikan A.G. Otello Lupacchini, ECOWIN Verlag, Salzburg 2009, Seite 71.

Kapitel 8 – Krisenherde

1 George Friedmann, Die nächsten Hundert Jahre, Campus-Verlag, Seite 62.
2 George Friedmann, Die nächsten Hundert Jahre, Campus-Verlag, Seite 65.
3 Sinha, Sri Prakash, Afghanistan in Aufruhr, Hecht-Verlag, Zürich 1980.
4 http://de.wikipedia.org/wiki/Taliban , Seite 1
5 www.upi-institut.de/irakkrieg.htm
6 FAZ am 16. September 2009.
7 de.wikipedia.org/wiki/irakkrieg
8 Rogge Joachim, O.Öster. Nachrichten vom 20. August 2010.
9 Ebenda
10 Jean Ziegler, Der Hass auf den Westen, Blutspur im Delta, C. Bertelsmann Verlag, Seite 152.
11 Jean Ziegler, Der Hass auf den Westen, Blutspur im Delta, C. Bertelsmann Verlag, Seite 153.
12 Tageszeitung Liberation, Paris vom 15. Mai 2009.
13 Wole Soyinka, Neue Züricher Zeitung am Sonntag, und Le Monde vom 21. 4. 2007.
14 The Financial Times vom 18. April 2007
15 Vgl. vor allem: Bartolome de Las Casas, L'Èvangile et la force, Paris 1964. Jean Ziegler, Der Hass auf den Westen, Bolivien, C. Bertelsmann Verlag, Seite 273
16 Jean Ziegler, Der Hass auf den Westen, Als die Schweine hungrig waren, C. Bertelsmann Verlag, Seite 184.
17 Carolin Emcke und Wolfgang Uchatus, Die Zeit Nr. 21 vom 20. Mai 2010.
18 Gerald Steinacher, Nazis auf der Flucht, Wie Kriegsverbrecher über Italien nach Übersee entkamen, Studien-Verlag, Innsbruck-Bozen-Wien, Seite 13.
19 Gerald Steinacher, Nazis auf der Flucht, Studien-Verlag, Seite 15.
20 Ebd., Seite 9.
21 de.wikipedia.org/wiki/bolivien-Seite 5
22 Jean Ziegler, Der Hass auf den Westen, Die Stunde unserer selbst ist gekommen, C. Bertelsmann Verlag, Seite 254.

Kapitel 9 – Saat der Macht

1 de.wikipedia.org / wiki / MonsantoPage 2
2 F. William Engdahl, Saat der Zerstörung, Nahrung ist Macht, Kopp-Verlag, Rottenburg, Seite 197.
3 Oberösterreichische Nachrichten vom 20. Juni 2009, Seite 13.
4 de.wikipedia.org / wiki / Monsanto Page 5
5 F. William Engdahl, Saat der Zerstörung, Lügen, verdammte Lügen, Monsanto-Lügen…, Kopp-Verlag, Seite 235.
6 de.wikipedia.org / wiki / Monsanto Page 4
7 F. William Engdahl, Saat der Zerstörung, Den GMO-Geist aus der Flasche lassen, Kopp-Verlag, Seite 233.
8 F. William Engdahl, Saat der Zerstörung, Der Betrug mit der „substantiellen Äquivalenz", Kopp-Verlag, Seite 74.
9 de.wikipedia.org / Wiki / Monsanto Page 3-5
10 F. William Engdahl, Saat der Zerstörung, „Sojabohnen für mich, Argentinien…" Kopp-Verlag, Seite 49.
11 Shiva, Vandana, Stolen Harvest: The hijacking of the global food supply, South End Press, Cambridge, USA 2000, F. William Engdahl, Saat der Zerstörung, Kopp-Verlag, Seite 57.
12 F. William Engdahl, Saat der Zerstörung, Sollen sie doch Soja essen, Kopp-Verlag, Seite 56.
13 www.greenpeas,de / themen / gentechnik / konzerne / artikel / monsanto-machtstrat...
14 de.wikipedia.org / wiki / %C3%8Irp%AId Puszai
15 planet-interview.de / interview-marie-monique-robin-29042009.html
16 F. William Engdahl, Saat der Zerstörung, Wirtschaftliche Schocktherapie im Stil der USA, Kopp-Verlag, Seite 20.
17 F. William Engdahl, Saat der Zerstörung, Laßt sie essen … etwa Nudeln?, Kopp-Verlag, Seite 31.
18 wikipedia.org / wiki / Goldener Reis
19 umweltinstitut.org / gentechnik / irrtümer / gentech-pflanzen-erfüllen-erwartungen…
20 www.jahrbuch2001.studien von-zeitfragen.net / Weltmacht / NSSM-200 / nssm-200
21 F. William Engdahl, Saat der Zerstörung, Bevölkerungswachstum und Nationale Sicherheit, Kopp-Verlag, Seite 117 und 118.

22 F. William Engdahl, Saat der Zerstörung, Die unglücklichen Dreizehn, Kopp-Verlag, Seite 121.
23 Banyan, Will, „The New World Order Vision of the Rockefeller" in Nexus Magazin, Vol. 11, No. 2, Februar / März 2004, Seite 125. www.nexusmagazine.com
24 www.cafebabel.de / artikel / 29612 / genmais-monsanto-verliert-kampf-in-europa.ht
25 umweltinstitut.org / gentechnik / patentierung / biopiraterie-monsanto-lasst-sich-ind...
26 www.sueddeutsche.de / wirtschaft / 641 / 465233 / text / 4 /
27 alles-schallundrauch.blogspot.com.
28 umweltinstitut.org / gentechnik / irrtümer / gentech-pflanzen-erfüllen-erwartungen...

Kapitel 10 – Der wiedererwachte Drache

1 Samuel P. Huntington, Kampf der Kulturen, Der Westen in der Welt, Spiegel-Verlag, Seite 509.
2 Hugo Portisch, So sah ich China, Der Mittelpunkt der Erde, Buchgemeinschaft Donauland, Wien, Seite 83.
3 Hugo Portisch, So sah ich China, Der Mittelpunkt der Erde, Buchgemeinschaft Donauland, Wien, Seite 84.
4 Hugo Portisch, So sah ich China, Das Gras muss sich beugen, Buchgemeinschaft Donauland, Seite 87.
5 www.muz-online.de / asien / china l.html Seite 4
6 http: / / www.mariner.org / age / histexp.html
7 Jean-Francois Susbielle, China-USA, Deng Xiaopings politisches Credo, Propyläen-Verlag, Seite 37.
8 Kurt Seinitz, Vorsicht China, Napoleon auf Sankt Helena, aus den Aufzeichnungen seines Leibarztes O`Meara, Buchgemeinschaft Donauland, Wien, Seite 13.
9 Jean-Francois Susbielle, China-USA, Indien: Partner oder Rivale, Propyläen-Verlag, Seite 173.
10 Samuel P. Huntigton, Kampf der Kulturen, Wirtschaft, Demographie und die Herausforderung-Kulturen-die asiatische Affirmation, Spiegel-Verlag, Seite 158.
11 www.muz-online.de / asien / chinal.mthl
12 Bernhard Bartsch, OÖ. Nachrichten vom Freitag, 5. März 2010.

13 Helmut L. Müller, Salzburger Nachrichten vom Juni 2010, „Neue Mächte prägen die Welt".
14 Kurt Seinitz, Vorsicht China, Asiens Sprung in die Zukunft, Buchgemeinschaft Donauland, Wien, Seite 18.
15 Jean-Francois Susbielle, China-USA, Währung als Waffe, Propyäen-Verlag, Seite 68.
16 www.Faz.Net / s / Rub050436A-Weltwirtschaft: China rollt den afrikanischen Kontinent auf – Konjunktur-Wirtschaft ... Page 1-2
17 Jean-Francois Susbielle, China-USA, Der Programierte Krieg, Extreme Verwundbarkeit, Propyläen-Verlag, Seite 99.
18 www.handelsblatt.com / politik / international / kritiker-warnen-suedamerikas-wirtschaft.
19 www.zeit.de / 2004 / 48 / China-2fS-9famerika
20 www.zeit.de.china:Von Peking bis Santiago / Wirtschaft / ZEIT-Online, S.3
21 China:"demokratie ist eine gute sache"-ausland-politik-FAZ.NET – Seite 1
22 www.digitalvoodoo.de / blog / china-news / china als Militärmacht bald eine Bedrohung? hongkong / bilder,info,reise ... Seite 1
23 http: / / nachrichten.lvz online.de / nachrichten / aktuell / weltmacht-china / auf-dem-sprung ...
24 Jean-Francois Susbielle, China-USA, Der programmierte Krieg, Der Pentagon-Bericht über die chinesische Bedrohung, Propyläen-Verlag, Seite 138.
25 Richard Fischer in Jean-Francois Susbielle, China-USA, China: Ein sehr umstrittener Militärhaushalt, Propyläen-Verlag, Seite 195.

Kapitel 11 – Die Zukunft

1 Webster Griffin Tarpley, Barack Obama, Der Mann der Trilateralen, Kopp-Verlag, Rottenburg, Seite 109.
2 Webster Griffin Tarpley, Barack Obama, Ein postmoderner Coup wie in Kiew 2004, Kopp-Verlag, Rottenburg, Seite 34.
3 Economist v. 14. März 2007.
4 Webster Griffin Tarpley, Barack Obama, Der Urahn von Al Qaida, Kopp-Verlag, Rottenburg, Seite 78.
5 Ebenda.
6 Lawrow, Sergei Wiktoowitsch: „Russland eindämmen; Zurück in die Zukunft?" vom 15. August 2007, Barack Obama v. Webster Griffin Tarpley, Kopp-Verlag, Rottenburg, Seite 80.

7 John Pilger,"The Long Secret Alliance; Uncle Sam and Pol Pot, Herbst 1997, zitiert nach: Elizabeth Becker, When the War was Over, New York: Simon and Shuster, 1986, S. 440.
8 Matthew Brzezinski, Washington Post vom 20. März 2005.
Webster Griffin Tarpley, Barack Obama, „Ein Terrorist, gar keine Frage" Kopp-Verlag, Rottenburg, Seite 102.
9 Webster Griffin Tarpley, Barack Obama, Opfer für Obama, Wie ein Präsident gemacht wird, Kopp-Verlag,Rottenburg, Seite 120.
10 Webster Griffin Tarpley, Barack Obama, Das Gehirn von Barack Obama, Kopp-Verlag, Rottenburg, Seite 77.
11 Andrei Sagorski – Innenpolitik Russland unter Putin-wikipedia
12 www.spiegel.de/politik/ausland/
Ein Hauch vom Kalten Krieg in München, Seite 2.
13 wikipedia.org/wiki/innenpolitik-russland unter putin, Seite 16.
14 Nicolas Müller, Interview-Zeitschrift GQ.Com vom April 2007, Seite 68.
15 Nikolas Müller, Interview-Zeitschrift GQ.Com vom April 2007, Seite 72.
16 OÖ. Nachrichten, Besser als ihr Ruf, vom 17. Mai 2010 , Seite 3.
17 Niall Ferguson, Oberösterreichische Nachrichten vom 17. Mai 2010.
18 Hermann Neumüller, Oberösterreichische Nachrichten vom 17. Mai 2010.
19 Kurt Seinitz, Kronenzeitung vom 15. Mai 2010 „Krieg gegen den Euro begann mit Abendessen in New York".
20 Richard Sennett, Oberösterreichische Nachrichten vom 4. September 2010.
21 Dietmar Mascher, Wirtschaftsnachrichten der OÖ. Nachrichten vom 4. September 2010.
22 Wolfgang Hirn, Herausforderung China, Ein neuer Mitspieler – spielt China die europäische Karte? RM Buch und Medien Vertrieb GmbH – Fischer Verlag GmbH, Frankfurt am Main 2005, Seite 186.
23 Josef Lehner@nachrichten.at, Oberöster. Nachrichten vom 11. August 2010.
24 Stern Zeitschrift 44/2010.
25 Stern Zeitschrift 44/2010.